「悦 读」

大鱼文库

发现的惊喜·阅读的欢愉

被偷走的时光

ELLE VOULAIT JUSTE MARCHER TOUT DROIT

〔法〕萨拉·巴鲁克◎著
陈思◎译

SARAH BARUKH

湖南文艺出版社

图书在版编目（CIP）数据

被偷走的时光 / (法) 萨拉 · 巴鲁克著 ; 陈思译
. -- 长沙 : 湖南文艺出版社, 2020.8
（大鱼文库）
ISBN 978-7-5404-9709-5

Ⅰ. ①被… Ⅱ. ①萨… ②陈… Ⅲ. ①长篇小说–法国–现代 Ⅳ. ①I565.45

中国版本图书馆CIP数据核字(2020)第108859号

著作权合同图字：18-2018-077

大鱼文库

被偷走的时光
BEI TOUZOU DE SHIGUANG

作　　者：〔法〕萨拉 · 巴鲁克
译　　者：陈　思
出 版 人：曾赛丰
责任编辑：夏必玄
装帧设计：天行健设计
内文排版：钟灿霞
出版发行：湖南文艺出版社
（长沙市雨花区东二环一段508号 邮编：410014）
印　　刷：长沙超峰印刷有限公司
开　　本：880mm × 1230mm 1/32
印　　张：10.75
字　　数：220千字
版　　次：2020年8月第1版
印　　次：2020年8月第1次印刷
书　　号：ISBN 978-7-5404-9709-5
定　　价：46.80元
（若有印装质量问题，请直接与本社出版科联系：0731-85983029）

致阿蒂尔，

以此纪念我的祖父。

我牵着绳索从一座钟荡到另一座钟；牵着花环，从一扇窗跳进另一扇窗；牵着金练，从一颗星坠入另一颗星。我就这样跳舞。[1]

——阿蒂尔·兰波《彩画集》

① 本段译文选自作家出版社出版的《兰波作品全集》，王以培译。

一
因为在打仗

1

萨利-德贝阿恩，1943年5月

天气热极了！艾丽斯想找个阴凉的角落待着。广场的另一头有棵大树，但是让娜不许她远离市政厅的入口。只需几分钟，她的养母便可将事情办妥，然而这种地方却没有小孩子的容身之处……

艾丽斯觉得似乎已经在台阶上站了很久很久。她为了转移自己的注意力，开始观察起过往的路人。一个小男孩被他的妈妈打了屁股，大哭起来。两个男人靠在隔壁建筑物的墙上聊着天。让娜说这个地方叫派出所，里面有警察。然后除此以外再无其他动静。这个时间，村庄十分宁静。

一位女服务生从对面的咖啡馆里走了出来。她的手上端着一个托盘。艾丽斯看到托盘上有一个装水的玻璃瓶和一个盖着布的宽口高脚玻璃杯。她看不见杯子里装的是什么。那位女士朝她的方向走过来。艾丽斯莞尔一笑，冲她招了招手。然而服务生却走向了旁边的那两位先生。艾丽斯失望极了，甚至有些想哭的冲动。她真的渴极了！

她羡慕地看着那两个男人。其中一个个头不高，留着小胡子，另一个还算高大，他的两只手巨大无比。她觉得这两人似乎有些不太对劲，但又说不出为什么。她继续观察着他们。他们从头到脚一袭黑衣，裤子看上去很厚实，侧面有裤兜，脚上的大皮靴子裹住了小腿肚子。他们的黑衬衫上只有一枚颜色稍浅些的小徽章。手掌巨大的那人头上还戴着一顶贝雷帽。怪不得他们需要喝点凉爽的东西……

女服务生似乎有些不自在，她头也没抬地说道：

“这是老板送的。”

留着小胡子的那人摸着她的肩说：

“为什么不是你送的呢？”

她不动声色地挣脱开他的手：

“我只是个服务员。这是柠檬汽水和草莓冰激凌。”

听到“冰激凌”这个词，艾丽斯打了个哆嗦。她只尝过一次。这东西实在是美味极了！让娜还笑话她吃的时候居然还把眼睛闭上。不过这东西价值不菲，只有很少的地方有卖。她得凑近看看才行。

他们每人有两个冰激凌球。两个漂亮的浅粉色的球。过了一会儿，有一双大手的那位先生看见了她，冲她微笑了一下。他用手肘戳了戳他的朋友，指着艾丽斯给他看。

“小姑娘，喜欢冰激凌吗？”

艾丽斯感觉自己脸红了。她不知道该说些什么，然后点了点头。大手男人大笑起来。

“冰激凌是给大人吃的！你多大了？”

“五岁。马上就六岁了。”

“好吧。来，过来，给你一点。”

艾丽斯觉得自己在做梦！

这个男人用杯子盛了满满一杯的冰激凌，递给了她。艾丽斯舔着溢出玻璃杯的冰激凌球。真好吃啊……

突然，一只手抓住了她的肩膀，让她猛地一颤。

“你在这里干吗？”

是让娜。她很不高兴。

“先生们，请原谅她。不打扰你们了。”

“这可是冰激凌啊！他们送给我吃的！”

“我让你在门口等我。”

“我实在太热了……”

艾丽斯知道让娜要吼她了，但她的养母什么也没有说。真奇怪，她平时不是这样的。

“跟先生们说谢谢，然后跟我走。”

然而那位大手先生插了句嘴：

“您为什么不让她吃完这杯冰激凌再走呢？”

让娜正想着该如何回答。那位至今一言未发的小胡子男人，走近了一些。

“也许，因为是我们给的？”

他把手臂盘在胸前，站得像木桩一样笔直。

“怎么会呢。万分感谢，您二位太客气了，但我们得回去了……”

艾丽斯彻底糊涂了。

“你不是说办完事我们要去面包店和……”

让娜瞪了她一眼。

“咱们已经耽搁太久了。该回去了。”

她拉住艾丽斯的手，把依然满满当当的杯子递了过去，她强装出的微笑在艾丽斯看来太失败了。那个男人放下手臂，捋了捋胡须。

“这孩子，是您家的吗？”

让娜脸色煞白。

“是。”

男人看上去并不满意。他又捋了一次胡须，问艾丽斯：

“小姑娘，这位女士是谁？”

艾丽斯不知道他为什么要问她这个问题，更不明白让娜的紧张从何而来。她犹豫着，心里期待着养母会告诉她该怎么做，但让娜一直沉默不语。她用微弱的声音回答道：

“她是让娜……”

“我是她外婆。”让娜一字一句地说道。

“她称呼您让娜？”

“是，习惯了……她从小就喜欢这样叫我。”

男人点了点头，但他似乎对这个答案仍不满意。

“她长得和您不是很像……”

此时此刻的气氛实在极其诡异。艾丽斯感觉似乎有一股紧张感让她浑身不自在。

“咱们能回家了吗？”她问让娜。

“再过几分钟，小姑娘。”小胡子男人回答说，“对了，你们家在哪里？”

大手男人从口袋里掏出了一个小本子和一支铅笔。养母把艾丽斯的手抓得更紧了。这是不让她再多嘴了的意思吗？可让娜常说，有人跟我们说话时，不回答是不对的……

“那边再高一点的地方……”艾丽斯指着山脉回答道。

突然，一位警员从派出所里走了出来，汗珠子顺着他胖嘟嘟的脸颊哗哗地往下流。他朝这两个男人喊道：

“成了，杜洛克开口了！知道他们在哪里了。”

这两人是警察吗？小胡子男人不情愿地从口袋里掏出贝雷帽，摘下挂在矮墙上的黑色皮外套。另一位则收起了他的小本子。两人上了车后，小胡子把头探出车窗：

“小姑娘，冰激凌留着吧。夫人，咱们很快还会再见面的！”

让娜吓得一震。

汽车开远后，她猛然瘫坐在市政厅门前的台阶上。

“我跟你说了不要跟任何人说话，在门口等我。”

“可是……”

“没有可是！”

艾丽斯又想起了冰激凌……她当时热得不行……

“希望他们会把咱们给忘了。”

“为什么？”

“因为在打仗。”

*

日子一天天地过去，这件事似乎留下了某些印记。让娜时刻在背后盯着艾丽斯。这令人难以忍受。天刚蒙蒙黑，她就必须回到家里来。就算是在白天，她最远也只能去到离家仅有数百米的米歇拉克家的农场。每次她出门散步前，让娜都会盯着她的眼睛，一脸严肃地问：

“还记得我跟你说过的话吗？”

“不要跟任何人讲话。”

“很好。你是阿尔芒的女儿，没忘吧？”

“没有，可是阿尔芒是谁？”

“如果有人问，你就说他是你的父亲。”

“为什么？”

“等你长大些，我再告诉你。”

然而让娜永远也不会告诉她的。

她不再让艾丽斯陪她去集市上售卖农场里收获的作物了。她害怕见人。更过分的是，自从她摔破了两颗鸡蛋后，养母就开始禁止她独自一人去鸡圈里收鸡蛋。她说鸡蛋和蔬菜实在太重要了。每次艾丽斯问为什么，都只能得到同一个答案：

“因为在打仗。”

可这句话究竟是什么意思呢？每次让娜一说完，艾丽斯就忘得一干二净。

每个早晨都大同小异。养母给艾丽斯展示如何饲养牲畜和耕种菜园，艾丽斯跟在她的后面学，为了日后有一天能帮她干活。

然而艾丽斯想要一些改变，她想让自己变成一个有用的人。

一天早上，她终于爆发了：

“我已经不是小宝宝了！有些事情我也会做！”

“呦呵！”让娜一边把手臂盘在身前一边回答。

这表示她在思考，但这是好征兆还是坏征兆呢？

“你是觉得无聊了吗？”

艾丽斯摇了摇头。

“过完夏天，你就要开始上学了，你知道吗？”

“知道，可是……”她一边低头看着脚尖一边嘟囔着。

“好，很好。再过一阵子，你可以一个人去打水。”

艾丽斯开心地跳了起来，这比她敢想到的事情还要了不起：水，还有什么比它更重要呢？

“别高兴得太早，小丫头！这活儿可不简单。”

同天，让娜在井边给她演示了一遍如何打水：

“水桶不要装得太满。桶太重的话，你会摔倒把桶打翻的。”

整整一个星期，艾丽斯每天都在试着照让娜说的做，但尽管听从了让娜的建议，水还是不停地往外洒。养母耐心十足，并没有斥责她：

“人都是从错误中学习的。来，这次我来吧。”

然后她们又回到了井边，让娜挑水、拉绳、倒水，反反复复，直到她的手开始疼起来为止。她汗如雨下。到最后，她几乎都快要吼出来了。艾丽斯知道让娜不是要冲着她吼，而是要冲着这实在太过沉重的水桶吼。可看着让娜受苦，她很是心疼。她觉得这里面总有些她的不是……好在，养母是个善良的人。她唯一不会拿来开玩笑的事情是回家的时间、不能踏足的鸡圈，和绝不能与之交谈的陌生人。只要艾丽斯遵从这些嘱咐，她就应该会平安无事的。

*

几个星期后，她们去打水，艾丽斯挑着水一直走到路的尽头，一滴水也没有洒出来。第二天她又一次完成了这项壮举，接下来的五天里亦然。下午吃完点心后，让娜对她说：

"今天，你自己一个人去打水。你觉得你行吗？"

"行！"

艾丽斯拍起手来。什么叫她行吗！她等这一刻已经等了太久了！

"很好。记住，慢慢来，跟着你自己的节奏走，水桶别装太满，还有最重要的，天黑前必须回来。"

艾丽斯自豪极了！她是个大人了。她一路上唱着歌，为了能让水桶贴近太阳，她举高手臂画着圆圈。小路尽头是一条公路，在确认过没有正在靠近的汽车和马车后，她横穿了过去，走上了另一条更窄且更加陡峭的小径。

她小心翼翼地穿过公路来到道路的另一端。她的脚总是被大石块绊到，于是她下定决心一定要绕开它们走。井口附近的水让这里变得泥泞不堪。想要不滑倒很难。但她之前已经做到了，今天应该会做得更好。等她回去时，让娜一定会夸奖她，一定会的！也许她还能有奶油吃呢？让娜通常只把奶油留到早餐的时候才拿出来，但今天，她可能会破次例也说不定……而且，如果一切顺利的话，她很快就能去收鸡蛋了！她没有其他选择。只许成功不许失败。

她用尽全身的力气去打水，老旧的绳子上有一部分已经开始断裂，摩擦的过程中她的手掌心被擦破了。她松开手，血从手心流了出来。她用舌头去舔，唾液的温度减轻了她的疼痛感。她试着继续做，但每次她试图抓起绳子，就感到疼痛难忍。这也太愚蠢了，她绝不会因为这点小小的擦伤就放弃的！

她想到了一个主意。她仔细观察了下周边，确认过没人后，便掀起了身上的短裙。她把衣服攥在绳子上面，把水桶向上提。几分钟后，水打好了。她的衣服染上了血迹，但她成功了，水桶盛满了。她一步一步小心翼翼地爬着上坡路。她没有把腰杆完全直起来：只要她稍一懈怠，就会失去平衡。她身上的肌肉火辣辣的，水桶让她的手和胳膊绷得挺直。她咬紧牙关、稳住步伐，时不时抬起头来算算，还要走几步路才能抵达公路。到达坡顶时，她开心地叫了出来：差不多已经走了一半的路程了，一滴水也没有洒出来！

突然，一个怪异的声音引起了她的注意。周围一个人也没有。可这声音好像也不是从远处传来的。她把水桶放下，仔细察看了下四周。什么也没有。她往前走了几米，突然不敢相信自己的眼睛。不，她不是在做梦。确实是一只猫，它躺在距离路边只有几厘米的地方，正血流不止。它看上去有些呼吸困难。

艾丽斯犹豫地上前迈了一步，随即看到猫的身上有东西在蠕动。像是某种黏稠的口袋，里面有东西在晃动。艾丽斯皱了皱眉头。她又凑近了些，才看清里面东西的形状。她一下子明白了：这不是只公猫，而是只母猫，她正在生猫宝宝。

两只小奶猫出生了。尽管猫妈妈已经精疲力竭，但它还是用牙撕破了黏稠的包裹物，把它含进了嘴里。到处都是血，一种浅绿色的液体流了出来，母猫把它们全嚼了下去。艾丽斯感到一阵恶心，她正要离开时，小奶猫们开始喵喵叫了起来。它们要吃奶。

过了一会儿，艾丽斯发现天已经黑了。她根本没意识到时间这么快就过去了！她不知道该如何是好。她瞅了瞅水桶，然后又回到了母猫和小奶猫的身边。她不能就这样把它们扔在这里……可她如果不把水挑回去的话，让娜一定会对她感到失望的……这样做选择太难了。她走过来，又走过去，衡量着每个选择的轻重缓急。

无所谓了，她要在这里待到母猫喂完奶再走。又过了几分钟，她决定还是先回家。因为太过着急，她没看见路上有坑，绊了一跤。许多水从桶里洒了出来。笨死了！她抱怨了好一会儿才继续向前走，皎洁的月光洒在她的身上。

"你上哪儿去了？"让娜怒气冲冲地问道，"你都出去两个小时了！吓死我了！"

艾丽斯很难过，她让养母担心了，但如果她走了后母猫死掉了，小奶猫们该怎么办呢？这个结论让她鼓起了勇气。

"它们都在路边，只要给它们拿一点牛奶过去就可以了……而且，晚上冷，它们可能会冻着的……"

"不行，不许出门。"

"为什么？"

“因为在打仗。没人会在天黑以后出门，你又不是不知道！”

确实，这仗打得真不近人情。

“好了，开饭吧。”

然而艾丽斯却没有胃口。

“别担心了，它们自会有办法的。”

“它们那么孤零零的。”

“行了，你想去的话，明天早上我们一块儿去。快吃吧。”

艾丽斯笑了。吃完晚饭，她收拾了几块毯子，和一个可以给猫咪做窝的篮子。明天早上要是能快点儿来就好了！这天晚上，她花了比平时更长的时间才睡着。

*

第一束阳光还没有出现，艾丽斯就醒了。她套上自己的针织衫、毛衣、裤子和厚袜子，下楼来到了厨房。她一边等让娜，一边在桌上摆好两只碗，又从裹布里把面包拿出来。让娜还没有下楼。她为什么偏要挑今天早晨不紧不慢的呢？艾丽斯烧上水，把大煮锅挪开，想趁机制造些声响把她的养母吵醒。没人会怪她在准备早餐的……时针马上就指向“六”了，可还是没有人影。天亮了。要是让娜三分钟之内还不下来的话，她就上楼去找她。好吧，不一定是三分钟。五分钟吧。可五分钟也太长了……她得再找点什么弄出点声音……

“早啊，小丫头。”让娜打断了她的思绪。

“啊！你起来了！我把早饭准备好了。”

“今天早上我享受的可是女王的待遇啊！”

艾丽斯没注意她说的话。她坐到饭桌旁，狼吞虎咽地迅速吃完了早饭。

“我看出门前，我估计连喂鸡都来不及了！”让娜打趣地说道。

艾丽斯冲她开心地一笑。

她们即刻便出发了。路上，艾丽斯一直走在让娜前面十几米。再过一会儿她们就能到地方了。

“快点儿啊，让娜！”

“天哪！你慢点儿！”

再过两分钟，或者三分钟，她就能见到小猫咪们了。她心急如焚。再快点！再快点！

然而到了地方以后，她只找到了一只小猫。棕红的那只。也是最瘦小的那只。

“啊！其他的呢？”艾丽斯开始担心起来。

“它们一定是跑到附近去了。找找吧！”让娜安慰她道。

然而附近并没有其他猫咪的任何蛛丝马迹。

“它们应该是离开了……”让娜说道。

“那为什么不带上它一起走呢？”

“不知道。可能它不够强壮，跟不上它们吧……”

“可是……可是妈妈怎么能抛弃……”

艾丽斯没能把这句话说完。妈妈当然可以抛弃自己的孩子。可怜的孩子，她自己还住在让娜家呢。她觉得眼泪正在往上蹿。

“这是说它妈妈不爱它了吗？”

让娜把手放在了艾丽斯的肩膀上。

“不是的，我的小心肝儿，有时候只是因为迫不得已罢了。走吧，我们回去吧。”

然而艾丽斯不愿向前走。

“那它呢？它在这儿怎么办？”

让娜叹了口气。

“咱们能把它带回家吗？”艾丽斯恳求道。

“你是觉得家里的动物还不够多吗？”

“可它孤零零的就剩自己了……现在又在打仗……”她试着辩驳。

让娜笑了。

“好吧，可以。不过你得负责照顾它。”

艾丽斯高兴极了。这只小猫咪，她永远也不会丢下它不管的。

“咱们就叫它奶油吧！”

“奶油？哪有猫叫这名儿的。”

“可我就喜欢奶油！”

“那好，那就叫奶油吧。”让娜笑着说。

她们手拉着手回到了农场。

“明天，我能自己一个人去打水吗？”

“可以，只要你保证不在路上逗留。”

“我保证。那再过一阵子我能去收鸡蛋吗？”

“到时候再说吧。”

*

艾丽斯特别喜欢和奶油一起玩。她去打水的时候，会让它顺着围裙滑进胸前的口袋里。她能感觉得到它的小爪子在她的肚子上挠来挠去。她经常被它逗得哈哈大笑。

一天早上，让娜起得晚了些。奶油在鸡圈旁边几米处停了下来，艾丽斯来到它的身边，小家伙开始围着她转来转去。她知道它的意思。

“嘿，你也想进去啊！可让娜不让咱们管鸡蛋的事儿……”

小猫咪喵喵叫了起来。它对此也颇有意见……

“我知道！这不公平！”

她不明白她为什么不能进去。她向前走了几步，然后立即又退了回来。她怕被让娜发现……但她内心的冲动实在太过强烈。

“管他呢！小心不把鸡蛋打碎就行了嘛。”

她推开门。一些细小的羽毛在空中打着转，鸡屎的味道让她感到一阵恶心。她打开了一个鸡笼，两颗大大的温热的鸡蛋像是就在那儿等着她到来一样……她学着让娜那样，一个一个地把它们拿了出来。她全神贯注，甚至咬紧了牙关。然后她把鸡笼的门关上，又打开了第二个鸡笼。这次有三颗！真幸运！她小心翼翼地控制着自己的动作，掀起身上的半裙，把前两颗鸡蛋放进卷起的裙边里，然后又往里面放了一颗，然后是另一颗……收完最后一颗的时候，她注意到鸡笼的尽头有一些动静。

通常，这个时间并没有鸡会在稻草地上散步，可有什么东西动了一下。她看了看，但她个子太矮看不清楚。或许有只鸡跑掉了？或者有只狐狸？让娜跟她说过狐狸吃鸡。如果她能把作恶的狐狸赶走，让娜一定会为她感到骄傲的。往后，她一定就能负责收鸡蛋的活了！她一小步一小步地走过去，确保奶油能跟上她的脚步。她做好了吓跑狐狸的准备——吓破它的胆，这样它就再也不敢回来了。右边什么都没有，它一定是察觉到她在这里了，她跑到左边，听到了些动静。它在那里，在稻草堆的后面。她深吸了一口气，边走近边喊：

“坏东西，你给我出来！”

一个男人把手高高地举过头顶。他个头很高，留着深棕色的头发和浓密的胡须，头上戴着一顶灰绿色的鸭舌帽，身上的衣服破烂不堪。他看上去被吓坏了！艾丽斯愣住了。她以最快的速度后退了几步，同时嘴里嘟囔着一些听不懂的词。慌乱之中，鸡蛋全砸在了地上。突然，门吱呀一声地开了。她还没来得及转过身，让娜已经站在了她面前，她气得满脸通红：

“你在鸡圈里干吗？谁让你自己进来的！”

艾丽斯低下了头。她脚下全是碎了的鸡蛋。她觉得浑身上下都难受极了。

“鸡蛋！全浪费了。”让娜接着说。

“我和奶油本想……”她用眼神四处寻找着小猫咪，想给自己的说辞找个支撑，但奶油早就逃到院子里去了。

“艾丽斯，我很生气，你要受罚的。你先给我回去，把水烧上。”

“那他呢？”她指着陌生人说。

“没有他，这里一个人也没有。”

“可是……”

“我说没人，听懂了没有？”

艾丽斯茫然不解。但在让娜严厉的眼神中，她乖乖回去了。

这一天像往常一样继续。让娜浇了菜园，喂了牲畜。关于那个陌生人，她一句也没有解释。他走了吗？让娜认识他吗？一定是认识的吧，她一点儿也没有被吓到的样子……可为什么艾丽斯却必须要演戏呢？傍晚，养母让她去打水，一句多余的话也没有说。

“你回来之后要受罚的。”

“可是……”

“我什么也不想听。”

艾丽斯把奶油放进围裙前面的口袋里，提着水桶出门了。这不公平。她一点儿也不想去打水，她突然不再觉得这是件什么好玩的事了。奶油不停地用小爪子挠着她。

“行了，行了。”她边说边把它放在了地上。

小猫咪兴奋不已。它从这里跑到那里，想要抓住自己的尾巴，似乎还因为抓不到而有些不快。艾丽斯试图让它平静下来，但它的注意力却突然被田野里的某样东西吸引住了，它向远处走了几步，然后便像闪电一般消失了。她最害怕的就是把奶油给弄丢了，这下可好了……

“奶油！快点回来！奶油！咱们要迟到了！”

然而小猫就是不回来，如果艾丽斯花太多时间跑去追它的话，让娜一定会气上加气的。

“够了，奶油！你要是这个样子的话，我就自己回去了！”

突然，她听到了一声巨响。有人开了枪。她打了个寒战。从来没有人在这里打过猎啊！这太不寻常了，她的心脏怦怦地越跳越快。她躲到灌木丛后面观察着四周。什么也没有。奶油一定是和她同样感到害怕，所以才马上跑回来在她的腿上蹭来蹭去。她把它抱起来，放回了围裙口袋里。

“别怕。”她试着安慰它，但她连自己都说服不了。她得回到公路那边去。她继续弓着腰，让自己和麦穗持平。

“嘘，奶油，别出声。”

小猫咪不再喵喵叫了，它乖乖地待在口袋底一动也不动。艾丽斯不得不停下来喘口气。还有几米就走到公路了。可她害怕不敢走过去。万一那人再开枪怎么办？她想到了让娜。虽然她俩吵了架，但她万一要是出了什么事，她的养母一定会伤心的。艾丽斯的鼻头酸酸的。她觉得自己被夹在了恐惧和行动之间。

“有我在呢，奶油。咱们一定能行的，你就睁大眼睛看着吧。”

她鼓起勇气，拳头一攥，接着跑起来。跑到一半时，她猛然停了下来：四个穿着军装的士兵正站在一辆巨大的汽车旁边把守着。其中一个男人看见了艾丽斯，朝她走了过来。她不寒而栗，进退不得。

“你好！”他用一种奇怪的口音说道。

她不知道该怎么回答。

“Du bist sehr hübsch.”（你很漂亮）。[1]第二个人摸着她的辫子说。

德国人。她感到自己的腿在颤抖。

“你，有没有，看到，深棕色头发，胡子到这里的人？”

艾丽斯马上想到了鸡圈里的那个人，她害怕得心惊肉跳，不

① 原文为德语，为遵循原文版式，故保留非法语词句原样，并作注解。后文中出现非法语词句时亦沿用此形式。

是很确定地摇了摇头。

“真的吗？”

“我……我去打水。”

她挥了挥水桶，好像铁证如山一样。她急着把它举起来，不小心撞到了自己的脸。士兵们放声大笑起来。

“去吧，小姑娘，回家吧。你这么漂亮，不会有麻烦的。Schnell（快走）。”

艾丽斯朝着家的方向撒腿就跑。才过了几秒钟，她就又听到了士兵们的声音：

“Er ist da!”（他在那儿！）

他们用手指着一处灌木丛，她认出了藏在灌木丛后面的鸭舌帽。是鸡圈里的那个男人。他们要找的人真的是他。突然，那个刚才摸过她辫子的男人举起武器，开了几枪，鸭舌帽消失了。艾丽斯手里的水桶掉在了地上，她以最快的速度向前跑去，周围的世界仿佛正在坍塌。鸭舌帽没了，那人倒下去了，德国人发现他了。他们开了枪，那人……不，这不可能。他们不能这么做！可鸭舌帽……快点回去。忘了这些。快点。去找让娜。万一她也出了什么事怎么办？快！快！

刚一回到农场，她就抓住了让娜的裙子……

“哎哟，怎么了？怎么喘成这样？”

然而艾丽斯却说不出话来。

“水呢？”

她的上下牙打着架，嘴唇不停地颤抖着。让娜晃了晃她。

“发生什么事了？”

艾丽斯上气不接下气地说：

“不在那儿的那个男人。他好像死了。”

让娜后退了一步。

“什么？”

艾丽斯一五一十地告诉了她。让娜看上去好像缩成了一团。艾丽斯怨恨自己把这个消息告诉了她，但除此之外她又能怎么做呢？她必须得知道才行。

“对不起……”

“和你没关系。”

“他是谁？”

“谁也不是。你从没见过他。”

养母在一种令人窒息的沉寂中开始准备晚餐。她花了好久好久才把胡萝卜切成圆形的小块。刀每次触碰到木质的案板，艾丽斯都会被吓一跳。然后让娜开始切葱。她一脸怒色，咬牙切齿。她的嘴唇不时蠕动着，像是有什么话想说，但她一个字也没有说出口。艾丽斯一直待在她的身旁。艾丽斯时不时地偷看让娜几眼，偶尔冲着她微笑一下，心里期盼着能打开她的话匣子，或是吸引些她的注意力，可让娜一心只盯着手中的刀。

晚饭时间到了，让娜祷告完毕后让艾丽斯开始吃饭。而她自己却连餐具也没有碰。

“让娜，要是德国人打赢了仗，我们是不是都活不成了？”

“我们不会让他们打赢的。”

“可是万一……”

让娜没有回答。

“那如果咱们赢了，是要把所有德国人全都杀死吗？”

“把你的汤喝了。”

“可如果上帝说不应该杀戮，然后我们把他们杀了，这样不是不对吗？”

“打仗就得这样。快，把你盘子里的汤喝完，上楼睡觉去，我想一个人待会儿。”

艾丽斯站了起来，但她一点也不想自己一个人待在房间里。她假装上楼，在楼梯上闹了些动静，然后又悄悄地走下了几个台阶。她在这里可以窥探一切，而且不会被发现。

让娜在客厅里，她挪开了一些木柴，木柴的后面藏着一个瓶子和一枚奖章。艾丽斯从未注意到过这些东西。让娜坐到饭桌旁，给自己倒了一杯，然后一饮而尽。她叹了口气。然后又喝了一杯，两杯。她盯着那枚奖章，然后开始和一个不存在的人讲话，接着开始哭泣。艾丽斯既好奇又不安。她很想继续观察以便弄清楚这一切，但又觉得这样做不好，像是她正在从让娜身上偷走些什么东西似的。她悄悄地上楼回到房间里，关上门，等了很久才等来了倦意。

半夜时分，她下楼找寻奶油，看到让娜把头趴在桌子上睡着了，她的手里还攥着酒杯。瓶子里已是空空如也。让娜流着口水，不时还一边叫喊一边抽搐。艾丽斯从柜子里拿出来一床被子，盖在了她养母的背上。然后她抱起奶油，将它紧紧地贴在自己的胸前。

原来，这就是打仗。现在，她明白了。

2

萨利–德贝阿恩，1943年10月

几个月过去了。9月，艾丽斯开始进入萨利小学学习。她每天都要去上学，而且不怎么喜欢这样。这里人太多，她觉得自己和别人不太一样，而且为此感到十分担心。上学的日子里，她急切地盼望着周末的到来。可周末总是很快就结束了，每个星期一的早上：

“把早饭吃了。”让娜说。

“我不饿。”

“吃了饭才有力气。”

“我觉得我好像生病了。”

同样的对话每次都会以她拖着脚步去学校告终。每个星期一，艾丽斯都会觉得不舒服，好像有什么东西压在她的胸前，让她浑身上下都不自在一样，体内的某种动静让她动弹不得。让娜似乎并不担心，她说这是正常的害怕，她还是和平时一样用心地为艾丽斯准备早餐，和平日里一样关心她。然而，越是快要到上课铃响的时候，艾丽斯的不安感就越是强烈。不是因为学习，也不是因为学校的女班主任。都不是，而是因为一种难以名状的东西，一种不祥的预感。

“你会目送我的吧，嗯？”

“好，我的小乖乖。”

“一直等我走到第二棵树。”

“好，去吧，天冷，你快迟到了。”

让娜会尽可能地目送艾丽斯。她们一起试验过。让娜可以从住处看着她走过大半的路程，一直到第二棵松树为止。这条路让艾丽斯不得不绕些道，但她希望能感受着让娜的目光，而不是自己一个人孤零零地走。走过松树后，路开始变得陡峭，从农场的角度便什么都看不见了。剩余的几米路上，艾丽斯的恐惧变本加厉，她加速朝着村庄走去。直到遇见同学，这种不安感才瞬间消失不见。

“艾丽斯，早啊！”仅仅两个词，便让她找回了平衡感。

这个星期一，她心里某种不对劲的感觉比平时更为强烈。她肚子很痛，还流了许多汗。连鸟叫声也能把她给吓一跳。这不正常。是要发生什么事情了吗？她真想马上能有人告诉她答案。但该去问谁呢？大家会以为她疯了。整整一天的课上，她一直在等待着某个坏消息的到来。放学铃声响起的时候，她花了好长时间才站起身来。什么也没有发生。她怎么也不敢相信。她开始觉得让娜是对的：害怕是毫无用处的。

不过两天后，艾丽斯在校园里走近克洛迪娜和吉塞尔时，她们把她推开并走远了。惊讶的艾丽斯跟在她的小伙伴们身后。她坚持要和她们一起玩。这两个同谋冷漠地对她说：

“咱们不是朋友。”

“你不能和我们待在一起。”

艾丽斯以为她们是在开玩笑，她耐心地等着下一个课间再去接近她们。而这一次，所有的学生，甚至连她根本都不怎么认识的年纪大些的学生，都对她不理不睬。她的两只耳朵嗡嗡作响。她环顾着四周：这可怎么办才好？跑出学校？躲到厕所里去？她凑近几个正在玩跳房子的女孩。这几个女孩马上停了下来，然后开始窃窃私语。接着她们高傲地看着她，并咯咯地笑了起来。她们嘲笑的对象正是她。艾丽斯感觉到她们的笑声从操场上的一群学生传到另一群学生，好像海浪一样。

“不管怎么说，让娜夫人她又不是你的亲生妈妈。你是个外人。”

“你或许是个间谍也说不定呢。”

艾丽斯听到了许许多多的：

“哎呀呀！”

“说得好！”

“臭间谍！”

这些声音从四面八方传来。她用最大的力气双手捂住了耳朵，但有个人从后面过来掰开了她的手，并喊道：

“叛徒！”

艾丽斯精疲力竭地转过身去。他们要对她做什么？他们想说什么？她和他们不一样，正是这一点让他们感到不自在。但他们管这些闲事做什么？最近一段时间以来，她确实有些疑问。让娜究竟是她的亲人吗？她的父母是谁？将来她会见到他们吗？他们为什么把她留在了这里？她完全可以去问让娜，但她怕让娜会伤心难过。万一让娜不和她说话了，或者更甚，万一让娜也不要她了呢？她一想到要一个人去森林里睡就害怕得不行。她宁愿闭口不言，只希望她的脆弱处境别被其他的东西打破平衡。而现在，一切都结束了。

艾丽斯感到双脚冰冷。她觉得校园里的那些嘈杂声突然静止了，那些笑声、拍球声、欢呼声和哀叹声、脚步声、跳跃声，所有的声音都静止了。只剩下她孤身一人。她心如刀绞，只能尽量目光坚定地走到卫生间旁的几级台阶处坐了下来。她觉得自己再也站不起来了。但她不想让别人看出她心里的恐惧，这会让所有人都觉得他们做的是对的。她假装在观察某个十分吸引人的东西，仿佛自己一直身在是非之外。事实上，她一直在心里一秒一秒地数着。再过一百八十几秒，老师就会过来带他们回教室上课了。排队的时候，没人愿意站在她的旁边。入座时，她的同桌在两人共用的桌子中间放了一把尺子作为三八线，不管用什么借口，艾丽斯都不能越线。

*

出了校门，艾丽斯像逃命一样奔跑着。远离，快，再也不回来，永不。到了农场，她直接上楼把自己关在了房间里面。

“小乖乖，你没事吧？”

几分钟后，惊讶的养母轻轻打开门问道。

“没事，我有点头疼。”

“哦，我给你做点你喜欢的热汤吧，我会把汤里的蔬菜都碾碎的。你先休息一会儿。房间里够暖和吗？”

“嗯。”

“要不要我去把医生找来？”

“不用。”

艾丽斯向养母道了谢，等她下楼后，她便坐到了窗户边上。她望着无边无际、白雪皑皑的田野，望着邻家农场上升起的炊烟。天空先是被染成了橙色，然后是红色，不一会儿，太阳就藏了起来。她一动不动地待了很久，她不去想流逝的时间，不去想任何事，只是这样看着夜幕低垂。若是这一刻能够永远静止该有多好。若是她的生活里没有其他人，若是所有的问题都戛然而止，该有多好。让娜的呼喊声打断了她的遐想。该吃饭了。

“小宝贝，你在孵蛋吗？”

艾丽斯摇了摇头。

“快，吃饭吧。”

“我不饿。”

“吃点吧，就当是为了哄我高兴。”

可艾丽斯却僵坐在那里。让娜观察了她一会儿，艾丽斯明白自己不可能一直都不开口。

“跟我没什么不能说的，知道吗？””

“嗯。”

“有人在学校里欺负你了吗？”

“没有。”

“真的吗？你可不许跟我撒谎……”

艾丽斯脸红了。她的泪水涌到了眼角，最后她还是把被同学欺辱的事告诉了让娜。但她对缘由只字不提，也没有复述那些有关她父母的闲言碎语。提及这事必然会引出一场她还没有做好心理准备面对的谈话。还是不说为好。

“小宝贝，你知道吗，大多数人都是绵羊。有个领头的，其他的都只会跟在后面学。别理他们。等着看吧，他们会回头的。”

“怎么回头？”

“不要看他们，看你的书，画你的画，散你的步。他们会回头的。”

*

虽然艾丽斯并不是很相信让娜的建议，但她还是照做了。她把养母交给她的家长留言条装进了信封，封上了口。艾丽斯并不清楚留言条的内容。她得把它交给老师，才能在课间的时候不用出去，一个人待在教室里。去学校的路上，艾丽斯三番五次地犹豫要不要把信封打开，但她怕弄坏了留言条。老师的反应完全取决于它。这张纸条是与绵羊们展开斗争的开端。整个途中，她一直紧紧地用双手攥着信封，就好像它是什么宝物似的。

到了学校，她无视那些同学的恶意目光，径直走进了教室。让松老师已经在教室里了。艾丽斯小步走向她的讲台。她也不清楚到底是不是应该这样做。她怕老师会当着所有人的面把留言条读出来，然后他们会变本加厉地嘲笑她。但她没有时间再等了，马上就要上课了，要是她现在不把信封交上去的话，就没机会了，然后下一个课间，她就不得不和其他人一起到操场上去了。她一个深呼吸，一口气跟老师说完了这句话：

“让松老师，这是给您的。”

女老师接过信。她一边看一边点着头。

“很好，艾丽斯，如果你愿意的话，可以待在教室里。”

“谢谢老师。”

“有什么事可以随时跟我说。你不是孤单一人。”

艾丽斯挤出一丝微笑，并向让松老师道了谢。

正如说好的那样，大课间活动时，所有学生都下了楼，只剩下她孤零零地一个人在教室里。她偷偷拿了克洛迪娜的几支铅笔和吉塞尔的一张吸墨纸用来画画，悄悄享受着罪恶的快感。事实上，她可以说是成了一名有特权的学生。午休时，她在校园里散步，谁也不看，也不和任何人说话。她置身在一个由沉默守护的气泡里。每当讥讽的声音刺穿她的盔甲，她便一遍又一遍地回想着让娜对她说过的那句话：“他们都是绵羊。”

令她意想不到的是，第二天，玛丽，一位至今为止几乎从未和她说过话的同龄女生，在排队时站到了她的旁边。玛丽什么话也没有说，只冲她咧嘴笑了笑。她也回给玛丽一个微笑。不过，在往教室门口走的路上，她忍不住问玛丽：

“你为什么会站在我旁边呢？”

“不为什么啊。”她的小伙伴一边说一边坐了下来。

不为什么。也就是没有理由。没理由地被排斥，没理由地被喜欢。艾丽斯彻底糊涂了。

第二个大课间，玛丽带着另外两个女生过来，她提议一起玩猜单词游戏。她从口袋里掏出几支粉笔，在地上画了些线条。

“第一个提示：是某样东西。”她解释着。

起初，另外两个女生似乎有些不情愿和艾丽斯一起玩，不过她们很快便全身心投入到了游戏当中，把刚开始的犹豫完全抛在了脑后。

“里面有字母A吗？”一个女生说。

“没有！”

“T呢？”另一个试探道。

“有的！”

“R呢？”

“对的！”

“等等，你想的词该不会是crotte（便便）吧？”艾丽斯惊讶地问道。

“对了！”玛丽一边说一边大笑起来。

其他女生也跟着她一起大笑起来。

“她写的是便便！”

“说这个词的人才是便便呢！”

她们放声大笑着。现在有一点可以确定了，这个小团体里一只绵羊也没有。

“该我来写一个单词了！”艾丽斯说，“不对，应该是两个单词。”

“可你这样做是犯规的！”其中一位女生提醒她。

“不犯规，你等下就知道了。是某种东西。”

不出几分钟，玛丽便第一个猜中了：

“母山羊，的！”

艾丽斯边点头边笑，新朋友们异口同声地喊道：

“母山羊的便便！”

她们捧腹大笑。这样笑的感觉真好！可突然间，艾丽斯瞥见了离她几米之外的克洛迪娜和吉塞尔恶意的眼神。她整个人都僵住了。虽然心里很难受，但她没有表现出来。什么也没有察觉到的玛丽提议说：

“咱们玩跳房子好吗？”

艾丽斯同意了。这一次的跳房子是她有生以来最难的一次。每一跳都至关重要：她不能摔倒，她必须得表现出一副快乐、轻松的样子，她得赢得游戏才能博得玛丽的喜爱。玛丽的玩具和衣服总是最漂亮、最好看的。她的爸爸是医生，而且住在一栋大房子里。如果她能从此成为她的朋友该有多好。跳高一点，跳远一点，让玛丽有面子。只要玛丽喜欢她，所有的事情就都会迎刃而解了。

下午大课间的时候，艾丽斯确定了让娜说的话是对的：绵羊都是盲从的。那些和吉塞尔的小集团比起来和玛丽更加亲近的女孩子加入到了她们的阵营当中。她们定是观察了她们一个上午，在独自赌气和与艾丽斯一起玩这两者之间权衡过了利弊。其中三个女孩率先迈出了第一步，她们问玛丽和艾丽斯是否能和她们一起玩游戏。这样一来，她们一共就是七个人了。她们决定一起玩猫咪躲高高。艾丽斯很喜欢这个游戏。她跑得很快，而且她跟奶油学会了几乎在所有地方都能抓紧不放的技能。

过了几分钟，克洛迪娜来到了玛丽身边。艾丽斯突然一下动弹不得。她害怕所有的一切就此告终，怕玛丽再也不理她了。她从藏身的台阶上走下来，朝她们的方向走去。她觉得胃里一阵刺痛，仿佛有刀片在里面搅动似的。

“咱们一起玩行吗？”克洛迪娜问道。

玛丽用眼神询问着艾丽斯。所有的女生都沉默不语，等待着她的回应。艾丽斯还没有反应过来。克洛迪娜没了自信。她好不容易才让自己站直，然后开始语无伦次，尽量提高音量来掩饰自己的情绪，假装什么也没有发生。她身后的吉塞尔来回晃荡着腿，偏不往艾丽斯的方向看。所以克洛迪娜才是领头羊，她才是那个挑起这场不公平战争的人。她企图伤害艾丽斯，孤立她，让其他所有人都不理睬她。但她输了。这样的胜利对艾丽斯来说已经足够了。

“可以，如果你愿意的话就跟我们一起玩吧。”

*

接下来的日子过得一天比一天顺利。艾丽斯再也不怕星期一的上午了，也不害怕其他上午了。她喜欢学校老师讲的课。圣诞节快要到了，全班同学都做了陶艺花瓶作为送给父母的礼物。这段时光十分惬意。让娜也同意这一点。一天晚上，她们正装饰屋子的时候，她的养母说：

“短暂的白天，显得更加的紧锣密鼓了。好像黑暗和微弱的光亮把人们的距离拉近了一样。”

然而许许多多的问题在艾丽斯的脑海中不停徘徊。这些问题超出了她的能力范围，让她难以入睡。她刚躺下，便被它们一股脑儿地埋了起来，接连好几个小时，她就是找不到答案来堵截它们。她为什么会住在让娜家里？她妈妈会有一天来接她吗？她会不会在不知情的状况下曾经和她擦肩而过？她的父母还在世吗？

这些疑问让她感到精疲力竭。它们像远处的比利牛斯山脉一样，让她有种在孤立无援的情况下，要去攀登一座陡峭山峰的感觉。她身边没有一个人和她的处境相同。她只想在一条路上笔直地走下去，只想让一切不再如此复杂。日子每过去一天，这种折磨就越厉害。必须要有个了断才行。可怎样才能了断呢？怎样才能在不伤害别人的情况下找到真相呢？怎样才能在学校女同学不会重新开始排挤她的情况下找到真相呢？这个难题是永无止境的。

*

一天上午，玛丽给全班每位女生发了一封漂亮的信。上面写着："欢迎本周六下午三点，前赴玛丽的生日宴会。"信上没写地址，不过大家都知道医生住在哪里。

生日宴会！艾丽斯还是第一次收到这类邀请。她既兴奋不已又惶惶不安：生日派对上需要做些什么呢？她问让娜，可养母却又问了她一个问题，好像这是对她问题的回答一样：

"你穿什么衣服去比较好呢？"

接连数天，她们的精力都集中在玛丽的生日宴会上。

"我怎么知道其他人会穿什么！"艾丽斯气冲冲地说。

"我觉得做弥撒时穿的套裙可能不太合适。"

"我总不能穿围裙去吧！"

艾丽斯把衣服试了个遍，让娜边看边思索着。最终她俩达成了一致意见：上面穿平日做弥撒时穿的一件白色衬衣，下面穿平日上学时穿的一条百褶裙。那一个星期里，裙子需要洗两次。让娜给她卷了几缕头发，在头发上系了一条丝带。

不过她俩刚把衣服的问题解决，便又发现了另外一个问题。一个重大的问题：

“吉塞尔和克洛迪娜要送她彩笔和画纸。”

“彩笔！这东西贵得要命呢！”

艾丽斯点了点头。

“对不起，我的小心肝，可我什么也买不起。”

“那我总不能空手去吧！”

“是，不能空手去。”

让娜提议带些鸡蛋去。艾丽斯拒绝了，这也太奇怪了。养母同意在家里找找是否碰巧有可以送人的东西。

“要不，我可以在这条毛巾上绣上玛丽的名字……”

艾丽斯伤心极了。让娜好心好意地发挥各种想象力，但她的主意却没一个合适的。如果没有礼物，艾丽斯就不能去玛丽家，这真让人觉得羞愧。她怪自己竟会如此穷困。穷困不但会一直困扰自己，还会困扰到他人。

一天晚上，让娜煮汤的时候突然转过身，激动地对艾丽斯说：

“要不咱们做个苹果蛋糕吧？”

“苹果蛋糕？”

“对啊！你特别喜欢的那种！上面铺上苹果片和糖。还可以写上玛丽的名字，装在一个漂亮的盘子里……”

艾丽斯露出一个灿烂的微笑。那是她最爱的蛋糕，每年生日和圣诞节前都数着日子等待的蛋糕……她们可以一起去摘苹果，前一天晚上做好蛋糕坯。星期六早上把蛋糕烤好，这样到了下午点心时间，蛋糕就凉透可以吃了。她们接下来的一个星期里或许都没有糖和鸡蛋了，可能不止一个星期，不过没关系，玛丽将在她生日那天收到世界上最美味的蛋糕，而且还是艾丽斯送的！这主意真是棒极了！

“好像马德莱娜和让内特的妈妈到时也会去，她们会和玛丽的妈妈一起喝茶。”

“有人问你什么了吗？”

其实，玛丽在学校操场上说过，想留下来等待的妈妈们都可以留下。这些城里的妈妈举止优雅、谈吐大方。艾丽斯虽然很崇拜让娜，但她知道让娜和她们不一样。让娜的手总有些脏兮兮的。她戴在头上的那块方巾四周，总能看到些乱糟糟的白发，她身上的半裙破破烂烂的，虽然她定期洗衣服，但在农场里每天都会沾上乱七八糟的污渍：鸡粪、奶牛的唾液、黏黏的烂泥……星期六和平日没什么不同，让娜的衣服一定是脏兮兮的。艾丽斯不想让玛丽的妈妈请她坐到另外的椅子上，不想让她像对待傻子一样和让娜说话。她在集市上见过别人这么做。

“没有，她们什么也没问。”

让娜盯着艾丽斯看了一会儿，点了点头。

“小宝贝，你知道的，这些女人……我和她们也聊不来……还是你自己一个人去比较好。”

让娜全明白了。艾丽斯羞愧不已，但这场生日宴会真的太重要了……如果让娜去了，大家都会觉得不自在，她可不想给别人添麻烦。

“答应我你会乖乖的，还要参与玛丽提议玩的游戏。”

艾丽斯点点头，她还保证她会和其他人同时吃点心，去卫生间前先征得主人的同意。

这个令人迫不及待、忐忑不安的日子终于到了。让娜把艾丽斯一直送到了街角。艾丽斯敲了敲门，玛丽的妈妈打开了门。她比艾丽斯想象中的还要美：整齐完美的发髻，头顶一只白色小宽檐帽，一条修身的羊毛长裙和漂亮的鞋子。几秒钟后，玛丽走了过来，她也是一身白色。艾丽斯把装着蛋糕的盘子递给她，玛丽回以灿烂的微笑并向她道了谢。艾丽斯的不安感一下子全消失了，两个好朋友上了楼，和其他已经到了的伙伴们一起做游戏。

“克洛迪娜应该快到了。还有马蒂娜，莉松，让内特和马德莱娜。”玛丽一个个数着。

她们临时起意玩起了过家家，一个个轮流扮演乳品店老板娘、杂货店老板娘和农妇，她们贩卖着“玛丽女士”生日派对需要使用的东西。橙子、马达加斯加香草、孜然、来自安的列斯群岛的椰子、锡兰红茶、鸵鸟蛋、鲨鱼……她们相互交换着各种奇珍异宝。待女孩子们到齐了，她们便假装喝起了英式下午茶、品尝着英式糕点。

“这叫司康饼[①]。”玛丽声称。

她的爸爸可以证实这一点，他年轻时曾去过伦敦。接着她们

① 一种英式面包。

玩起了跳绳和猜谜语。然后玛丽的妈妈过来告诉她们，二十分钟后一起吃蛋糕。克洛迪娜提议一边玩布娃娃，一边等待吃蛋糕的时间。

“可是……咱们人挺多的，不是吗？”艾丽斯尴尬地说。

玛丽把手搭在艾丽斯的手上，笑着对她说：

“别担心，我给大家都准备了。”

她起身捋了捋裙子，向粉色的大衣橱走去。当她打开那两扇快要顶到天花板的衣橱门时，艾丽斯简直不敢相信自己的眼睛：十几个玩偶娃娃整齐地摆在架子上。它们似乎相互注视着，等待有人来和它们一起玩耍。艾丽斯从没见过这么多的娃娃，它们每一个都是那么精致、漂亮。其中有穿着花边连体衣的光头婴儿娃娃，还有小女孩造型的娃娃，有一个头顶金色的鬈发、身穿粉色的丝质长裙，有一个头顶棕色的秀发、身穿水手服，还有一个红发飘飘、梳着发髻、穿着苏格兰花纹的衣服……它们都精巧极了！艾丽斯能这样盯着它们看上好几个小时。她一直梦想着能拥有一个真正的布娃娃。让娜用布头和木块给她做过一个，还用纽扣给它做了眼睛，但那根本不能叫娃娃。这些，才是栩栩如生的真正的娃娃。

玛丽开始分发娃娃。她把婴儿娃娃给了让内特，把那个美丽的金色鬈发娃娃给了克洛迪娜，后者看上去很开心。艾丽斯有些失望，她很想要那个娃娃。她盼着玛丽可以把苏格兰娃娃给她，但她却把它分给了莉松。几分钟后，所有的女孩子都拿到了娃娃，只有艾丽斯没有，而柜子里只剩下了那个水手娃娃。

“我拿这一个。”玛丽边说边把它抱在了怀里。

艾丽斯低下了头。娃娃都分完了，没有她的。或许是因为她不配？或许是因为住在农场里的人不能拥有娃娃？她强忍住眼里的泪水，这时玛丽拉起了她的手。

“跟我来，我有东西给你。”

玛丽带着她朝衣橱走去，然后拉开了衣橱里面的一个大抽屉。抽屉里的羊毛垫子上躺着一只精美绝伦的娃娃。它棕色的鬈发像丝绸一般顺滑，脸上有些许橙红色的斑点，头上还戴着一顶王冠。

“它是一位非常古老的公主。我爸爸说她是从俄国来的。”玛丽解释道。

艾丽斯从没见过如此美丽的东西。

“我觉得她长得像你，如果你愿意的话，就拿它玩吧。”玛丽边说边把娃娃递给她。

艾丽斯不知该说些什么好。她接过娃娃，小心翼翼地把另一只手放在俄国公主的华丽裙子上面。它的质地是那么的柔软。

“这是丝绒。”玛丽说，“王冠是银的。”

艾丽斯不敢相信。一位穿戴着珠宝的真正的公主，竟是她的玩伴！玛丽把她最美丽的娃娃交给了她。艾丽斯不知道其中的缘由，但她永远也不会问出口的。她不想冒着娃娃被收回去的风险。无意间，她撞上了克洛迪娜嫉妒的眼神，但她并没有在意。

“我说，到底什么时候开始啊？”莉松问道。

“马上！开始吧！”玛丽说。

“假设我们每人都有一个孩子，咱们的丈夫们都去打仗了。就像我爸爸一样。”克洛迪娜随后又加上一句。

女孩子们点点头。可是艾丽斯的心头却突然刺痛了一下。

“你呢，你给你的孩子起什么名字？”吉塞尔问克洛迪娜。

“奥德丽。你呢？”

每人都轮流回答着这同一个问题，一直轮到艾丽斯。

“我不知道。”

“你得给它起个名字。每个人都必须给孩子起一个名字。”

艾丽斯浑身发烫。艾丽斯。为什么她叫艾丽斯？她从未想过。是她妈妈给她起的名字吗？一个奶奶辈的人常用的名字？还是让娜的主意？这件事从何而知呢？

“咱们能把窗户打开吗？”她问玛丽。

“不行，我妈妈说那样屋里会太冷的。”

“嘿，艾丽斯，你女儿叫什么名字啊？”克洛迪娜挤眉弄眼地问道。

“我觉得我还是不要玩娃娃了。不好意思。”

“可大家都在玩啊，今天是玛丽的生日。”

“我看你自己才是个娃娃吧。”吉塞尔嘲笑她道。

大家哈哈大笑。艾丽斯头晕目眩：各种问题扑面而来，而她却脑子一片空白。她站起身，把俄国公主放在一个靠垫上，向后退了几步。

“我去床上坐一会儿。”

玛丽疑惑地看着她，可艾丽斯知道如果自己不走开的话，一定会浑身难受的。她在床上躺了下来。克洛迪娜对此颇有意见。

“都说好了要一起玩，你别装淑女。”

艾丽斯浑身颤抖。

“我肚子痛，对不起。我人在这里呢。”

“不，你不在，你人在床上！”

“你们说着我听着，我保证是一样的。”

女孩子们开始嘟囔起来：

“什么呀，这算哪门子的游戏啊！”

尽管艾丽斯觉得天旋地转，身体脱离了控制，但她仍能感到心头冲上来的一股怒气。为什么她连给娃娃起个名字都办不到？这很简单啊！她可以叫它让娜，或者玛丽，她知道好多名字。但她办不到。她浑身上下是那么滚烫。

“我不想要孩子。”她斩钉截铁地说。

她自以为给这场争论画上了句号。然而，克洛迪娜却以在学校操场上拒绝带她一起玩的那种决绝突然说：

“和你妈妈一样！”

房间里突然一片沉寂。

“不对吗！不然她人就来了！”克洛迪娜接着说。

艾丽斯好像被闪电击中了一样。她扑向克洛迪娜，扭打着她的胳膊、脸蛋，踩着她的脚。她接二连三地攻击克洛迪娜，似乎什么也阻挡不了她。克洛迪娜脸色是那么苍白，其他女孩子一句话也说不出口。没有人知道这正在发生的一切究竟是怎么回事。只见克洛迪娜被放倒在地上，接着她朝艾丽斯的肚子踹了一脚，后者大叫起来。艾丽斯痛极了，但怒火让她忘记了疼痛的感觉。她的小拳头像雨点一样落在对手的身上。她胡乱地捶着、挠着。她也不记得自己从哪里来、打的是谁了。她厮打着，厮打着。女孩子们求她停手，但她们的声音听上去是那么遥远，像是被包裹在了一层厚厚的布里一样。突然一双手从后面抓住了她，令她动弹不得：是玛丽的爸爸。她的父母被声响惊动了。这位医生先生惊恐地看着艾丽斯。她猛地意识到自己的模样：衬衣被撕烂，裙上的扣子不知去向，袜子掉到了脚踝处。克洛迪娜的鼻子流着血，胳膊上红一块、青一块。

“艾丽斯，你听见我说话没有？天哪，你这是怎么了？”

医生语气很重。他非常生气。艾丽斯羞愧极了。她被斥责的时候，克洛迪娜藏在大人们的身后冲她做着鬼脸。总有一天她会有报应的，这个坏女孩！

“我觉得你还是现在就回家比较好。”

艾丽斯知道任何辩解都是多余。她告别了玛丽，大人们和其他女孩。她把袜子提起来，自己走上了回家的路。整个路上，她都一直强忍着不让自己哭。她并非因为被训斥而感到伤心。她伤心，是因为克洛迪娜说得对：她的妈妈不想要她。

见她这副样子，又这么早回家，让娜不知道该说什么好。她只能瞪大眼睛惊讶地打量着她。这让艾丽斯的泪水像决堤般地涌了出来。大颗大颗饱含着痛苦的泪珠不停地往下流。

“发生什么事了？”

“没什么。”

“艾丽斯，告诉我。”

“没什么，我们吵起来了，我和克洛迪娜打了一架。”

“克洛迪娜……就是那个总是找你碴儿的女孩？”

艾丽斯没有说话。

“她把你怎么了？”

她依然沉默着。于是让娜看着她的眼睛，对她说：

“小宝贝，你什么都不说，我也帮不上忙，知道吗？我在这里，就是帮助你的。”

艾丽斯心里清楚问题出在哪里，但说出口实在太难了，尤其是对让娜说出口……犹豫了很久以后，她嘟囔着说：

“我不是正常人。”

“胡说什么呢！”

让娜用轻快、几乎是笑着的语调接着说：

“我眼里的这个女孩，有两只胳膊、两条腿，再正常不过了！”

她怎么能不当回事儿呢？艾丽斯的怒气又冲了上来，她大喊道：

“我妈妈在哪里？我父母什么时候才会来接我？”

每问一个问题，艾丽斯的泪水都不停地往外涌，她一边跺着脚，一边砸着自己的大腿。她感到怒不可遏。她的呼吸急促，两腿发烫，她想把所有东西全部砸烂，把农场、鸡圈都碾平，她恨所有的人！

“艾丽斯，你这个样子我不会理你的。你有问题，我们可以谈。但你不能这样。你先冷静下来。”

然而艾丽斯根本无法思考。让娜抓住她的胳膊，把她关在了门外。她没穿外套，也没戴围巾，冰冷的寒风卷着雪花，让她一下子动弹不得。她蜷缩成了一团。短短几分钟之内，她的呼吸便恢复了正常节奏。于是她被准许进了屋。她感到精疲力尽。让娜把她搂过来，紧紧地抱着她。寂静之中，艾丽斯用心感受着让娜胸口的起伏和她有条不紊的心跳声。一，二。一，二。她感到眼皮越来越沉重。一，二。一，二。她闻着让娜的脖子，那个她熟悉得不能再熟悉的味道。一，二。一，二。然后一切都消失了。

鸡叫声吵醒了她。她正躺在自己的床上。昨晚的一些画面浮现在她的眼前。她不记得自己是什么时候睡的了。难道这些都是在她梦中发生的吗？她裹着被子翻了个身，突然感到右胯一阵剧痛。她撩起睡衣，看见了一大块紫色的伤痕。克洛迪娜的那一脚。她的记忆都是真实的。她感到羞愧万分，而且还很害怕，因为让娜一定气坏了。接下来会发生什么呢？如果没人赶她走的话，她还能在这里藏多久呢？她不会再回学校了，也不会再和任何人讲话了。

让娜打开了她房间的门。

“早上好，小心肝。跟我来，我给你准备了一个惊喜。”

“现在不是吃饭的时间吗？”

“过一会儿。”

既充满疑虑又感到好奇的艾丽斯，立即套上睡衣，从床上跳了下来。

让娜拉着她的手，从走廊天花板上一个不起眼的活动板门里放下了一个梯子，艾丽斯从来没注意到过这个东西。养母让她爬上去。阁楼里光线很暗，艾丽斯看不清里面所有的东西。这里有一套军装，几瓶酒，一台织布机。

“看见那边那个小箱子了吗？”

艾丽斯眯着眼看着让娜手指的那个角落，终于看见了她说的那个小箱子。

“你妈妈带你来这里的时候，把你的东西都放在这里面了。”

“我妈妈？这里？”

“对。你愿意的话就打开看看吧，毕竟是你的东西……你现在也长大了。”

她的妈妈如果来过这里的话，就说明真有其人！这个箱子是她的一部分，它一直都在那里，就在她床上方的几米处。它比宝藏还要耀眼，比魔法还要奇妙。或许它就是答案。艾丽斯抓着让娜的手，犹豫着慢慢朝箱子走去。

3

萨利–德贝阿恩，1943年11月

艾丽斯对打开箱子的那一刻充满了期待，她期待着那一瞬会发生些什么：咔嗒一声，或者是某个征兆。或许，她会记起妈妈的面容？一个物件会引起这种反应吗？还剩最后一步时，她停了下来。她害怕箱子里空空如也，便不敢再向前走。她寻找着让娜的目光，且出乎自己意料地打了个哈欠。

"小宝贝，别怕。"她的养母安慰道，"去吧，把它打开。"

安下心来的艾丽斯蹲下身子。这个棕色的箱子小巧玲珑，大概有她前臂的三倍大小。它的右下角凹凸不平，皮层也已老旧不堪。艾丽斯小心翼翼地掀起扣环，慢慢地把它打开来。最上面放着的似乎是一块擦碗布。

"不是，这是件婴儿包衣。还有另外两件。你来的时候，喜欢穿着它睡。后来这劲头过去了，我就把它们都收拾在里面

了。”

艾丽斯用力闻了闻。或许上面还留有一丝她妈妈的味道？可她只闻到了潮湿和压箱底的味道。这些婴儿衣物在箱子里存放了太久，过往的痕迹早已消失不见。她还找到了两条带花边装饰的小裙子。这是她穿过的裙子，她想想就觉得很奇妙。她看见在一叠浴巾的下面，有一双黑色的圆头带扣皮鞋。

“这鞋真漂亮。”

“和你一样！”

艾丽斯莞尔一笑。

“你那时漂亮极了，鬈发盖着小脸，一双大眼睛盯着我，好像在说：‘您就拭目以待吧！’”

“我和我妈妈长得像吗？”艾丽斯犹豫地问。

“有一点，不过你那时太小了，还看不出来。”

“她漂亮吗？”

“漂亮。而且非常优雅、端庄。你妈妈是个坚强的人。”

“她还没有死吗？”

“我希望没有，小心肝。不过目前，咱们也无从得知。”

“咱们为什么不去问警察呢？”

“这事很复杂，小宝贝。以后你就会明白了。”

艾丽斯叹了口气，又把手伸进了箱子里。她从里面拿出了一只银勺子，她决定把它留下，从今以后都用它来吃饭。她还找到了两幅画，她一点儿印象也没有了。这些真是她画的吗？她看不懂画的是什么：两条长长的红线，分散的蓝色和黄色的涂鸦，还有大片的空白。为什么她妈妈要留着它们呢？她在画的下面找到了一叠婴儿内裤，它们是那么的小，令她忍俊不禁。这就是全部的东西了。她伸手摸着箱底，希望能发现某块不寻常的凸起，某个暗藏的物品。然而箱子里什么也没有了。

“我记得侧面某个地方好像还有个口袋。”让娜说。

艾丽斯重又燃起了希望，她在箱子左侧寻摸着。真有一个口袋！她将颤抖的小手伸进去，想找到某个特别的东西。但她也不清楚到底想要找什么。她期待着一个惊喜。她摸到了一些纸……好几张，光滑的纸。是信件吗？或许是相片？她急忙把这些神秘的文件掏了出来。

结果她大失所望。那是一本杂志。杂志封面上，写着“目光”二字，字的下面有一幅照片，照片上，一个小小的男人站在一辆坦克前面。有一页被折了角。是第22页。艾丽斯翻开这一页时，一张纸片掉了出来。或许是她妈妈写的字条？她急忙去看。这只是一张对折的纸片而已，上面印着法国国旗，还有三句打印的话。艾丽斯随手把它放在了一边。让娜突然说道：

“小宝贝，那是你的出生证明。”

“我的什么？”

“每个小孩子来到世界上，都会有一份写着父母身份信息的证明，就是这个东西。”

艾丽斯急忙去看纸上写的话：

“艾丽斯·阿玛利耶，1938年6月14日出生，母亲为迪亚娜·阿玛利耶，1918年7月18日于滨海维莱出生。父亲不详。”

没了。只有这几个字而已。艾丽斯把纸翻过来又翻过去，也没有看到其他的字，她看上去苍白无力。

“所以没人知道我爸爸是谁，我不是阿尔芒的女儿吗？”

让娜看了看艾丽斯，接着低下头看着地面。她就这样站着，不说话也没有动。艾丽斯犹豫着是否要凑近她一些，但让娜好像用盔甲把自己裹住了一样：她交叉着双臂和双腿，头低垂到了胸口。艾丽斯觉得应该给她留些时间，所以她也一动也没有动。她集中精力听着周围的杂音：外面的一只小鸟鸣叫着，农场里乱七八糟的咯吱声，还有牛叫声。过了一会儿，让娜席地而坐，她长吸了一口气，说：

“我下面要说的话，你知我知。你绝不能告诉别人。”

这种话让艾丽斯感到害怕。她不情愿地小声回答：

“好。”

“我没开玩笑。不然，咱们俩就会落得和那个没来过这里的男人一样的下场，你还记得他吗？”

艾丽斯试图忘记在田野里目击的那恐怖的一幕，那些接连数月阴魂不散的画面，她焦虑不安地点了点头。

“你妈妈把你带到这里来，是为了你的安全考虑。她在这儿待了几天，等你习惯了，她就走了。她很伤心不得不把你留下，她跟我保证过她会回来的。她对我说：‘多爱她一点，她从没得到过太多的宠爱。’她希望你能快乐。”

“那她为什么不为了安全也留在这里呢？”

让娜犹豫了一会儿。

“不知道。”她最后这样回答道，“她不想让村里的人看到她。”

“那我的爸爸呢？”

"她告诉我你没有爸爸。"

"他死了吗？"

"我只知道这些。不过就是在那个时候，我决定，如果有人问起的话，我就说你是阿尔芒的女儿。"

让娜放松了一些，好像她刚刚托起了某种重物一样。接着她叹了口气，站起了身。她朝墙边走去，挪开了一个储物箱。箱子后面有几幅面朝墙的画，她选了两幅，又回来坐下。她把第一幅画转过来，放在艾丽斯的面前。

"看，这是我的父亲，我的母亲，我的哥哥和我。"

"你好小啊！真好玩！"

"对啊，我也是从你这个年纪过来的，你以为呢！"

"那你的父母现在在哪儿呢？"

"我父亲在 1870 年的战争中去世了。"

"以前也有过战争吗？"

"是啊，我的小宝贝，人类就喜欢打仗，他们遗忘得也快，不过我没有忘。我的哥哥和母亲后来也去世了，一个因为生病，一个是悲伤过度。"

然后她把第二幅画也转了过来，这一幅其实是一张照片。

"这也是我，和我的丈夫，我的儿子朱尔和阿尔芒。"

"可他是个小宝宝啊！"

"对，这张照片有年头了。我丈夫和朱尔都在 1914 年战争的一场战斗中牺牲了，我儿子被记了功，对了，回头我给你看看他的奖牌。后来阿尔芒在西班牙牺牲了，刚开始打仗的时候，1936 年。我求他别去，当然了，他没听我的话。"

让娜沉默了一会儿。她没有哭，也没有流露出悲伤的情绪。她只是很恼火。艾丽斯又想起了木头堆后面的酒瓶，想起了让娜每晚早早让她去睡觉时，拿出的那枚奖章。她终于明白了。她的养母接着说：

“村里的一个女孩子当时和他订了婚，但听到他的死讯之后……总之，没有人再见过她。我想，她完全有可能生下一个孩子然后托付给我。所以我就编造出你是阿尔芒的孩子，你妈妈把你交给我以后便离开了这里。”

艾丽斯花了好长时间才理清思绪，她试着消化这些闻所未闻的信息。她本期待着找到某些物件。她当然想找出一张她妈妈的相片，或者她俩的合影，可是……她感觉脚下的地面在颤动。他们究竟对她隐瞒了多少秘密？这世界上究竟发生过多少次战争？让娜曾经有过孩子，有过家……

那么……她睡觉的房间，她的某个儿子应该曾经住在里面过？她突然感到一阵恶心。也就是说，有个死掉的人曾经在她的床上睡过。而她的爸爸……不知道。但他不可能什么信息都没有吧！她知道，只有一个男人和一个女人相爱，才会有小孩。所以她妈妈一定爱过她的爸爸！而被爱的那个人不可能是个陌生人！所以还是有人在对她说谎！艾丽斯把牙咬得紧紧的，她感觉其中的一颗似乎快要被咬碎了。不对。没有一件事是清楚的。

“这突然一下要消化的东西太多。我明白，小宝贝。但你记着，一定对谁也不能说。我告诉你这些，是因为你已经是个大女孩了。我相信你。”

艾丽斯的疑问太多了，她想从那些未曾听说过的、令让娜家破人亡的战争问起。她想告诉让娜，她是多么地为她伤心难过。她还想让她的养母再多讲一些关于她妈妈的事情，她想让让娜告诉她，她妈妈会回来的，因为她已经许下了承诺。尤其是，她想让她妈妈解释清楚，为什么会有这么多的谎言。让娜说的这些真相对她而言微不足道，但她没有力气问出口。她聆听着寂静，和让娜沉重的呼吸声，让娜重又发起了呆。艾丽斯羞涩地迈出了一小步，她走近让娜，拉住了她的手。她紧紧抓着让娜粗壮毛糙的手指，轻抚着她干燥的掌心。她紧紧地靠着养母的裙子，把头倚在她的肩上。让娜打了个激灵。艾丽斯用另一只手搂住她的肩，尽可能紧紧地靠着她。

“别担心，乖，小宝贝。我见过的事情多了。”

她们拥抱着蜷在一起，一言不发。接着让娜站起身来。她用手臂画着圈，好像在推动着周边的空气流动，然后她用一种轻快的语调说：

“我有个想法！”

“什么？”

“咱们来个春天大扫除吧？”

“可现在是冬天啊！”

让娜想了想，说：

“那就来个冬天大扫除吧！”

她俩笑了。艾丽斯没觉得这很好笑，但笑出来让她感到很舒服，让她突然觉得自在了许多。她喜欢春天的大扫除：先把两大桶水泼在地上、洒在过道上，然后把地上的菱形砖块和家具擦亮，掸去屋子里各种物件上的灰尘，把一切打扫干净，让空气中弥漫着清新的味道。这似乎像是在迫使冬天赶快离开一样。有次，让娜滑了一跤，倒在了一滩水里，裙子全湿透了，看起来像是尿裤子了一样！多滑稽啊！

“走，我们去打水，把房子打扫一下。”

艾丽斯不再记恨克洛迪娜排挤她和她说过的那些难听话了，比如她的妈妈不想要她一类的。现在，艾丽斯可以想象出她妈妈的样子。那是一个真实的形象。昨晚，她祷告着战争能够放过她的妈妈一命，让她可以回到这里，把母女俩这段天各一方的时光补偿回来。她今后每天晚上都要这样祷告。

她的妈妈该是多么美丽啊！让娜说她坚强、优雅。等她信守承诺归来的时候，再也没有什么会比她们两人在一起的日子更美妙了！她们相爱相依，一起游览巴黎，买漂亮的裙子。她妈妈将教会她很多很多东西，送她去上首都最好的学校——所有那些伟大的作家曾经求学的学校，她们两个将一同打造未来的幸福生活。是的，有一天，她的生活将变得明亮起来。她在农场的日子只是过眼云烟，是她在等待美好承诺兑现时的安全罩，如此，克洛迪娜的那些话对她而言便显得没那么刺耳了。

到了学校，她走近这个嘴唇还破着皮的女同学，可后者却向后退了一步。

“你走开！你打我，我不想跟你说话！”

“克洛迪娜，对不起。”

“得了吧！又是一副间谍样！”

“我不是间谍。我是阿尔芒的女儿，我向你道歉。”

克洛迪娜审视着艾丽斯，好像在寻找某个漏洞。去参加生日派对的女孩子们凑上前来，在她们两个的旁边围成了一个圈。

“我也要向你们道歉，”艾丽斯说，“玛丽，我很抱歉破坏了你的生日宴会。”

她们全部转脸看着玛丽。

“没关系。我爸妈说不是你的错。”

“那咱们和好吧？”艾丽斯问道。

“嗯，和好吧。”

玛丽把手伸给艾丽斯，艾丽斯握住了她的手，其他人也照做了。克洛迪娜还在赌气。她站在一边，但看上去也没有远离这个小圈子。艾丽斯也说不出别的话来安慰她了。这需要克洛迪娜自己做决定。很显然，做这个决定对她来说很难，因为她的小脸通红，拳头紧握着。玛丽察觉到了以后，把手搭在了她的肩上，克洛迪娜最后只好咬着牙说：

“好吧，咱们和好。”

*

艾丽斯很快乐。虽然她每天都在想，她妈妈何时会回来，身体好不好，但她过得很快乐。她很喜欢学校里的小伙伴们。自从她道了歉以后，就再也没发生过争吵，至少没有剧烈的那种。她也很喜欢让松老师，后者总表扬她出色的背诗能力和优秀的成绩。她爱让娜，她在农场上学会的东西越来越多，甚至还观察了杀鸡拔毛的过程。不过她还没有做好自己独自动手的思想准备。另外，她再也吃不下每月第一个星期天的那顿鸡肉了，即使她一直都很爱吃。上个星期天，让娜发了不小的火！她说外面在打仗，她们能有一座农场、每月能有一次肉吃，已经是莫大的幸运了。

“你这样像个任性的小姑娘。你该感到羞愧才对。”

德国人很少在这一带巡逻，春天带来了新的希冀与勃勃生机。夏天快要到了，那是在田间散步和野餐的季节，学年就快结束了。艾丽斯坚信她妈妈已经回到了村庄里，但她不愿冒险和她说话，所以她在放学回家的路上放慢脚步，在树下守望着，生怕妈妈决定尾随她且不顾风险要和她说话。

然而有一天，艾丽斯照镜子时意识到：她已经长大了，万一她妈妈不认识她了怎么办？全新的疑问占据了她的头脑，令她头晕目眩。她坐在床边试着冷静下来，但她实在担心。万一她妈妈回来没找到她，又离开了怎么办？或许她应该带着她的小包衣，把它挂在书包上，作为一种提示？她爬上阁楼，拿出三件包衣里最醒目、带花朵图案的那一件，挂在了书包的扣环上。她每天挥舞着这块布料，徘徊在村庄里的小路上、集市广场上咖啡馆的露天卡座中、灌木丛里，以及农场四周。然而什么也没有发生。她妈妈并不在这些地方。又或者，她没有走过来和她讲话。艾丽斯试着说服自己。仗很快就打完了。她还在学校操场上和其他女孩子谈论过这个话题。克洛迪娜希望她爸爸能回来，其他的许多学生也一样。距离战争结束应该不远了，一定是这样……

*

一天，下课铃声响起的时候，几辆汽车停在了学校门口。十几个身穿制服的男人走进操场，他们把试图阻拦的女校长和她的丈夫推到了一边。艾丽斯认出了这些制服。这是德国人的衣服。不对劲。非常不对劲。而且她不是唯一一个这么想的人。她身边的几个学生哭起了鼻子，还有一些跑进了卫生间，另外一些则待在原地一动也不敢动。艾丽斯感到危险就在眼前。头目模样的德国人吹响了他的哨子，这刺耳的声音把艾丽斯吓了一跳。她试着冷静，不会有事的，她知道自己该说什么。她是阿尔芒的女儿，她妈妈把她留给了让娜抚养。她是阿尔芒的女儿，她不会有事的，她是让娜的孙女，没问题的。玛丽拉住她的手，她的小脸通红，啜泣个不停，克洛迪娜和吉塞尔也是一样。

军官给校长下了命令，不过艾丽斯没有听见具体内容。她只看见校长的脸色煞白。校长摇着头，接着双手交叉，像是在祷告一样，可德国人推了她一下，又吹响了哨子。于是校长被两个军人围着，被迫回到了她的办公室。操场上没有一个人在动，时间就像是静止了一样。艾丽斯的呼吸既急促又短暂。气氛在吹哨人的每一个步伐中变得愈加紧张。

校长回来了，她把手里拿着的几张纸递给了长官。他用一种艾丽斯厌恶的口音说道：

“女生，站由（右）边，男森（生），站左边。”

大家照做了。男人开始点名。孩子们听到自己的名字要喊“到”，并回答德国人可能提出的问题。轮到艾丽斯的时候，她的嗓子打结了。阿尔芒的女儿，阿尔芒的女儿，寄养在让娜家，阿尔芒的女儿……可军官什么也没有问。他看了她一眼，接着点下一个名字。她感到双腿在不停地颤抖，好像快要支撑不住了一样。她头晕眼花，身体开始摇晃，然后她撞上了让松老师的眼神。后者对她瞠目而视。让松老师用手势告诉她要振作起来，这不是惹人注目的时候。艾丽斯只好坚持住，她艰难地咽了咽口水，望着天空。云朵仍飘在湛蓝色的天空中。周围的世界并没有变，只要等到这一刻结束就好。

女生们可以上楼回到教室里了，轮到男孩子点名了。根本无法坐定的女孩子们全趴在对着操场的窗户边。点名结束后，军官们让男生们上楼，除了其中的两个：十岁的尼古拉，和与艾丽斯同龄的托马。

德国人指着操场尽头的墙，跟他俩说了些什么。尼古拉摇头拒绝了，一个德国人冲他举起了步枪。两位男生只好把裤子退到了脚边，另外一个军人蹲在他们面前，察看他们的私处。女孩子们尴尬不已，这太怪异了。为什么要看那里？德国人喜欢看裸体儿童吗？艾丽斯不明白，不过她知道这不是什么好事。

尼古拉被准许上了楼。托马则被人拍了一下肩膀。他们命令他把裤子提起来，然后两个德国人像刚才押着校长一样，押着他向前走。他们逼迫他前行，托马不停地回头，他看上去并不想离开操场。他隔着窗户与艾丽斯四目相视，艾丽斯向他挥手作别。然后他便消失了。

一直哭个不停的玛丽走近艾丽斯，问道：

"托马要去哪儿？"

"我不知道。"

"他们为什么要带他走？"

艾丽斯思考着怎么回答，但说出口的却是：

"因为在打仗。"

学生们在教室里等待着。让松老师告诉他们可以自由活动，但他们什么也不想做。然后校长来了。她说她很抱歉，她本想阻止这一切。她的脸颊通红，不停地擦着眼角涌出的眼泪。

“你们也看到了，你们的朋友托马被带走了。”

有几个学生追问为什么，可校长好像不愿意回答。突然，有个人说：

“因为他是犹太人。”

大吃一惊的校长站直身子，确认了这一信息：

“是，托马是犹太人。再过几分钟，你们就可以回家了。孩子们，我真的很抱歉。”

*

艾丽斯陪伴玛丽回家。她的朋友实在没有办法自己一个人走回家。当然，这对刚刚发生的事并没有产生任何改变，艾丽斯每每闭上眼，就会回想起托马的脸消失不见的那一幕，胃里就一阵刺痛，不过陪着玛丽让她觉得自己还有些用武之地。到了医生家门口，玛丽抱了抱艾丽斯，向她道了谢。

“明天见。”

“你说咱们还能回学校去吗？”

“当然。他们不会每天都来的。”艾丽斯说完便走了。

她迫切地想见到让娜、奶油，回到家里、床上。她寻思着托马现在在哪里。德国人会不会打他。她和他并不太熟。她只知道，他的数学非常好，而且不爱笑，以及有一次，他提醒她，她的鞋带松了，让她小心不要摔跤。他们因为他是犹太人而抓了他。她在教室里没敢出声，但她完全不知道这是什么意思。这是一种病吗，像哮喘病那样的病？可为什么要因为生病而惩罚他呢？这事怎么也讲不通，所有这些荒谬的事令她感到疲惫不堪。

到了家，她跳进让娜的怀里，后者已经知晓了来龙去脉：

“米歇拉克一家来告诉我了，这种事很快就传遍了……你呢，他们没问你什么吧？”

“没有。他们只点了我的名字。”

“感谢上帝。”

“你说他们什么时候能放了托马？”

“我不知道，小宝贝。”

“犹太人是什么？他们说托马是犹太人。”

“是一种宗教，就像咱们是天主教徒一样。”

“我一个犹太人也不认识吗？”

“你至少认识两个！”

艾丽斯吃惊地看着她。

“托马和耶稣。耶稣也是犹太人。”

艾丽斯觉得难以置信。接着她的脑中充满了疑问：

“那德国人呢，他们是什么宗教？”

“一般都是天主教，和新教……”

“那他们信耶稣吗？”

“大部分是信的。”

“那他们为什么不喜欢犹太人？”

“这很复杂。”

艾丽斯试着想去理解，不过那句唯一的解释让她放弃了。

“因为在打仗吗？”

“是……这场仗，很久很久以前就开始打了……”

4

萨利–德贝阿恩，1946 年 7 月

战争几个月前已经结束了。村庄里一到星期六就笼罩在节日的氛围中。树上的小灯笼光彩夺目，桌子上装点的满是蜡烛和彩带，乐手们接连不断地演奏着欢快的乐曲，人们成双成对地在大路上跳着华尔兹……艾丽斯很开心。一些美国士兵也加入到了萨利镇及其周边的居民当中，和他们一同欢歌起舞。艾丽斯很喜欢他们，因为他们给了她一些果汁口香糖，这些糖可以在嘴里咀嚼很长时间，不过不能咽到肚子里。

他们还给她尝了一种叫可口可乐的甜汽水。她第一次喝的时候，感觉好像有几千只蚂蚁在舌头上爬来爬去似的。她的眼睛瞪得大大的，逗得那些士兵哈哈大笑。他们笑了她几句，还拍了拍她的肩膀。她的小脸通红，想找个地方把自己藏起来。不过，汽水很美味，口感其实很清爽，所以她又要了一些，这让那些士兵笑得更合不拢嘴了。

节日期间，人们常常把乳猪串在铁钎上烤，大人们还畅饮着红酒。有一次，玛丽的爸爸做了个演讲，他还说了几个英语单词：他是唯一一个会说英语的人。美国人鼓起了掌。他们一定很高兴。艾丽斯喜欢跳舞，她也喜欢用铁钎烤的乳猪，然而随着日子一天天地过去，她的内心却愈加悲伤：她的妈妈还没有回来找她。上课的时候，学校里有两个学生被校长叫去了，因为他们的父母回来了。他们开心极了，连笔和本子都没有拿就走了。邻近的村庄里，有七个孩子离开了这里。他们也是被藏在这里的。

艾丽斯不敢相信。这么多年，她从没有想过这些同学竟和她的处境相同。而且，她和他们都很熟。可他们却什么都没有告诉过她。

现在，她成了唯一一个并不真正属于这里的孩子。她每天在大街小巷里寻找她的妈妈，直到精疲力尽。每天她都带着她的婴儿包衣，走遍村庄的每一个角落。她每个星期都会步行去火车站一次，生怕她妈妈忘了去让娜家的路。每见到一个陌生人，她就会问：你们有没有见到过一个叫迪亚娜的女人，她既优雅又坚强？可她得到的总是五花八门的否定答案。

每晚睡觉前，她都会打开在箱子里找到的《目光》杂志。或许这里面包含着某种提示？暗藏着什么消息？这第 22 页被迪亚娜折过一角，说明她曾读过，她想让她知道……可艾丽斯找了半天，什么信息也没有解读出来。而且，她一个字也没看懂。这一页全是复杂的词汇：亲法西斯主义者，红色政权，共产党派，人民革命，资产阶级民主……这些词一行接着一行。而且题目也很诡异：“No pasarán！（禁止通行）西班牙——被玩弄于鼓掌之中的土地。”

杂志里还有十余张照片，每页一张。它们都没有附文字说明，只有右下角写着：瓦戈。没有任何意义。那么它之所以在箱子里，只是因为她妈妈带她来这儿时，在火车上读过，然后被她顺手放进了箱子里。

有时候，艾丽斯怀疑迪亚娜已经死了。不过如果是这样，她应该会收到一封官方信函，一份证明，或者证词之类的某种东西……人们总有办法得知死讯，她已经见证了十几次了，从克洛迪娜的爸爸开始，他在诺曼底战死了。从那以后，克洛迪娜变得温柔了，好像她内心的恶意都被瓦解了一样。艾丽斯和玛丽每晚一起送她回家，玛丽还送给她一个布娃娃。不过每天早上，克洛迪娜到学校时都是一脸忧郁。艾丽斯确信她妈妈没有死。或许她只是不要她了。或许她结交了一个美国士兵并像村庄里的其他女孩子一样拥吻了他？或许她不愿再做妈妈了？

“别忧心忡忡的了。耐心点，相信我，你妈妈很快就会回来了。”让娜总是这样对她说。

可艾丽斯看得出来她似乎口是心非。其实更甚，她心里明白她就是口是心非。让娜并不是很想看到迪亚娜回来。她自己一个人留在农场里该做些什么才好呢？她将只能在对逝去儿子的追忆和与艾丽斯共度的战争年代的回忆中度日。每次艾丽斯一想到这些，心中就会有一丝绞痛。她不想令让娜难过。她的养母是那么善良。其实，让娜是她在这个地球上最爱的人。为什么她会如此迫切地想要离开呢？有一天，她明白自己做得太过了。

“让娜，你知道吗，我觉得我已经不爱我妈妈了。我想永远留在这里，和你待在一起。”

养母微微一笑，她的眼里闪烁着光芒。她把一缕头发挂在耳朵后面，清了清嗓子然后说：

“小宝贝，别说蠢话。你应该和你的家人在一起。”

“可你就是我的家人啊。”

让娜凑近艾丽斯，把她搂在了怀里。艾丽斯看不见她的脸，只感觉到有水流到了她的脖子上。让娜在哭。艾丽斯不喜欢别人把她抱得太紧，这让她有一种窒息的感觉，不过这一次，她没有反抗。让娜需要这样一个拥抱。

“你永远都在我的心里，我也永远会在你的心里，不过有一天，你会回到你的家里去，这是很正常的事。”

艾丽斯也流下了眼泪，她反过来抱紧让娜。她们相拥而泣，直到天黑。让娜哼着约瑟芬·贝克[①]的一首歌，她总喜欢改里面的歌词：“我有两个爱人，我的祖国，我的艾丽斯……”奶油也过来跳到它女主人的腿上发出呼噜噜的声响，享受着这一刻拥抱的温馨。

第二天，艾丽斯注意到让娜比平日起得更早了些，她到厨房里去找她。

“我仔细想了想，乖孩子。我觉得是时候多告诉你一些事了。”

① 约瑟芬·贝克（Joséphine Baker, 1906—1975），美国著名黑人明星，曾于二战期间帮助法国政府获取轴心国情报，1937 年加入法国国籍，1945 年获颁法国“英勇十字勋章”。

“什么事？”

“关于你妈妈的事。关于她为什么把你送到这里来。”

“不是因为打仗的缘故吗？”

“是。但主要是她在这场战争中扮演的角色。你要知道，你的妈妈做了一些伟大的事……”

“不，我不知道。我也不想知道。”艾丽斯皱着眉头说。

“可是，乖孩子，这很重要。”

“我什么也不想知道。她的事和我无关。”艾丽斯打断了她。

她离开了餐桌，抱起奶油，出门散步去了。她需要呼吸清早的新鲜空气，用脚踝去触碰青草尖的露水。她对她妈妈的事已经不再感兴趣了。几个月前她就该来了。现在已经太晚了，她不愿再去爱她、见她了。她想和让娜、朋友们一起待在这里。她将一直生活在萨利。什么巴黎、裙子、埃菲尔铁塔，都见鬼去吧。

她把挂在书包上的婴儿包衣取下，连着出生证明和银勺子一起，都放回到了阁楼里去。她把小箱子合上，把它藏在了大箱子的后面，和让娜的那些面朝墙的画框放在一起。整整一个星期，她的养母几次三番试着重启这个话题，但艾丽斯的回应只有一个：她没有过妈妈。

*

几个星期过去了。一个星期三，艾丽斯从学校回来，走到第二棵大松树时，看见农场门口停着一辆汽车。怎么回事？让娜出什么事了吗？她的心跳开始加速，随即她拔腿就跑。她气喘吁吁地跑到门口，转了三次才把门打开：门把手不停地从她手中滑开。她擦了擦汗，但手马上又被汗水浸湿。她用力一拍，总算才把它拧开。她也不知道该问谁，只是大声喊道：

“出什么事了？让娜在哪儿？”

接着她目瞪口呆：两个端坐的女人正在和让娜谈话。第一位面色严肃，她身上的裙装和紧身外套令她显得耸肩缩颈，另一位则像个鬼魂一样。艾丽斯从没见过那么纤瘦苍白的人。这个女人弓着背，过了很久很久才抬头看艾丽斯。让娜把一个盘子放在桌上：

“小宝贝，过来和我们坐一起。”

艾丽斯只想马上离开，以她回来的速度离开。她觉得这里一定没有好事。让娜明白她的犹豫。她把一块蛋糕放在盘子里。

“过来吃些点心吧。”

艾丽斯腼腆地走近，坐了下来。那位瘦弱的女士观察着她。她的目光是那么锋利，好像能切开一块面包一样。艾丽斯打了个冷战。

“你好，艾丽斯。”她的声音充满了疲惫，好像一位上了年纪的妇人。

“艾丽斯，我是社工巴容女士。”另一位女士接着说。

她把手伸向她。艾丽斯握了下她的手。她觉得这个动作很新奇，一般来说，没人会和小孩子握手打招呼。她看着让娜，想寻求她的肯定，但她的养母却低下了头。巴容女士欲言又止。她看起来很想说些什么，可又说不出口。她不停地转头看着旁边那位瘦骨嶙峋的女士。终于，她拉了拉外套，似乎这对她起到了帮助作用一样，然后她接着说：

“你也知道，让娜女士收留了你……整个战争期间，她一直都在照顾你……”

她不想让任何人对她的养母做出不利的事。

巴容女士又拉了拉她的外套。

“我对此没有半分怀疑。”

然后是很长一段时间的沉默，这期间，社工整理了一下她的发型。旁边那位瘦弱的女士一动不动，看上去像座雕塑一样。巴容女士继续说：

“艾丽斯，现在仗已经打完了……”

她点头示意那位瘦弱的女士，后者用微弱的声音说：

“我来接你了。”

这是什么意思？她们要把她带到哪儿去？为什么？她的不安感越来越强。

“我不能走，我得在这里等我妈妈回来。”

两位女士尴尬地互相看了一眼，瘦弱的那位说：

“我就是，艾丽斯。我是迪亚娜。”

艾丽斯僵住了。不可能。那位坚强优雅的女士哪儿去了？这位形容枯槁的年迈妇人怎么会是她的妈妈呢？一阵风过来，她都能被吹到苏联去！不，她才不要相信这些胡话，她的妈妈很美丽，而且穿着漂亮的裙子，她……让娜把手放在了她的手上：

“你妈妈在战争期间吃了不少苦，小宝贝，你一定要对她好一点。”

真的吗？

“对她好？您打算留下来吗？”艾丽斯问道。

巴容女士惊讶地看着她。

“不是，艾丽斯，你跟我们一起回巴黎。咱们明天上午出发。”

“来吧，乖孩子，咱们去收拾你的行李。”让娜强忍着泪水，结束了谈话。

距离战争结束已经快一年了，就是这么个结局！无休止的等待，就为了跟一个活死人一起离开！艾丽斯感觉气不打一处来！她为什么要离开萨利，离开所有她爱的人？她心里很清楚，她不会爱上新生活的。和这个令人发怵的恐怖女人一起！她还得对她好！这太不公平了！她不接受！

“我不知道你为什么会害怕，小宝贝，一切都会好起来的。”让娜试着安抚她。

“我不想走，你告诉她们我想和你待在一起。她们愿意的话，可以随时来看我。”

“不行，小宝贝，你知道这是不可能的。你想去跟你的朋友告别就去吧，我来帮你收拾东西。”

艾丽斯答应了，可走到门口时，又回头问：

“那奶油呢？我能带它一起走吗？”

“我问过了。不能。你妈妈住的地方不能养猫。我会把它照顾好的，我保证。”

艾丽斯叹了一口气。她走下台阶，看也没看两位来访的女士，径直走出了房子。她先去见了玛丽，然后是克洛迪娜，吉塞尔，让内特，莉松，还有其他所有的女生。她的朋友们越是为她高兴，她就越觉得难过。她不敢告诉她们她的妈妈是多么丑陋，于是便把她描述成了她们常常想象的巴黎女人模样：身穿束着腰带的红色连衣裙，头顶斜戴着一顶小宽檐帽。可这个谎言令她心里难受。她想大喊，想跺脚，想去抓巴容夫人的脸。要是火车脱轨就好了，要是检票员把她抓起来就好了！她心里想让战争重新开始，尽管这个想法令她感到羞愧，尤其是在克洛迪娜的面前。

然后她去敲响了曾经的老师——让松老师家的门。她心里很难过，因为几个月前，让松老师被剥夺了给他们上课的权力。艾丽斯来看她，想问问为什么，然而她却震惊地发现，让松老师的头发全没有了。她问她发生了什么事，她的老师抽噎着说：

“我爱错了人。但这不是你一个小女孩能明白的。”

让松老师微笑着欢迎她。她的头发长出来了一些，但发型实在令人不敢恭维。她看上去像是头上顶着一颗花椰菜。

“这附近的理发店都不愿接待我。”她辩解道。

“让松老师，我明天就要走了。”

“太好了！你的妈妈终于回来了？”

“是的……”

“你看起来并不是很开心。”

“嗯……”

让松老师好像明白了什么，她语重心长地说：

“生活中，没有十全十美的事，也没有一塌糊涂的事。坚强点，一切都会好起来的。”

“您这么想吗？让娜也是这么说的。”

“是的，我确实是这么想的。而且在巴黎，一切皆有可能！

我自己也相信，有一天，我会去那里彻底重新开始。”

“您会来看我吗？”

“当然。”

她站起来，从书架上拿了一本书，递给艾丽斯：

“这本书叫《恶之花》。是我最爱的一本诗集。送给你。”

艾丽斯向她的老师道了谢。

“你就继续像现在这样读书，这是最佳的良药。”

艾丽斯接过书，把它贴在自己的胸前。她还是想哭。她从未想过离开竟是如此艰难，虽然这些年来，她对这一刻是那么地满怀期待。

她回到农场时，她妈妈和巴容夫人已经离开了，她的小箱子立在门口，旁边还放着一个小包袱。她不想去面对。对她而言，在明知几小时后就要离开的情况下和让娜待在一起，这实在太难受了。她在房间里听到了养母挪木头的声音：她定是想要喝一杯。艾丽斯的胃开始绞痛。这一切都是她的错。她叹了口气。过了一会儿，她把藏在床垫下的包衣和《目光》杂志拿出来，扔掉了。这些东西现在对她一点用也没有了。她精疲力尽地躺倒在床上，等待着第二天的到来。

八点，她们驱车过来接她。让娜拥抱了她，跟她告了别，好像她们今晚还会再见一样。艾丽斯也拥抱了她。她想告诉她妈妈，她不会跟她走的，她想要再多抱让娜一会儿，用力地抱，她想和她一起去收鸡蛋，打理菜园，采摘蔬菜回来做汤。这些微不足道的小事此时此刻在她看来是多么美好。

她多么想带她的养母去舞会上跳舞，给她找一个新朋友。

她看着这座农场，它对一个人来说实在太大了，她的胃又开始痛了。让娜该怎么办呢？万一她出了什么事，谁来救她呢？这些想法令她难以承受，但她又无法说出口。

“再会，让娜。”

这是她唯一说得出口的几个字。而此刻，她的心里又充满了说谎的不安。

“也许，会的。”她的养母一边点头一边说。

艾丽斯拥抱了一下奶油，然后便上了车。短短几分钟的时间，她们便驶离了那棵松树，农场也变得越来越小，最后彻底消失在了视野当中。然后是大路，火车站，火车。地点不停地转换，艾丽斯完全束手无策。

车厢里，她坐在妈妈的旁边。迪亚娜把包挂起来时露出了前臂，艾丽斯看到上面有东西，像是刺上去的某种编号，和奶牛身上的一样。

“这是什么？”她问道。

她妈妈吓了一跳，整理了一下袖子：

“没什么。”

然后她坐了下来，抿着嘴，低头看着地面。巴容女士拿出了一本书，火车开动了。有几次，艾丽斯试着和妈妈谈话。她想知道她们会住在哪里。妈妈这些年都在哪里？她的爸爸真的是个陌生人吗？她的问题太多太多了……但她每试探一次，迪亚娜就往后缩一次，她只回答“对”“不”“以后再说”。她在座位上不停蜷缩着。艾丽斯觉得继续这样下去，还没到巴黎，她就会缩到看不见了。

她听到后面的座位上传来咯咯的笑声。她转头惊讶地发现，有一对情侣正在亲热。这真让人倒胃口，他们看起来像是在互相舔舐对方的嘴。女人抚摸着男人的面颊，后者又开始亲她。接着他们大笑起来，交头接耳地说着什么秘密，说完笑得更开心了。艾丽斯观察了他们好久。反正他们也看不见她，他们周围的一切对他们来说似乎都无关紧要。一位胖女士多次要求他们安静，还有一个人提醒他们注意举止文明，但他们完全不理会。他们沉浸在自己的世界里，艾丽斯有些羡慕……

她也想像他们那样躲进一个泡泡里，和她梦中的妈妈一起……她转过头来时，迪亚娜已经睡着了，巴容女士则去了走道上。她感到孤独不已。

*

火车于下午抵达了里昂火车站①。月台上熙熙攘攘，十分嘈杂。大街上更是喧嚣，十分可怕。街上车来车往，几十个行色匆匆的人走过，餐厅的露天卡座人满为患，食客们谈天说地、觥筹交错，令人感觉聒噪不已。

巴容女士和她们道了别，并告诉艾丽斯很快会和她再见面，以便确认一切是否安好。

“我们走路回去。”她妈妈说道，“不远。”

然后迪亚娜告诉她在家里不能任性妄为，因为公寓还被用作缝纫作坊。她和一个名叫马塞尔的男性朋友同住，他们也一起共事。她嘱咐艾丽斯不要被他的意第绪语②口音所困扰，但没有解

---

① 巴黎里昂站是巴黎的七大火车站之一，车站位于巴黎 12 区，塞纳河右岸。

② 意第绪语是一种日耳曼语，大部分使用者为犹太人。

释这究竟是什么意思。她们两个睡一张床。然后她妈妈便不再说话，她们一起上路了。

公寓在一栋破烂不堪的建筑里，四楼。这里很小，有一股难闻的味道。卫生间在楼道里。艾丽斯没有看见盥洗的地方，除了客厅一角有个小水槽。屋里到处都是衣服和机器。她把行李放在妈妈指定的角落里，准备去跟马塞尔先生打招呼。她惊讶地发现自己完全猜不出他的年龄，就像她猜不出她妈妈的年龄一样。他也是那么瘦骨嶙峋，看上去十分衰老，但近看却并没有那么年迈。

晚餐时，妈妈和马塞尔先生狼吞虎咽地喝完了汤，好像他们已经几个星期没有吃过饭了一样。妈妈还舔了舔盘子。要是艾丽斯在农场里这样做，让娜早就惩罚她了……不过她什么也没有说。他们这个样子令她食欲全无。妈妈没有强迫她全部吃完，而是端过了她的盘子，全吃光了。迪亚娜和马塞尔先生一直一言不发，他们把桌子收拾完，然后就该睡觉了。艾丽斯要和妈妈睡在一张床上。她羞怯地躺在了床垫的边缘。迪亚娜关了灯。

“晚安。”艾丽斯对她说。

“嗯。明天见。”

艾丽斯心烦意乱。生活不应该是这样的。她觉得自己和这个地方、这些人都格格不入。她觉得他们既奇怪，又讨厌，连个人样都没有。她感到泪水从脸颊上滑过，她屏住呼吸，不愿哭出声音。艾丽斯又想起了让娜和巴容夫人说过的话。明天一切就都会好起来了。

二

一个没有为什么的地方

5

巴黎，1946年9月

第一天半夜刚过，艾丽斯就被一声尖叫惊醒了。

“怎么了？”她惊恐地问。

是妈妈在睡梦中闹出的动静。艾丽斯寻思着该怎么办。她犹豫地用一只手推了她一下。迪亚娜汗流浃背，身上盖的床单也跟她一样全湿透了。

“妈妈！冷静一下！”

她妈妈突然猛地坐了起来，挥舞着双臂在空中胡乱打着，其中一拳不小心砸在了艾丽斯的嘴上。艾丽斯的舌头上涌出一股金属的味道：她的嘴唇内侧流血了。她痛极了，但她没说话。她妈妈醒过来咕哝着说：

“嗯？什么？怎么了？”

“你好像做噩梦了。”

“啊。接着睡吧。”

“我在萨利的时候，也常常做噩梦……”

“嘘。”迪亚娜打断了她。

然后她又躺下了。

艾丽斯觉得孤独极了。她睡在妈妈的床上，却觉得自己打扰到了她。她想念起农场。她想，让娜是不是已经睡着了，她会不会也在思念她。她的眼前又浮现出那棵她喜欢爬上去眺望远山的松树，还有奶油、玛丽和鸡群。她试着回忆鸡圈的味道，去学校的路……她几乎一伸手便能摘下一朵虞美人花，几乎又闻到了野草燃烧的味道……她又睡着了。

第二天早上，她很早就醒了。外面天还黑着。她不敢起床。起来做什么呢？她不知道碗放在哪里，也不知道在这里该怎么烧水。要去井里打水吗？接着她又怪自己哪里来的这么多没用的问题，反正迟早她都会知道答案的。从昨晚开始，她就表现得像个任性的小女孩一样。让娜说得对，她妈妈看上去的确吃过不少苦，她不太随和也是正常的。只要艾丽斯主动一点，一切就都会好起来的。她在巴黎，和真正的亲人在一起，这才是最重要的。为了来日的幸福，让她在床上躺着几个小时不动都可以。她再也不用说谎或是做白日梦了。生活终于拉开了序幕。

她期待着今天，妈妈可以和她单独谈谈。她们或许还可以一起去散步。她听别人谈到过埃菲尔铁塔。她想去看看它究竟长什么样子。她想再凑近些好好看看迪亚娜。昨天在火车上，她试着观察她时，发现她不喜欢被人盯着看。现在她在熟睡，艾丽斯可以尽情地仔细观察了……迪亚娜背对着她，因此艾丽斯悄悄翻了个身。

不可思议，妈妈已经不在床上了。她能去哪里呢？艾丽斯坐起身来，看见妈妈正睡在地上。她的身下垫了一床被子。她为什么不在床上睡呢？地上又硬又冷，而床垫又柔又软。

她妈妈醒了。

“你醒了很长时间了吗？”她问艾丽斯，好像一切都很正常。

“没有，我刚醒。”艾丽斯回答道，“你为什么要睡在地上？”

“习惯了。”

妈妈套上浴袍，去了另一个房间。穿着睡衣的她显得更瘦小了，看上去像个套着大人衣服的小孩子一样。让娜说她是个坚强优雅的人，可她怎么有了那么大的变化呢？

“起来吧，艾丽斯。莱亚女士马上会过来，该收拾收拾了。”她在另一个房间里说。

艾丽斯照做了。马塞尔先生正在用作厨房的一角里喝咖啡。迪亚娜给自己倒了一杯。

“你喝咖啡吗？”

艾丽斯从没喝过咖啡。这东西只有大人才喝。早上，让娜会给她倒些新鲜的牛奶，配上面包和奶油。艾丽斯看了一眼桌子，桌上有黑色的面包，还有些水果干。还是别抱有期待了，赶快忘记过去的那些习惯吧。没关系，她会适应的。

“嗯，我喝。”

她的声音有些沙哑。她喝了一口，接着感到一阵恶心。她从没喝过这么苦的东西。但她又不能吐出来，这会让妈妈产生误会的。她尽可能长时间地把这液体含在嘴里，或许这样可以改变它的味道？她深吸了一口气，咽了下去。咖啡变得温温的。她忍不住挤了个鬼脸。不过，她妈妈和马塞尔先生并没有注意。

当他们三个人在沉默中喝咖啡时，她发现马塞尔先生的胳膊上也有一串数字，和她在火车上看到的她妈妈手臂上那些字几乎一模一样。他们难道属于某个秘密组织吗？莫非这个刺青是其中的成员相互辨认的标记？她焦急地想问个明白，但不知道为什么，她感觉还是再等等比较好。

迪亚娜把杯子放进水池里，说：

“你起床后，可以过来煮咖啡，或者下楼去院子里玩。”

“我可以上街吗？”

“可以，不过别走远。最多到街角的面包店那儿，或者另一头的报亭。”

然后迪亚娜便消失在了另一个房间里。

有人敲响了门。一位白发绾成发髻的矮小的女士进来了。

“你们好！早上好！”

“早上好，莱亚女士。”马塞尔先生回道。

他们两个都有意第绪语口音。艾丽斯依然不知道哪个国家的人讲话会是这种口音。

“这就是小艾丽斯吧！”

女士凑近艾丽斯，捏了捏她的脸。

“哎哟，可真可爱啊！”

她捏得真用力！艾丽斯疼坏了，但她愣住了，所以也不知道该说些什么好。这位女士放开她时，她的腮帮子火辣辣的。她把手放上去，就这样呆呆地站了好一会儿。这位女士个头小小的，哪里来的那么大的力气？

“莱亚女士，我们不需要肥皂，不好意思。”马塞尔先生对她说。

“可我今天还带了床单来呢！还有……还有……剃须泡沫。”

“这不是肥皂吗？”

“对！剃胡子用的！像泡沫一样！”

“早上好，莱亚女士。”迪亚娜进来打断了他们。

“这个小艾丽斯真可爱。”

“谢谢。您别来无恙吧。”

“就那样！背疼，不过能感觉到疼，说明还没死！”她一边笑一边说。

不过并没有人给她的笑话捧场。

“给您来杯咖啡吧？”迪亚娜问道。

“不用了，谢谢。我刚从阿尔贝先生的作坊回来，他们送了我一些蛋糕。”

“他的妻子有消息了吗？”

“没，还没有。”

这位女士垂下了眼睛，迪亚娜和马塞尔先生也是。一阵短暂的沉默后，女士道了别。

“我这个星期还会再来的。”

她走后，迪亚娜和马塞尔先生谈论着某个名单。艾丽斯不知道这是什么意思。马塞尔先生说他会像往常一样，下午四点左右过去。

“和卡明斯基先生见完面以后。”

然后他们便开始干活了。迪亚娜坐在一台缝纫机后，马塞尔先生则拿起一只大熨斗，熨起了一只篮子里堆着的衬衫。艾丽斯很快便觉得自己有些多余。她简单地在水槽边洗漱过后，就下楼到院子里去了。

这是一个四周围着楼房的灰色小院，大约长十米，宽四米。这个地方这么狭窄，她能玩什么呢？而且，和谁一起玩呢？虽然就快开学了，但开学之前呢？她决定到街上去走走。这城市似乎比昨日还要喧嚣。汽车的鸣笛声，成群的行人高谈阔论的声音，人行道上高跟鞋和大皮鞋的踢踏声。那头有人叫卖着报刊，这头有人叫卖着皮鞋。她永远也适应不了……

一只手拍在了她的肩膀上。

“你就是迪亚娜的女儿吧？”

艾丽斯转过头。一位容貌怪异的男孩冲她微笑着。他不比她高多少，他的脸圆圆的，额头和两颊上有些大颗的红色斑点。他的面相有些不对劲，但艾丽斯也说不上是为什么。她皱着眉头看着他，然后突然明白了：他的眉毛又黑又浓，鬈发呈现出一种奇怪的金色，似乎反射着绿色的光芒。

“你的头发真奇怪。”她说。

“都是我妈妈……她怕万一德国人再回来。”

艾丽斯疑惑地看着他。

“德国人喜欢金发，所以她就给我染了金发。每个星期一次。”

艾丽斯凑近想去摸摸这看起来不太真实的头发。

“不行，别碰，我头会疼的。”

艾丽斯没有坚持。

“我叫艾丽斯，你呢？”

“我叫让。其实我叫约瑟夫。”

艾丽斯又皱起了眉头。

“打仗的时候，我叫让，但我的真名是约瑟夫。我妈妈让我最好别说。”

“那你为什么要跟我说？”

“不知道。”

让-约瑟夫冲她咧嘴笑着。

“我也认识一个人，他叫托马，但这不是他的真名。他被德国人带走了。”

“是。好像是有这种事。你知道咱们俩是楼里唯一的小孩吗？”

“不知道。你也上学了吗？”

“没有，不过快了。我妈妈说再过几个月，才能确定。不过我一定会在这之前去上学的。我想成为医生！你呢？”

“我不知道。”

接着一位女士打开了朝向院子的窗户，喊着让-约瑟夫的名字。

“是我妈妈，我该上楼了。回头见？”

“好。”

艾丽斯独自留在院子里。她该做些什么好呢？比起萨利，她会更喜欢巴黎吗？她还会有机会回到萨利去吗？她想和让娜说说话，但万一妈妈因此而感到难过怎么办？

为了换一换思绪，她决定到街上去走走。她拉开沉重的木门，走上了人行道。街上的喧嚣声依旧，但这次她终于习惯了。她朝着面包店的方向走去，然后惊喜地听到一个声音：是音乐声。有人在几米外的路边吹着长笛。艾丽斯被这支与周围环境截然对立的轻盈旋律吸引住了。她好奇地沿着人行道继续向前走，并不停地环顾着四周。

奏乐者在马路对面，他坐在一个木质的小板凳上，面前放着一个敞开的箱子，以便过路的行人往里面扔些零钱。她跑着穿过马路，不敢在这条车水马龙的大街上多作停留，然后一直跑到了奏乐者的面前。他把长笛拿在一侧，它被奏响时，就像小鸟在歌唱一样。艾丽斯先是想象自己身在一片森林里，然后又想象着自己穿着公主裙，在一座城堡里。这支曲子有种壮丽的色彩。这位乐者衣衫褴褛，鸭舌帽破烂不堪，鞋底满是窟窿，但他一开始演奏，就仿佛整个人都远离了尘世。他冲艾丽斯微笑着，让她觉得他好像是在为她而演奏一样。曲终，她为他鼓起掌来。

“喜欢吗，小姑娘？”

“嗯，特别喜欢！它叫什么？”

“这是巴赫的一支奏鸣曲。”

“您拿笛子的方式很奇怪。”

“这是支长笛，就得这么拿。”

他把乐器递给她。艾丽斯立刻就爱上了它的触感和分量，它既不过于沉重也不会太过轻盈，阳光洒在上面，映出了金属的色泽。

“学习用笛子吹巴赫的奏鸣曲，要用很长时间吗？”

“时间是什么？”男人耸着肩答道。

然后他收拾好行李，一言未发便离开了。他走了几步，回头说：

“回见！”

艾丽斯冲他摆了摆手，她还沉浸在梦境中。有一天，她也会买一支笛子，从早上演奏到晚上。

*

接连好几个星期，她都忍不住地想着笛子的事。要有钱才行。还要找到一个乐器店……她不熟悉巴黎，所以她需要帮助。她到院子去找让-约瑟夫，把情况告诉了他：

“问题是要用钱买……我真不知道该怎么办！我也不能问我妈妈要钱……”

“这一带有很多赚钱的法子啊！”

“是吗？”

“六楼的维勒那福太太，总是需要人去帮她买东西，她不喜欢爬楼梯……或者，住在旁边那栋楼里的她的姐姐，需要人家帮她把床垫搬下楼，一年四次。还有那些专门修椅座和椅子的人，都需要人帮他们搬……不出四个月，你就能赚够买单簧管的钱了，不需要向你的妈妈开口！”

“是长笛，不是单簧管！”

“嗯，都差不多吧。”

让-约瑟夫的话让艾丽斯觉得很好笑。他们认识的时间越久，她就越是欣赏他的幽默。她每天早上都急着找他一起去学校，晚上一起在院子里玩耍，或者一起去街上逗过路的行人。他们在一起的时光是多么欢乐啊！有一次，他们守在面包店门口：他们注意到那些出门时紧紧抱着法棍的人，这些人好像因为有了块面包而感到多么骄傲似的！法棍还热乎的时候就更不用说了。他俩有了个主意：遇到特别做作的顾客，他们就冲过去揪下一块，然后拔腿就跑！连续三次都成功了！看看那些家伙的脸色吧！他们的下巴都快掉下来了！还有一次，他们在街角尽头的杂货店里偷拿了一些糖果，然后藏在了袜子里！一颗糖滑到了艾丽斯的脚底下，她只能一瘸一拐地在店里走。她不得不慢慢地走，心里一直害怕店主会拦下她然后去叫警察。不过他什么也没看见。等到了安全的地方，让-约瑟夫和艾丽斯足足笑了好几个小时。

每次那位流浪的长笛乐手在的时候，艾丽斯和让-约瑟夫就一起去听他的演奏。他们最常听到的是巴赫。其他的日子里，他们就打弹珠、猜谜语、捉迷藏，他们还一起赛跑，聊聊班上同学的轶事。然后，再各自上楼回家。让-约瑟夫要回到他每晚都哭哭啼啼的妈妈身边，她教他用德语说“万一”，却不解释万一会发生什么事。艾丽斯则要回到作坊里，帮妈妈整理晚上睡觉的床铺，并忍受她的沉默。她憎恨这种沉默。迪亚娜和马塞尔先生不可能不被这永无止境的空白所困扰……或许他们不知道该怎样去打破它？第一个星期，艾丽斯试过躺在床上和妈妈展开谈话。她失败了。接下来的所有尝试也都是同样的结果。

她来到巴黎已有两个星期了，妈妈唯一跟她说过的话可以总结为，早上的“你煮咖啡了吗？”和晚上的“把桌子收了吧，明天还要早起”。马塞尔先生也是少言寡语。他静静地喝过咖啡后，就到熨衣板前，整整一天都攥着熨斗。他也会失眠。有时候艾丽斯晚上起来去楼道上厕所时，看见他坐在窗前，仰头看着天空。但事实上，他看的是别处，好像在寻找什么虚幻的东西一样。唯一一个健谈的人，就是销售肥皂的莱亚女士，她每个星期都来他们家一次。起初，艾丽斯为她感到难过，因为根本没有人在她那儿买过东西，不过渐渐地，她明白了，莱亚女士根本不在乎这些。她来这里主要是为了聊天。她讲着另一个作坊里一位叫戈德斯坦先生的八卦，她觉得他爱上了他的精修女工：

“不过事到如今，他还能怎么办呢？”

她还会聊到那些离开的家庭。她提到了赫茨尔，但艾丽斯并不知道这是什么意思。莱亚女士一个个数着“那些最后还是再婚了的人”，怀孕了的迪娜和吕特，她也不知道这些人未来会是如何。艾丽斯很喜欢莱亚女士。她好奇莱亚女士她是否有子女或丈夫，因为她看上去不像是一个人孤伶伶生活的样子，不过她从没提到过要回家去找谁，也没有说过要收拾屋子、准备饭菜之类的话。

有一天，艾丽斯实在受不了妈妈和马塞尔先生的缄默，于是跑到楼道里追上了刚刚离开公寓的莱亚女士。

“哟！你可把我吓了一跳哟！”

“对不起，莱亚女士。”

这位老妇人看着她，叹着气，捏了捏她的脸，这是今天的第二次了。

“怎么会怪你呢！你这么漂亮！”

“莱亚女士，你认识我妈妈很久了吗？”

“没有啊，小乖乖……她回来以后才认识的。”

“从哪儿回来？”

莱亚女士咬了咬嘴唇，跺了几下脚，才回答她。

“她会告诉你的。”

“那马塞尔先生呢？”

“啊，我看着他长大的！”

“有人说他好像在找什么人。”

莱亚女士用悲伤的眼神看着艾丽斯，把手里装香皂的箱子放了下来。她把一只手放进口袋里，另一只手紧抓着楼梯栏杆，好像怕自己会摔倒一样。

“是。他希望能找到她们。”

“找到谁？”

但莱亚女士没有回答。

“什么是名单？他总说下午要去对名单。”

老妇人哽咽着说了一句话：

“对，对。名单……他要想找到她们，就得去那里……”

*

艾丽斯自从和莱亚女士谈过话后，就坚持要陪同马塞尔先生一起去对名单。她想把事情弄明白。她受够了他们总把她当成个小姑娘，或者总觉得她无法理解大人的事。她不知道这些神秘的背后究竟有何缘由，所以她只能下决心把她的能力证明给他们看。

整整一个星期，马塞尔先生的回答都是“不行”，他没有多做解释。他套上他的滑雪衫，戴上粗呢鸭舌帽，就出门了。每晚他回来时，都是一副沮丧的样子。他在窗前坐着，一坐就是一两个小时。

一个星期二，艾丽斯从学校回来，正准备把书包放回作坊，然后去院子里找让-约瑟夫时，马塞尔先生喊住了她：

“你要是想去，今天可以和我一起去。”

艾丽斯不知道为什么。她做了什么，或者她没做什么，竟让他回心转意了？她很开心，马塞尔同意她去参加这个像是日常朝圣一样的活动，不过她又觉得似乎有某种异样。她从未独自和马塞尔先生一起出过门，她也从没离开过这片街区。她想说服自己，这是因为她害怕新事物……但她越是这么想，越觉得这背后应该还有其他原因。

“咱们十分钟后出发。”马塞尔先生通知她。

算了，反正她也没有别的选择。她微微笑了一下，点了点头。马塞尔先生也点了点头。迪亚娜没有回应。

艾丽斯和马塞尔先生搭乘了地铁。这是艾丽斯第一次坐地铁，她惊讶极了：这是一列在地下运行的火车！马塞尔先生给了她一张票，她把它递给了车厢入口处的一位先生，马塞尔先生说他是检票员。每次地铁门一开，他就大声地报出站名。车厢里的巴黎人形形色色，各个年龄都有。有的女士个头很高，穿着职业套裙、戴着帽子，还有的穿着工作衫，男人们西装革履，孩子们和父母在一起，还有牵手出门的少年们。她紧贴着窗户，满心欢喜地看着光影随着速度变化而变幻，还有那些几分钟之内即变成一个个小点的远去的车站。毫无疑问，她爱上地铁了！

他们在奥德翁站下了车。名单距离这里只有几步之遥，它位于圣日耳曼德佩区哈斯拜耶大道上的一个大酒店里。酒店的名字叫卢滕西亚。

“这个酒店真漂亮啊！我从没见过这么大的酒店！”依然沉醉在沿途街景里的艾丽斯赞叹道。

“是！纳粹就喜欢漂亮的东西！”

艾丽斯吃了一惊。难道纳粹们还没有离开吗？她立刻想起了被德国人从萨利的操场上带走的托马，还有田野里被杀的那个戴鸭舌帽的男人……

“纳粹吗？”

“唉，别说了！”马塞尔先生一边做了个手势，一边回答道。

突然，一位羸弱的老妇人在酒店的大门前大叫起来，一个男人和一个女人一起强行把她拉出来，他们朝着一辆汽车走去。

“我的汤！我要喝汤！”

抓着老妇人胳膊的女士说：

“妈妈，回到家，你想吃什么都有，我还买到了肉……”

一听到“肉”这个字，老妇人立即停止了挣扎。她盯着应该是她女儿的这个人，眼睛里闪烁着光芒，仿佛她刚刚被封作了皇后一样。老妇人没有让他们帮忙，自己便迅速钻进了停在几米外的汽车里。

“快，上车！”

年轻的女士对她身边的男士说：

“我真的很开心。你能明白吗？”

艾丽斯不明白这位女士为什么会开心，她倒觉得有些难堪。

“他们回来后，都疯了。”马塞尔先生哀叹。

然后他带艾丽斯进到了一个宽阔的大厅里，里面有十几个人在等待。其中有一些在交谈，另一些三五成群地聚在一起。艾丽斯抓住了马塞尔先生的手：她还不习惯人这么多的地方，突然害怕自己会走失在人群里。马塞尔先生的注意力已经不在她身上了。他冲着那些他似乎认识的人不动声色地点头示意，然后用警觉的眼神观察着大厅里的状况。终于，他迈着缓慢的步伐，朝着公示的那些名单走去。他松开了艾丽斯的手，整理了一下外衣和衬衫，深吸了一口气，然后走向了大厅尽头。大颗大颗的汗珠从他的鬓角往下流着，他的衬衣上很快出现了汗渍。艾丽斯不敢再去拉他的手，她也开始汗如雨下。室内弥漫着一种悲伤的气息。她不知道为什么，但她只想逃之夭夭，越快、越远越好。

马塞尔先生猛地停下了脚步，他盯着前方一动不动。艾丽斯也朝那个方向望去。背对他们的，是个穿着一件肥大衬衣的棕色长发的小女孩。她十分消瘦，几乎和迪亚娜一样瘦。马塞尔先生踮起脚，侧身向左又向右，他想要看清她的脸，但从他们站的地方是不可能看得清的。

“芮薇卡？噢，芮薇卡，转过头来吧。”

小姑娘走到了大厅尽头，和一位男士交谈起来。马塞尔先生推搡着他前面的人，其中一个差点摔了跤。其他人冲他嚷嚷着，让他不要激动和乱闯。他一个字也没听见。艾丽斯用尽全力想要追上他疯跑的步伐，但她的个头太小了，人们不经意地挡住了她的去路。她想哭，但她知道没有人会来安慰她的。她只能全力以赴，跟上他的脚步。

“芮薇卡！芮薇卡！是我啊！”马塞尔先生喊着。

小女孩还是没有听见。他们的四周突然安静下来了，人们开始打量着他们。艾丽斯感觉他们似乎很羡慕马塞尔先生。很快，他离小女孩只有几米的距离了，他几乎已经可以触碰到她了。终于，他微笑着把手放在了她的肩上。小女孩把头转了过来。马塞尔先生的脸色变了，他的神情十分扭曲。艾丽斯被他的样子吓了一跳。

“你不是芮薇卡。”马塞尔先生说。

小女孩似乎明白发生了什么，她把手放在了马塞尔先生的手上。他立即把手抽了回来。他看了一眼四周，打量了一下周围的人，突然朝着另一个方向跑去。这下让艾丽斯更难追上他了。不出几秒钟，他就跑到了街上，把艾丽斯甩了十几米远。到了地铁站，他连票也没有给艾丽斯，就猛地冲进了站台。

艾丽斯看到一位等着上车的胖女士，便在她跟检票员说话时藏在了她的身后。车厢里，她抓着一位乘客的包以防自己摔倒。她感到头晕目眩。她觉得自己一无是处，好像根本不该见证这一幕。最糟糕的是，她一点也不确定自己是否究竟明白发生了什么事。谁是芮薇卡？要是马塞尔先生不愿再和她生活在一个屋檐下了怎么办？万一他告诉她妈妈她不乖，或者他不喜欢她……该怎么办？让-约瑟夫或许可以偷偷收留她几晚，但那也不够啊。光是想到这些就已经让她精疲力尽了……早知道她就不该提议要跟着一起去对名单。

他们回到了作坊。马塞尔先生冲到窗户前停下了脚步。迪亚娜走近他。他没有看她，只示意她不要再向前走了。他紧攥着拳头，头低到胸前，粗声喘着气，像是在发出压抑的呐喊。艾丽斯感觉他马上要爆发了。迪亚娜悄声说：

“交给我吧，你到院子里去吧。”

艾丽斯有种想呕吐的感觉。她用两只手抓着楼梯的栏杆，眼前要下的那三层楼，对她而言好像是力所不能及的考验。

“你怎么了？”让-约瑟夫问道，他一定是在找她，“你病了吗？”

“你知道芮薇卡是谁吗？”

“我妈妈说马塞尔先生的女儿们，其中一个叫这个名字。另一个叫迪娜。”

“他的女儿们？”

“是。不过她们没回来。”

艾丽斯坐在台阶上，沉思了很久。然后她说：

“我感觉，仗好像还没有打完。”

“我妈妈也这么说。她说战争永远也不会真正结束的。”

6

巴黎，1946年11月

星期五，迪亚娜去接艾丽斯放学。她们肩并着肩走回家。迪亚娜偶尔会问艾丽斯有没有考个好成绩，但大部分时间里，她都一言不发。艾丽斯白白为能和妈妈共度时光而高兴一场，她妈妈对此根本不感兴趣，而这条路也显得比和让-约瑟夫一起走时漫长得多。每星期有一次，到了楼下的前厅，迪亚娜都会去查看信箱。偶尔她会再等久一点把信一起拿回去。她讨厌从信箱前面经过。她告诉艾丽斯，她不喜欢那种有很多人知道自己住址的感觉。艾丽斯不明白。她觉得每收到一封信，都证明有人在想着你。

“我觉得信是善意的一种表现。”

“艾丽斯，请不要谈论你不懂的事。”

这一天，迪亚娜拿回了至少十几封信。她沉默地坐在客厅的桌子旁边，把碍事的线卷和布料推开，把信件摆在面前。她先看看信封背面的发件人，然后才去拆。要是她不喜欢或者看到了她不认识的名字，她就会把信封再放回到最下面。接下来她要拆的是一个天蓝色的长信封，信封的右上角印着法国国旗。

“哎呦！”她眯着眼睛说。

迪亚娜读了一遍，嘴里嘟哝着听不懂的只字片语。然后她看也没看艾丽斯，只对她说：

“明天你要去巴容女士家里见她。”

“我吗？”

“对。你还记得她吗？就是那位社工，一起去……”

“记得，我记得她。可她为什么要见我？”

“不知道。”

“你和我一起去吗？”

“不，作坊还有很多活要做。而且她要见的人是你。”

突然，妈妈开始咳嗽，好像她被什么东西呛住了快要窒息了一样。艾丽斯拍了拍她的背，但迪亚娜示意她停手。她用两只手捂住嗓子，跑到窗前呼吸窗外的空气。她让艾丽斯给她倒杯水。艾丽斯过了几秒钟才反应过来。她被这咳嗽声吓到了。妈妈挥舞着双臂。艾丽斯猛地站起来，迅速跑到了水池边。艾丽斯给妈妈递了一杯水。迪亚娜一口气全喝光了。她显然好多了，不再咳嗽了，但还没有完全恢复正常的呼吸节奏。她从窗前走过来坐下，靠在椅背上。这短短的距离就已让她精疲力尽。她用袖子擦了擦嘴，好像什么也没有发生过一样。

“我会告诉你怎么去她家的。下楼玩去吧，去吧，我还有活儿要干。”

艾丽斯照做了。虽然她更希望和妈妈待在一起，为和巴容女士的会面做些准备。她越想越怕。要是她得坐地铁去，结果下错站了怎么办？她可以喊让-约瑟夫陪她去，不过也许他会嘲笑她的……她受够了别人把她当成小姑娘，但她又不敢面对新的考验……恰恰像个小姑娘一样。所有的事都是那么复杂。为什么这位社工非要见她呢？艾丽斯没有话要跟她讲。她住在巴黎，她在她应该在的地方，除此之外，再没什么可说的了。

她有些记不清巴容女士的模样了。她记得巴容女士的西装套裙很修身，脚上的黑色高跟鞋几次差点让她在让娜农场门前的土路上摔了跟头。巴容女士的声音令人很不舒服，既尖锐，又带有鼻音，这导致艾丽斯每次闭上眼试着在脑海中勾勒出她的样子时，出现的都是一只乌鸦的脸。巴容女士的鼻子上有个长长的喙，还有一对恶毒的小眼睛，简直就是巫婆的样子！艾丽斯只能尽量安慰自己：不可能的，人类不可能长着一副乌鸦的嘴脸……

她在床上躺了很久。她得做个小结。她的小包袱还放在衣橱旁边没有拆。自从她从萨利来到这里，就一直在整理东西。虽然已经几个月过去了，但她好像还没有完全在这里安顿下来。要把东西都整理好，不然什么事也做不了。衣橱的架子上堆得满满当当，她开始整理起来。她把第一堆布料推开。这些都是棉布，有驼色的，白色的和蓝色的。她观察了一会儿衣橱，然后得出了一个结论——她腾不出任何多余的空地了：她把另一堆布料搬到了客厅里。反正和作坊有关的东西也不该出现在她的房间里。当她抱起第二堆布料时，突然看到下面垫着一些纸张。那是一本杂志。她马上认出了上面的标题：《目光》。

这本和妈妈在她箱子里留的那本不是同一期。这一本的年代更久远些，是 1934 年刊印的。这里面也有一页被做了标记，上面是一篇关于在巴黎发生的骚动的报道。艾丽斯完全不知道发生过这样的事。五张照片中，有游行示威的人，还有正在打斗的穿着黑衬衫的人。她看见照片下面写着“瓦戈”两个字，和萨利那本《目光》上的署名一样。下面的一层架子上，还有另外一本。艾丽斯翻了翻。这本里也有一篇署名瓦戈的报道。

她思考了一会儿。瓦戈，瓦戈……难道是妈妈吗？妈妈给政治性杂志撰写文章，又不想让别人知道，所以她才这么低调谨慎。所以她才在艾丽斯的箱子里留下了一篇有关西班牙的报道。艾丽斯笑了。妈妈的秘密被她揭穿了！她记得让松老师在学校里讲到过一位女作家，她叫乔治·桑，她也是用一个男人的名字写作的。老师说过这叫笔名。

天哪！她的妈妈，竟是个有笔名的作家！她拿上杂志朝客厅走去，她想要和迪亚娜对质，但后者全神贯注地扑在缝纫机上，根本没有注意到她。桌上，巴容女士的蓝色信封还没有被折好。艾丽斯突然想起了明天的见面，想到自己要独自走的路，她的嗓子突然哽住了。她把《目光》放下，走出了公寓。

*

让-约瑟夫来到院子里找艾丽斯。

“你的脸色真臭！”

“没有，没事。”

“我有个好消息要告诉你。”

“什么？”

“你还想要笛子吗？”

“想啊！”

“我认识的人认识一个想卖笛子的人，成色不错，他要价三十五法郎加八公斤土豆。”

“可我什么也没有啊！”

“别担心，咱们一起打工。冬天快到了，咱们去找些木块送到别人家里。修椅子的下个星期过来，咱们去帮忙。不出两个月，你就有钱了。”

“那土豆呢？”

“我和我妈妈知道在离蒙费梅伊不远的地方有一片庄稼。我妈妈说腰弯得低一点就行了。你愿意的话，咱们可以找个星期六或者星期天一起去。”

“太远了吧！”

“那怎么了？咱坐火车去呗！”

艾丽斯将信将疑地点了点头。

“你看起来一点儿也不高兴啊！你马上就能有笛子了！”

“没有，我很高兴。”

现在不是倾诉她惧怕去巴容女士家的时候。

让-约瑟夫还有一个好消息。他用大葱换来了一本关于解剖学的旧书，他俩一起想出了个游戏：艾丽斯念一个疾病的名字，由让-约瑟夫把它拼出来。不一会儿，他们就把书念完了，于是他们又增加了些游戏规则：加上有关症状的词汇。不过，拼写是十分重要的。一位好医生绝不能在处方上拼错疾病的名称。

“来，让-约瑟夫医生，拼一下 stratum germinativum[①]。”

让-约瑟夫觉得这名字有趣得很，还说他很喜欢，然后他准确无误地把它拼了出来。

“trichomonase[②]。”

让-约瑟夫犹豫了一下是否有“h”，然后又拼对了。

“这个好像是：spondylarthrite ankylosante[③]。”艾丽斯断断续续读了好几次，才把这两个词念出来。

她的朋友又拼对了。

“你真的会成为一位好医生的！”

“但愿吧。我妈妈觉得我还是快点赚到钱比较好，但我自己想治病救人。”

“我觉得你妈妈是想让你只给她一个人看病！”

他们哈哈大笑，让-约瑟夫的妈妈好像听到了他们的话一样，跑到窗边喊他上楼吃晚饭。

他妈妈法语说得不好，而且基本不识字。但她会说一些礼貌性的词语。让-约瑟夫觉得她既黏人又讨厌，令人难以忍受。他常常觉得丢人，不喜欢跟她一起散步。最近一段时间，他们一到星期天都会吵嘴，因为他不想让她把他的头发染成金色。

“妈妈，德国人不会再回来了！我叫约瑟夫，我的头发是棕色的，就这样。”

整栋楼的人都能听见他的叫喊声。接着他妈妈开始啜泣。

---

① 即生发层。

② 即滴虫炎。

③ 即强直性脊柱炎。

艾丽斯觉得他有一定的道理，忍受她一整天确实不容易，但与此同时，艾丽斯又从没见过这么爱孩子的妈妈。让-约瑟夫的妈妈提到她儿子时，常常说："他是我的命。"他在她面前时，她就说："你是我的太阳。"让-约瑟夫极其讨厌她这样，还有随之而来的沾满口水的亲吻。但艾丽斯觉得这个比喻实在美妙，心里还想着是否有一天她也能成为某人的太阳。

她一个人在院子里，眼前又浮现出乌鸦的形象，便一点玩耍的心情也没有了。平时，让-约瑟夫上楼后，她会想象一些故事，假设某个隐蔽的角落有个藏身之处，屋顶上有一位王子来救她逃离监狱，她还会想象出一些听她说话的小动物。她假想出了一位"奶油"的姐妹——"奶露"，它住在巴黎。但这天晚上，她阻止不了自己一直想着她要在巴黎独自走的那段路。这太奇怪了，她住在萨利的时候，独自走过的那些长路从未令她感到过害怕，反而恰恰相反。但在巴黎，有这么多她不认识的人，这么多的喧嚣和吵闹，这让她感觉自己快被整座城市吞没了。

时间一点点地过去，马上就该上楼了，但她却一点也不想动。迪亚娜什么也不说，除了"吃饭吧""我去干活了""该睡觉了""把房间整理一下"。打仗的时候到底发生什么了？为什么她过了一年多才回来找她？她手臂上的A-21.352是什么意思？莱亚女士提到过回来的事，她和马塞尔先生两个人到底是从哪里回来的？为什么妈妈从不回答她的问题？她有什么难言之隐吗？每次别人有问题，艾丽斯都尽力给出一个最合适的答案。妈妈则闭口不言，无动于衷。艾丽斯觉得这令人难以忍受。总该存在一种方法能让迪亚娜有所回应吧？

她看见地上掉落的几块煤渣，心里有了主意。

*

艾丽斯套了件开衫，坐到了饭桌前。通常，这个时刻并不令她开心。她受不了妈妈做的索然无味的汤水，还有马塞尔先生执意要买的味道浓重的黑面包。他们每星期吃一次肉，每月吃一次鱼。除此之外，他们日常的饮食都是以土豆、大葱和白萝卜为主，大部分时间里，这些都是用布料或者旧书换来的。她妈妈和马塞尔先生必须为了以后的发展尽可能地多存钱。什么发展，艾丽斯不知道。距离战争结束已经很久了，但某些食物还在限量供应，人们很难填饱肚子。除了战争以外，从未经历过其他事的艾丽斯试着想弄明白，为什么肉铺老板展示他的橱窗时神情是那样抱歉。她想知道，他所说的真正像样的食物到底长什么样。

不过这天晚上，食物变得不重要了，艾丽斯难以抑制自己的激动。她不在乎汤里有什么，也不在乎听见妈妈和马塞尔先生用力吮吸勺子的声音。她期待着能用她的惊喜，吸引一次他们的注意。

大人们像木头人一样坐下，每人盛了一碗蔬菜汤。艾丽斯慢慢卷起袖子。她想让他们看到她，但他们实在太专注于眼前的晚餐了。她伸出手，异常缓慢地去拿汤勺。她把碗拿过来，盛了一小勺汤，然后又盛了一勺，又一勺，每次都动作夸张地把胳膊伸出去。妈妈终于抬起了眼睛，她手里的勺子也同时掉了下去，她用手捂住尖叫的嘴，但她声音中透出的恐怖让艾丽斯顿时僵住了。不出几秒钟，艾丽斯便明白了，情况已经超出了她的控制。

“怎么了？出什么事了？”桌子另一头受到惊吓的马塞尔先

生问道。

迪亚娜无法回答。她站起来，退到桌子外面，用手指着艾丽斯的手臂。

“怎么了？她手上有什么？”他一边转向艾丽斯，一边问。

可惊愕的迪亚娜只是晃着手，好像在跟警察指认杀手一样。艾丽斯咽了咽口水，环顾着这个房间。天哪！她干吗要这么做？她只是想出人意料一回，让他俩开口说话而已！可妈妈的表情，就好像让娜杀鸡时，鸡看到刀架在脖子上的那个表情一样。

马塞尔先生突然抓住她的手臂翻了过来。他耸起眉毛，抿起了嘴，手抓得也更紧了。艾丽斯用黑煤渣写下了“A-534.276”。妈妈和马塞尔先生身上的刺青综合而来的号码。

“你写这个干吗？”他喊道。

艾丽斯试着把手臂从他手里抽回来，但他抓得更紧了。她感觉到他的指甲正嵌进她的肉里。她痛极了，但她的大脑一片空白。

“不知道……”她回答。

“你疯了！坏坯子！不知廉耻！你只配……只配……”

马塞尔先生寻找着要说的词，但他想的时间越长，就越是什么也说不出来。他呆滞地看看迪亚娜，又看看艾丽斯，不知该把目光落在哪里。艾丽斯总算把手臂抽了回来，她揉着被马塞尔先生抓住的地方。那里红通通的，皮肤上还留有指甲的抓痕。艾丽斯舔了舔手指，迅速把号码擦掉了。红色的抓痕被一层灰色覆盖住了。

她觉得自己坏极了。她伤害到了他们两个人，这令她感到无地自容。最糟糕的是，她连为什么都不知道。这些号码究竟是什么意思？她究竟做了什么导致这么严重的后果？她感到泪水从脸颊上流了下来。她盯着脚上的鞋，尽可能不动声色地抹着眼泪。但她哭得越来越厉害，只好任由泪水去了。她的鼻涕也往下流着，眼睛发疼，手臂也痛得不行。她想见让娜，想去萨利，想回到过去那个眼前这一切都没有真实发生过的时候。马塞尔先生抓住她的开衫领子，把她摇来摇去。他距离她如此之近，以至于她被他的口臭和他说话时溅到她脸上的唾沫淹没了：

“不准你再任性妄为了，回你的房间去。”

“我不困。”

“谁让你睡觉了？你给我好好反省！”

艾丽斯回到屋里，用力关上了门。她没有松开马尾辫，连衣服也没有脱。不知所措的她就这样躺下，抱紧枕头闭上了眼睛。她马上就睡着了。

*

过了一会儿，她被床上的动静吵醒了：妈妈也上床睡觉了。艾丽斯盯着她的眼睛。她多么想和妈妈说说话，但又不知道说些什么好。迪亚娜好像根本不在乎，她像往常一样把脸转向了衣柜，再过几分钟，或者几小时，她就会大喊大叫。第二天，一切又会像往常一样重新开始。艾丽斯真想让这些把戏都停止。怎样才能让所有的事情都变简单呢？

“对不起。”

令她意想不到的是，妈妈转过来抱住了她。

“妈妈，我……”

“嘘。”迪亚娜打断了她。

这个“嘘”声和平时的那个不一样。这个“嘘”的意思是：“别怕，我不怪你，有我在。”妈妈紧紧抱了她一会儿。她拿起艾丽斯做标记的胳膊，轻轻地摩擦着，好像在用她的方式抹去刚刚发生过的事。艾丽斯第一次亲吻了她的脸颊。妈妈吓了一跳，然后微笑着抚摸着她的额头。突然，迪亚娜开始咳嗽起来。又是这该死的咳嗽。她看上去好像胸前被什么东西压住了似的，喘不上气。她站起来，小声嘟囔着说：

“我去去就来。你再睡会儿。”

艾丽斯无法合眼。所以妈妈是爱她的吗？她听见迪亚娜在门背后咳嗽。马塞尔先生试着帮她止咳。他打开了水龙头，应该是给她倒了水喝。他说：

“还是得去看看医生才行。”

“不用，会好的。我一向对换季比较敏感。”

然后迪亚娜回到了房间，背对着艾丽斯躺下。妈妈已经不再爱她了吗？

“我把巴容女士的地址写在纸上了，放在桌子上，你的碗旁边。她家离这里不是很远，你可以走过去，我都写下来了，你看了就知道了。”

艾丽斯谢过了妈妈。她至少不用独自去坐地铁了。她观察着房间：大衣柜，地上铺满了布头，已经腾空了的她的包袱。她在想如果是让娜，她会怎么做。她的思绪跳来跳去，然后想起了她们一起过的最后一个圣诞节。让娜拿到了艾丽斯送给她的一个橘子。她们唱了节日小曲，然后一起去做了平安夜弥撒。她想起了马槽模型，还有圣母玛利亚怀里的小耶稣，眺望远处的约瑟，东方三博士，她特别喜欢巴尔萨泽①这个名字。巴尔萨泽！多么强大啊。巴尔萨泽。还有那些动物，驴、牛和绵羊。她想小耶稣的家庭也够复杂的。或许祈祷是唯一的办法？

自从她来到了巴黎，就停止了祷告。她必须重新把它捡起来，不然让娜会发怒的。她轻轻地双手合十，在脑海里对神说：“上帝，请求您。让一起都好起来吧。请让我的妈妈爱我。请让马塞尔先生找回他的妻子和女儿们。请让我的爸爸现身，让他不再是位陌生人。求求您，上帝，请给予我们快乐，让我们忘记战争。求求您，上帝，请让我们过上正常的生活，让一切不再变幻无常。”

她想了一会儿。没有其他事了。接着她嘴里念着让娜教她的“圣母玛利亚，我向您致敬”，她的手臂停止了疼痛。她感到平静、安详。从此以后，她每天都会做祷告。

*

第二天早上，艾丽斯喝过咖啡便去上学了。下课后，她要直接去巴容女士家。她妈妈在纸条上写道：“学校后面，左转，第三条街右转，左转，右转，左转，然后一直走到五十八号。”虽然看上去很简单，但艾丽斯整整一天都在脑海里思考着路线。等到出发的时刻，她从口袋里把纸条拿了出来。让-约瑟夫过来找她一起回家，她给他解释了一下情况。

“你需要我的话，我可以陪你去！我在楼下等你。”他提

① 《圣经》中的东方三博士之一。

议。

艾丽斯心想他昨晚要是这么说了该多好啊！要是他说了这话，她就不会想出在手臂上写字的蠢主意了，那样她就可以度过一个平静一些的夜晚。但现在，她感觉自己足够强大了，完全可以不需要任何外界的帮助，独自去赴这个约。

“不用了，谢谢你。我回去的时候去找你。”

“没问题。对了，明天晚上咱们有活儿干，每人能赚两法郎。我一会儿跟你细说。”

“好。”

时间过得越久，艾丽斯就越是依赖让-约瑟夫。她之前也有过朋友，基本上全是女生。生活在萨利时，她很喜欢玛丽，但她们之间的距离感很强。她感觉女孩子们都把一部分生活藏在了心底，特别是，她害怕情况突然有变，她怕在克洛迪娜和吉塞尔的影响下，其他人突然某天会毫无理由地对她不理不睬。让-约瑟夫就完全不一样。除了让娜以外，他是她唯一信任的人。在学校，其他班的同学总是嘲笑他们，还喊他们：“哟，两个小情人！”

“胡说什么！”让-约瑟夫回答。

而艾丽斯则夸张地耸起肩膀，不屑地说：

“我可没有情人！”

让-约瑟夫看上去有些失落，然后他点点头，意思好像是这很明显，但他的眼神中透露出一种悲伤。他把手插在裤兜里，回家的路上一句话也没有说。艾丽斯不想让他难过。她只是从没有仔细想过她心底的感受。喜欢一个人是什么意思？她只知道自己很在乎让-约瑟夫，他是她在这个世界上最好的朋友。而这对她而言，已经是件很了不得的事了。

“那一会儿见吧，让-约瑟夫医生！”她对他眨了眨眼睛说。

她的朋友笑着走了。

艾丽斯把纸条紧紧地攥在手心里。每走到一个路口，她就要反复确定自己走的路线是否正确，然后好像这样还不足够似的，她每走二十米，就又停下来对照着纸条看：她想百分百地确定自己所在的位置和方向。走到五十八号时，她发现纸条已经变得皱巴巴的了。她把它折起来，放进了书包里。

巴容女士的办公室在二楼。她按下门铃，一位秘书给她开了门。

“你就是艾丽斯，对吧？”

“对的，夫人。”

“你自己一个人吗？你妈妈没有和你一起来吗？”

“没有。”

看着秘书惊讶的眼神，艾丽斯意识到妈妈没来是件反常的事，她试着为妈妈辩解道：

“她很抱歉，她工作太忙了。但她跟我解释了过来的路线。”

秘书将信将疑地点了点头。

“坐下吧，巴容女士马上就可以见你了。”

等候室里还有一个有父母陪同的孩子，和一位同样在等待的女士。艾丽斯还没来得及仔细观察他们，巴容女士就出现在了门缝里。

"艾丽斯，你好。跟我来吧？"

艾丽斯想着，这并不是个真正的问题，因为她其实没有选择。她顺从地跟着社工来到了另一个房间里。书桌上散落着成堆成堆的文件。后面的架子上也堆满了文件箱和文件夹，它们挡住了外面的光线，使之不足以照亮室内。

"我们刚搬到这里来……我也不知道会在这儿待多久。你也看到了，很多孩子的情况都很困难。"

艾丽斯点点头。

"跟我说说，你和你妈妈两个的生活怎么样？"

艾丽斯对这个问题感到十分惊讶。

"很好。"

"只有很好吗？"

"很不错。"艾丽斯微笑着确认道。

"比如，你们两个一起的时候都做些什么呢？你晚上都吃什么？学校怎么样？"

巴容女士尽可能地用平淡的语气提问，但艾丽斯感觉到这些问题的背后似乎还藏有别的问题，她不喜欢这样。她得警觉点才行。万一她的回复和社工期待中的不符，可能会产生一些后果。而且她相信，一定会是严重的后果。她想找些趣事来说，想从某个快乐的时刻开始说起，但她想不到。她不能谈及那些沉默，菜汤，早晨的咖啡，也不能讲卢滕西亚和编号的事。一想到这些，她的胃又开始绞痛起来，痛得让她想哭。还好这一次，她恢复了镇定。她回忆起昨晚的祷告，感觉自己又变得强大了起来。她直勾勾地盯着巴容女士的眼睛，对她说：

“我妈妈给我缝了一条裙子，马塞尔先生把它熨得很平整。每个星期天，我们都一起去散步，有一次我们还去了埃菲尔铁塔。我妈妈很注意我的一日三餐。我们吃蔬菜，肉，每个星期都会吃鱼。为了这些食物，我妈妈工作得很辛苦。”

她停顿了几秒钟，然后又加了一句，似乎它是最有力的论据一样：

“有一天，她还告诉我，我是她的太阳。”

艾丽斯咽了咽唾沫。这些谎言令她十分不安，就好像跟除了上帝以外的人许愿一样。这些有可能实现吗？她希望可以。

“我知道了。所以你在巴黎生活得开心吗？”巴容女士最后问道。

“嗯。非常开心。”

“很好。现在把衣服脱掉吧，医生会给你做个检查。”

艾丽斯突然汗如雨下，在椅子上颤抖个不停。

“为什么？为什么要给我检查？我不知道……”

“别担心，这是春天的体检，走个程序而已。把衣服脱掉，留着内裤。我马上回来。”

巴容女士走出了房间。艾丽斯想要逃跑。她犹豫了。如果她现在离开，也许没有人会知道。但他们会再寄一封信，那她就得再回来一次。她想了半天，主意全无。她进退两难。医生要对她做些什么？她希望不要给她打针。她讨厌打针。她之前在萨利打过一次，那次恐怖的经历令她记忆犹新。

有人敲门了，她还没来得及回答，一位穿着白色工作服的女士便走了进来：

“咦，小姑娘，你怎么还穿着衣服呢？”

这位女士看起来并不像坏人。相反，她有一点点像让娜。艾丽斯稍稍安心了些，她脱掉了鞋子、袜子和衣服。医生听了她的心跳。她让艾丽斯用力呼吸，然后咳嗽。她又用一个木头小锤，轻轻地敲了一下艾丽斯的膝盖，不痛。她让艾丽斯用手去碰脚趾，然后张开嘴连续说“啊……”。

“很好！把衣服穿上吧。”她宣布道。

但就在艾丽斯套袜子时，医生打断了她，她指着艾丽斯的手臂问：

“这些伤痕是怎么回事？”

从昨晚开始，红肿的地方变成了一大块青紫色，胳膊上指甲的抓痕依然清晰可见。

“没什么。”她不知所措地一边说，一边用手遮掩着伤痕。

“这是怎么弄的？”

“我……我……我不记得了。”

医生用奇怪的眼神看着她。她不相信艾丽斯说的话。艾丽斯看得出来，但她不知道说些什么好，也找不出什么借口。昨晚的事历历在目，她想赶也赶不走。

“有人打你了吗，艾丽斯？”

“没有……”

“唔。我知道了。你在这里等一下。”

医生出去了，巴容女士又出现了。

“听说你最近把手臂弄伤了，你不记得发生什么事了吗？”

完了，她全搞砸了。巴容女士要把她妈妈送进监狱里去了。

可能还有马塞尔先生。她则会被送到一所全是巴容女士的孤儿院去。不行，她不愿这样。她必须找点说辞，让巴容女士安心。艾丽斯振作起来，尽可能用最坚定的声音回答道：

“记得！我在学校摔倒了。在操场上摔了一跤。”

巴容女士盯着她看了一会儿。艾丽斯两腿乱晃，她想出去，去哪儿都行，只要不在这里。

“好吧。不过如果你在家里遇到了什么事，艾丽斯，你随时可以回来，我们会帮助你的。”

巴容女士似乎相信了艾丽斯的话，她的语气里充满了坚定和一本正经。艾丽斯谢过了她，穿好衣服离开了。刚出门，她就找了张长凳坐下。她需要呼吸。

7

巴黎，1947年2月

艾丽斯和让-约瑟夫每个星期做两次零工，这一般可以让他们赚到一法郎，有时候是两法郎。大部分时间里，他们都在帮年迈的老人把采购的东西送到家门口。他们还负责把面包店的法棍送到附近的啤酒餐厅里。有时，当流动商贩来到附近吆喝："楼下填床垫了！今明两天！"他们就把邻居们的床垫搬到院子里。

把床垫搬下楼并不是件容易的事，抬上楼就更难了。它们又重又难控制。刚把一头抓住，另一头就卷了起来，艾丽斯和让-约瑟夫差点儿摔了跟头。他们根本无法同时抓住床垫的头和尾，因为他们俩的个头实在太小了。所以他们只能轮换着一个抓着尾部，一个抓住侧面，转弯时，一个人跑到中间用背顶着床垫，等到转过去后，另一个再顶上。他们要扭来扭去不停侧身，加快速度行动，这样才不会影响楼道里的其他人，也不会让旁边负责其他公寓的搬运工把他们的位置抢去。到了楼下，商贩把床垫填满后，凹进去的地方就消失不见了。他会把侧面精心缝合，让床垫看上去像新的一样。然后就又该把它搬上楼了。

这比下楼时还要重，因此爬上楼则更费力了。艾丽斯的手臂、手掌和肩膀都绷得紧紧的，身体里的肌肉像在撕裂一样，她的双腿因上楼要承载的这些重量而感到火辣辣地疼。正如在萨利时去井边打水一样，只不过眼下用的不是桶，而是一只巨型铸铁锅。

艾丽斯和让-约瑟夫两人上气不接下气，他们每爬一层就要停下来一次，然后心灰意冷地望着剩下的台阶，接着继续往上爬。晚上，他们两个疲惫不堪，也感觉不到肚子饿了，直接倒头就睡。第二天，他们浑身疼得难受。让-约瑟夫说这叫肌肉酸痛，他在医书上读到过。但有些酸痛的地方，他们从来不知道那里竟然还有肌肉！玩游戏是玩不动了，他们只能呆坐在院子角落里，就这样一直坐到晚餐时间。

但累一点是值得的：把床垫搬下楼，再搬上去，可以让他们两个每人挣到四个法郎！两个半月后，艾丽斯就已经攒了二十七法郎了！她简直不敢相信。每天晚上一放学，她就急着跑回家打开马塞尔先生用布给她缝的小钱包。她把钱铺在床上，这是她最爱的时刻：她一个一个硬币地数着，把每五个摞成一叠。二十五。二十六。二十七。还差八法郎和八公斤土豆，她就能买笛子了。她告诉了那位每两个星期都会来一次的流浪乐手。后者还许诺会教她演奏基本音符和读曲谱。之后就得靠她自己琢磨和练习了。他还告诉她，如果她认真练习的话，不出几个月，她就能演奏巴赫的曲子了，到时候他会帮她去买一本便宜的谱子。这期间她还会再赚到更多的钱。

她已经飘飘然沉浸在音乐的旋律当中了。她闭上眼睛，觉得心醉神迷。她好像无处不在。这曼妙的音乐声可以让她飞越世界，穿越时空。再也不会有那些沉默了，因为她会让音符萦绕在侧。只要八法郎，她就可以用美妙去替代空无。只要八法郎，她的家里便再无压抑的黑暗。她已经迫不及待了！

艾丽斯把一切都计划好了。她知道她不可能在家里练习，这必定会打扰到妈妈和马塞尔先生，所以她已经开始寻找解决办法了。她找到了两个，一个靠自己，另一个则要靠让-约瑟夫帮忙。学校里有一个上音乐课用的教室。大部分时间，大家都只在这里学习唱歌，艾丽斯觉得这样十分无聊。但她发现晚上下课和放学后，这个教室是空着的。所以她去问了班主任，等她买到笛子以后，是否可以每个星期至少在这个教室里练习两次。班主任承诺她会去征求校长的意见，令艾丽斯欣喜若狂的是，校长同意了，只要她保证第二天早上教室里干净整齐。艾丽斯保证她不会动教室里的任何东西，她对自己敢于争取这个特权而感到骄傲不已。

第二个办法则是去地下室。让-约瑟夫成功掀起了院子里的地板门，这个门直接通向整栋楼的地窖，其中大部分都无人使用。他把其中一个地下室布置成了自己的工作室。他在纸板上画了一个骷髅架，把它挂在了墙上，他还把药盒子和所有他能找到的医书都收集在了一起。他说这是在开真正的诊所前，用来练习的地方。地窖里有些许的光亮，让-约瑟夫提议过，可以把他的秘密地点借给艾丽斯用来练习。

“只要不是在门诊时间就行！”他笑着说。

填床垫的那位先生应该再过两个星期就会回来了。她算了一下，加上平时的零活，再过十七天，她应该就可以攒够预计的数目了，还有土豆，因为下个星期她会和让-约瑟夫一起去蒙费梅伊。她迫不及待地想让时间快点过去，想让终于能把她的长笛攥在手里的那天快点到来！

*

艾丽斯回到家时，迪亚娜问她：

“你愿意和我一起去看电影吗？”

艾丽斯愣住了。她愣了好几秒，想确定自己是不是听懂了。妈妈想和她一起共度一些时光。去看电影！这是这几个月以来她梦寐以求的事！但她的年龄太小，不能自己一个人去。让-约瑟夫告诉过她蹭票很容易，但她想集中精力先搞定笛子的事,以后他们再一起去。所以，这个双重惊喜实在超乎她的想象。艾丽斯笑开了花，她开心地又蹦又跳。她当然愿意！

“大雷克斯影院正在重放《公民凯恩》。你年龄还有点小，但这部电影很有意思，我想让你看看。”

“好！什么时候去？”

“现在！”

艾丽斯马上想到再过几分钟要去啤酒餐厅里送面包的事。但她不敢让妈妈等她，更不敢推迟她们的活动。万一妈妈再也不带她出去了呢？不过这样一来，她就要多攒一天的钱……她从没去过电影院。《公民凯恩》。她喜欢这名字透露出的那种庄严。这个词给人一种强大的感觉，而且说出来十分顺口。

她妈妈即刻穿上了外套，并冲她微笑着。艾丽斯激动极了：

妈妈冲她笑了，妈妈要带她出门。她们可能还会买上些糖果？她听说电影院里还有卖糖果的……或许看完电影，她们还会去埃菲尔铁塔转转？今天她就不送面包了。没关系，只是少了一个法郎而已。她会再赚回来的。她套上外套追上了已经在楼道里等待的妈妈。

她们在路上走了二十分钟左右，然后遇到了一个男人，他喊道：

“迪亚娜！是你吗？”

艾丽斯观察着妈妈。妈妈似乎十分惊讶。

“乔治！我以为你现在住在尼斯。”

“是，我来……办些事。”

“我明白。”

他们一边说着，一边微笑。艾丽斯不明白这有什么好笑的。

“见到你我真高兴！我一直不敢联系你。发生了这么多的事……”

“没事的。”

男人好像刚刚意识到艾丽斯的存在一样，他把手放在了她的肩上。

“天哪！这是瓦戈的女儿吗？”

迪亚娜脸色煞白。

“不是……呃……她叫艾丽斯。”

她似乎尴尬不已。

“我们该走了，我们要去电影院。”

“对不起，我……”

男人试图挽留迪亚娜，但她已经开始向前走了。她示意艾丽斯跟上她。她的手在颤抖。

“迪亚娜，咱们还能再见面吗？”

迪亚娜没有回头，只是回答道：

“好，我会联系你的。”

她们过了马路。艾丽斯回头看了一眼。男人远远地望着她们，他看上去像是一座雕塑。

他以为艾丽斯是瓦戈的女儿。所以瓦戈不是迪亚娜的笔名？如果她妈妈不是乔治·桑，那么瓦戈又是谁？一个她妈妈认识的人，竟让一位旧友以为艾丽斯是他的女儿……她没有找到答案，反而又产生了一大堆新问题。这要到什么时候才是个头？

*

艾丽斯和她妈妈一路上沉默不语，一直走到电影院。她们在一栋大楼门口的大道上排起了长队，这条路十分吵闹，也十分宽敞。

“这条路叫林荫大道。”她妈妈说，“它从共和国广场通往歌剧院。”

“我从来没去过歌剧院！”

“我也没去过！”

“那你以前去过电影院吗？”

迪亚娜突然陷入了沉思。

“嗯，我以前很喜欢去电影院。”最后她说。

艾丽斯感觉到妈妈在想别的事，但她没有问。妈妈可能还没有从刚才的偶遇中缓过神来。这不是寻根究底的时候，虽然她心急如焚。她们把票交给了引座员。正如艾丽斯梦想中的那样，迪亚娜给她买了一块糖。虽然糖果的价格贵得离谱，但妈妈一句话也没有说。她付了钱，把糖给了她，好像一切都很正常，她经常这么做一样。她们进了一个没有灯光的房间。妈妈悄声告诉她去坐最后面几排空着的那两个座位。

“可前面也有位子啊。”

“在电影院里坐在后面比较好，一会儿你就知道了。”

艾丽斯跟在她妈妈后面，坐在了宽敞的红色扶手椅里。她们对面是一块巨大的屏幕，屏幕上有个男人，他穿着一件脏兮兮的衬衣，在妻子万念俱灰的眼神中走进了家门。然后有个声音说：“别让你的丈夫毁了你好妻子的名声。微黛特，您的洁衣好帮手。”

艾丽斯有些窘迫。

“咱们迟到了，电影已经开始了。”

“还没有，这是广告。有人在展示一些销售的产品。然后还会有新闻，然后电影才会开始。”

艾丽斯放了心，她把糖果塞进嘴里。她喜欢把糖黏在腭上，然后再去舔。她的嘴里飘满了甜甜的味道。她感觉糖果在嘴里嘬得越久，就越美味。一段严肃的音乐声后，新闻便开始了，这时有个人过来坐在了她的前面，挡住了屏幕。她往左歪又往右歪，但这个大脑袋依然挡在她的视野中。

妈妈把外套脱了下来，卷成一团递给了她。

“把它垫在屁股下面吧。”

艾丽斯照做了，她终于又能看见屏幕了。她不知道哪件事让她更开心：是她妈妈的帮助，还是视野障碍的清除。新闻开头讲的是法国近来发生的事情。艾丽斯并没有全部看懂。有关于经济的，好像是说情况即将会好转。然后又提到了英国，说由于物资问题，那里的人过得不如德国人好。迪亚娜叹了口气，接着又摇了摇头。

“太可耻了。”

艾丽斯没有回应，她知道妈妈不是在和她说话。然后是另一段更严肃的音乐，艾丽斯在屏幕上看到“特别快讯”几个字。一个男人的照片出现了，伴随着一个沉重的声音：“几天后，奥斯维辛审判将在波兰国家最高法院开庭。集中营前指挥官，鲁道夫·霍斯，将接受判决并极有可能被判刑。霍斯于1946年3月11日被英军逮捕。他曾在纽伦堡审判中出庭作证。”艾丽斯突然感觉到妈妈在抽搐。她怎么了？难道她认识这位鲁道夫·霍斯吗？她想问妈妈，但迪亚娜突然呼吸困难，她的一阵咳嗽声让艾丽斯僵住不敢动弹。

这是艾丽斯见过的最可怕的情形。妈妈泪如雨下，嘴唇扭曲成了一副可怕的模样。她的一只手扶在胸口，另一只紧捂着嘴。一些愤怒的观众回头看着她，还有一些让她安静或者出去。艾丽斯不知道他们为什么不帮帮她，反而要训斥她。艾丽斯能做些什么呢？她在这里也不能给妈妈倒水……

妈妈示意她起身，然后她们离开了影厅。迪亚娜艰难地前行着，她喘不上来气。她坐在了街边的一个长椅上，咳嗽得那么厉害，整个人都蜷成了一团，头抵在膝盖上。艾丽斯吓得手足无措，她们该怎么回去呢？她不记得来时的路了。她要到哪里去找医生呢？她围着长椅边转圈边想办法……但她什么也想不到，她实在害怕极了。

突然，一位咖啡馆服务生走近她们，递给迪亚娜一杯水。

“给您，女士。”

“非常感谢。”迪亚娜用几乎听不见的声音说。

“我们的一位客人提议想送您和您女儿回家。他有车。”

“不了，我们自己走就行。”

但艾丽斯打断了她妈妈：

“太感谢了，先生，我们接受提议。”

迪亚娜一脸震惊地看着艾丽斯。艾丽斯没有被动摇，她直勾勾地看着服务生，直到他给提议的那位男士打了个招呼。那是一位上了年纪的男士。总之他的年龄要比马塞尔先生的大。

“我说，这位女士！您受凉了。我载你们回去吧。”他边说边向她们走过来。

“谢谢您，先生，我们住在帕维路上。”艾丽斯用一种既着急又不好意思的口吻说。

“好的，小朋友。”

这位男士似乎对和一个小孩子说话而感到诧异不已。

“请在这里稍等，我去把车开过来。”

汽车从巴黎的街道里穿过，但它们的魅力全消失了。艾丽斯觉得那些建筑不再像几小时前来的路上那样迷人和美丽了。车上压抑的沉默，让开车的男人很快停止了他的那些提问。到了楼下，他帮迪亚娜把门打开。她刚刚向他伸出手，就又是一阵咳嗽，于是她急着跑进了门。艾丽斯跟在她的后面。到了公寓里，妈妈立即躺下睡着了。艾丽斯在她的床头柜上放了一杯水，也躺了下来。她不饿。她有些气恼没能看成电影，也没挣到送法棍的钱。她连一句话都没能跟妈妈说上。这一晚过得真是糟糕极了。

*

一个星期以来，迪亚娜几乎每天都会发作。她咳嗽得越厉害，艾丽斯就越是集中精力去想笛子的事，以转移自己的注意力。她把空闲时间全用在这上面了。这天早上，她迅速喝完了咖啡。她和让-约瑟夫约在楼下会合。修椅子的人来了，他需要些有力的帮手去把邻居家的椅子搬下楼，然后再送回去。

艾丽斯把杯子放进水池里时，听见了莱亚女士说"早上好！你好！"的声音。莱亚女士还没捏，她的脸颊就已经开始抽搐了。她明明看得出艾丽斯讨厌这样，为什么还一如既往呢？连迪亚娜都注意到了，她每次旁观这个痛苦的仪式时都只能苦笑。艾丽斯深吸了一口气，她抬起眼睛望着天空，谁知道呢，或许这一次上帝能够帮帮她……然而并没有。像往常一样，莱亚女士捏着她的小脸蛋上下晃了晃，咧开嘴笑着说：

"哦呦！这小脸蛋儿！真想咬一口！小可爱！"

艾丽斯向后退着。

"早上好，莱亚女士。我该出门了。"

"你上哪儿去？"

"我得干活。"

"干活？你多大了？"

“快十岁了！”

“十岁是玩乐的年纪啊！去玩吧！”

“我想给自己买支笛子。”艾丽斯骄傲地说。

“哎哟！十岁就被工作给囚禁了！”

莱亚女士一副伤心的样子。迪亚娜似乎不同意她的看法，但她什么也没说。

“让-约瑟夫的妈妈不工作，但她好像是被囚禁在了家里一样。所以还是要工作，然后就可以做自己想做的事。”艾丽斯说。

“不是想做什么就能做的，小丫头。”

莱亚女士好像忽然陷入了沉思。

“可以的！工作令人自由。”

莱亚女士和迪亚娜不知所措地看着她。

“怎么了？”艾丽斯问道，她对她们的反应感到有些惊讶。

两个人都没有回答。

“怎么了？我说什么了？妈妈，你不是也在工作吗！莱亚女士，您也是啊！到底怎么了？”

“没什么，小丫头。没什么。”

一阵短暂的沉默后，莱亚女士又说：

“好了。我先走了。”

迪亚娜点了点头，坐到了缝纫机前，不过她没有马上启动它。她的眼神迷离，看上去像是在盯着某个不存在的东西。艾丽斯讨厌她妈妈这样，似乎周围的一切都不存在了一样。她看起来心力交瘁，对一切充满了厌倦。莱亚女士拿起她的箱子，悄声打了个招呼出去了。艾丽斯不想单独和妈妈待在一起，这种气氛令她浑身打冷战。

她跑到楼梯间里追上了莱亚女士。

“莱亚女士！”

“哟！小丫头，你吓着我了。”

“我妈妈她怎么了？”

“她什么也莫有！”

“她从来不回答问题。每次我问她什么事，或者为什么要这样，她都不说话。”

“啧，啧。”莱亚女士边叹气，边摇着头。

艾丽斯看她犹豫了一下。这位老妇人下了一级台阶，转头说：

“丫头，你妈妈在一个没有原因的地方待过一段时间。谁也不能问为什么。Kein Warum.（没有为什么。）所以现在，她已经不记得该怎么回答这种问题了。”

好像这个解释足够了似的，莱亚女士耸了耸肩，带着一种悲伤的微笑看了看艾丽斯，然后便走了。

“哎呦天哪！你干吗呢！我等你半天了！已经有四把椅子等着咱们去搬了！”让-约瑟夫在楼梯下面喊道。

艾丽斯吓了一跳，赶快下了楼。没有为什么。到底什么地方会没有为什么呢？艾丽斯不明白。但现在不是时候。她以后再去想这些事。四把椅子。四块钱。也许今天傍晚，她就能挣够剩下的那八法郎了！

*

去蒙费梅伊的日子就快到了。艾丽斯向她妈妈和马塞尔先生承诺，她会给他们带回来一些土豆的。即便她的口袋会十分沉重，她也会信守承诺。她不敢相信自己竟然在那么短的时间内凑到了这么多的钱。她甚至当天晚上就可以拿到笛子，如果她回来的时候没有精疲力尽，还有力气去找卖家的话。只差八公斤土豆了！八公斤土豆……她琢磨着这得有多少啊。她去巴容女士那里体检的时候，她们说她有二十五公斤。也就是说差不多是土豆的三倍重。

虽然艾丽斯激动不已，但她心里七上八下的。她不明白其中的缘由。她重新把所有事情捋了一遍：她准备了一个大布口袋用来装挖出来的土豆，她的东西都整理好了，作业也都按时完成了。一切都没有问题啊，她不知道自己是因为什么而感到不安，但她就是难以集中精力去迎接这个她期待已久的日子，怎么也高兴不起来。

算了，现在想这么多也没有用，让-约瑟夫约她一刻钟后在楼下的大厅里见面。她要准备一下。他让她穿裤子去，多穿一点，还要把手套带上。他们坐地铁到火车站下，然后坐火车去蒙费梅伊。下了车再走二十分钟才能到田里。艾丽斯根本不可能独自完成这段旅程，朋友的陪伴足以让她安心。毕竟他经常到那里去，对这条路了如指掌。

“打仗的时候，我爸爸，我妈妈和我，就藏在那里。

“你爸爸？”艾丽斯惊讶地问。

让-约瑟夫点了点头，他用手势告诉艾丽斯，他不愿再多说这事了。过了一会儿，他还是告诉了她，他爸爸已经死了。他违反了宵禁规定，被抓了起来，然后被处决了。

“我们跟他说了十几次，让他按时回来，但他就是不信。”

“信什么？”

“哪怕晚回来十分钟都会有生命危险。”

艾丽斯又想起了那个戴鸭舌帽的男人，她知道战争的荒谬。她跟他讲了她在萨利的生活，还有解放后的事。让-约瑟夫不敢相信她竟然见过美国人。他把他们叫作老美，对他们十分钦佩着迷。艾丽斯提到果汁口香糖时，他目瞪口呆地说：

“他们还给你口香糖了？你运气也太好了吧！”

然后他们决定如果没有必要，以后就不再提过去的事了。

*

她看着火车车窗外划过的风景。城市外围是不太协调的城区，然后是绿色的植被。有树，有田野，还有一些房屋，然后又是一片绿色。上一次她坐火车，还是来巴黎的时候……她觉得她已经离开萨利很久很久了。

她突然跳了起来，好像受到了什么惊吓。她果然忘了一件事：昨天是让娜的生日。她怎么可以……？太可怕了！她必须想尽一切办法联系上她的养母。她突然觉得这辆火车是囚禁她的牢笼，让她动弹不得。她得下车。可怎么才能联系上让娜呢？她的养母又没有电话。她可以打电话给集市广场上的咖啡馆……或者联系玛丽的爸爸？医生的联系方式，应该不难找到……

但她又不想跟玛丽说话。不然这事就变得有些太复杂了。她突然悲伤欲绝，好像身体里突然填满了成吨的泪水。她无力去重新联结她生命中的这个部分。和玛丽说话，便是重拾被自己不得不抛在身后的那段日子，然而这并非她所愿。不，还是打给咖啡馆好些。但让娜还要跑去集市……如果她没有要出售的东西呢？

万一她因艾丽斯的离开而伤心过度，放弃了农场的活儿，跑到阁楼上一边抱着那些弃她而去的人的照片，一边等死怎么办？艾丽斯有些喘不上气。她试图挡住脸，这样就不用解释给让-约瑟夫听了。但这显然一点用也没有。他把手放在她的手上，问道：

“你怎么了？”

他看上去很担忧。

“没什么，只是……我忘了一件事。”

“我带了午餐，如果你说的是这件事的话。”

朋友的无微不至令她感动不已，她觉得自己配不上这些爱她的人。她仍对忘记让娜生日的事而感到惭愧。他们下了火车，经过一个已经开门营业的餐厅，有几个男人正在里面吃早饭。艾丽斯想停下来打个电话。她可以找到萨利咖啡馆的电话，然后给让娜留个口信……可是……万一她的口信让让娜更难过了怎么办？万一让娜和艾丽斯一样，觉得那些年的回忆像没有结痂的伤口一样，令人痛苦怎么办？

艾丽斯不想让娜更痛苦了……她可以肯定，她的养母看完她的留言，定会感到更加孤独，或许会有种再次被抛弃的感觉。算了吧。艾丽斯就任由让娜以为她忘记了她的生日吧。这令人难过，但这是最好的结局。

*

挖土豆前，先要耙一下地，以便找出那些形状不规则的地方。只要看到一颗土豆，艾丽斯就会扒去它表面的土，把它捡起来，最后再吹一下，把附着在上面的泥土全部清理干净，然后再把土豆放进布袋子里。不到一小时，她就已经挖到了十几个。不过最奇妙的是，当她弯下腰，并警惕地注意着四周时，或者当她拿着铁锹热火朝天地耙地时，她把一切全抛到了脑后。她全心全意地专注在自己的任务上。每找到一个土豆，她就骄傲地挥舞着它，喊让-约瑟夫过来看。她的朋友祝贺过她，然后会和她互相比较收成的形状和重量。

临近正午时，他们坐在一排几厘米高的木栅栏上：地上太潮湿了，他们没法坐在上面野餐。他们默默地吃着手里的三明治，眺望着远处的平原。两个装得满满的大口袋躺在他们旁边。他们的收成足够了，可以回去了，但他们决定再找一些。

“如果你愿意，咱们可以在回去之前，去看一眼你以前藏身的房子？”艾丽斯提议道。

让-约瑟夫有些吃惊，然后心不在焉地回答说：

“行啊，随便。”

他们把选定的那块土地搜刮得一干二净后，便出发向火车站走去。艾丽斯提起了房子的事，但让-约瑟夫干脆地打断了她：

“我不想去。”

她没有坚持。他们继续沉默着向前走，让-约瑟夫突然停了下来。

“哟！快看！”

一只小猫咪正趴在一根树枝上，观察着他们。它跳到了地上，在让-约瑟夫的腿上蹭来蹭去。

“你没有东西吃吗？它应该是饿了。”他说。

艾丽斯突然鼻头酸酸的。奶油呢，它现在在哪里？它会不会也饿了？它还记得她吗？

“我真想养一只这样的小猫，你不想吗？”让-约瑟夫继续说着。

“不想。”她冷冷地回答，“我讨厌猫。”

让-约瑟夫吃了一惊，他盯着她看。

“你没事吧？你的脸红红的。”

“嗯。走吧，要不赶不上车了。”

她的朋友最后爱抚了猫咪一下，然后他们便离开了。

他们完全不知道自己收获了多少土豆，但八公斤一定是有了。不管怎样，再多他们也背不动了。他们的口袋沉甸甸的，勒得手指生疼。让-约瑟夫提议让艾丽斯把口袋的一个把手分给他提，但她拒绝了。她想要配得上她的笛子。让-约瑟夫已经帮了她很多忙了，绝不能再让他简化她的任务了。她伤痕累累的手指一定会对她的音乐启蒙课造成影响，但她管不了这么多了。她的笛子将永远属于她，它是她自己辛苦挣来的，这些小伤小痛都算不了什么。

艾丽斯急着赶回家最后再数一次那些钱。她仿佛已经看到了自己拿着所有的钱和土豆去找卖笛子的人的样子。她会好好地盯着它们看一会儿，最后再把钱清点一次，然后把它们都装进一个袋子里，藏在外套下面。或许她会喊让-约瑟夫陪她一起去？一会儿再看情况吧。她又想起了街角的那位流浪汉……等到他一回来，她就带着笛子下楼，他会像承诺的那样教她一些基础知识。她心里期待着他能送她一本乐谱，不过又觉得不太可能。毕竟他是个穷人，他也没有理由让别人把他心头最牵挂的东西——音乐——给抢走。

*

艾丽斯回到公寓时，发现窗帘都拉着，整个客厅十分昏暗。她惊讶极了。

“有人吗？”

没有人回答。如果马塞尔先生没在客厅，说明他不在家，因为他从不进艾丽斯和迪亚娜睡觉的房间。不过现在这么晚了，也不是去对名单的时候，而且星期天，他一般喜欢待在附近。艾丽斯突然十分焦虑。是不是出了什么意外？万一他们被人袭击了怎么办？她在学校里听说过这样的事，有小偷闯进了一座公寓，他们威胁里面的住户甚至还刺伤了他们。突然，她看到桌上有一张字条。是马塞尔先生留给她的，上面写着：我马上回来。她瞬间放下心来。

于是艾丽斯打开了客厅里的抽屉，可她的钱包不见了。她皱紧了眉头。难道她把它藏到了别处然后忘记了？她试着回想。不对，今天早上，她还查过钱，然后把布包放进了抽屉里。她又找了找上面一层抽屉，还有下面一层。都没有。她心急如焚。她抬起头，观察着房间，发现一切井然有序：衣服都放在原来的地方，桌子收拾得很整齐，还有熨斗，都在原地……真奇怪。

突然，她愣住了。她的小钱包躺在缝纫机上。它开着口，看上去扁扁的。艾丽斯焦急地跑过去看，她真希望自己看错了。她把它翻过来，晃了晃，可里面一分钱也没有了。她愤怒极了，想把缝纫机掀翻，像马塞尔先生有一次做过的那样，把盘子砸烂，但她却动弹不得，好像自己身上的肌肉都睡着了似的。放学之后所有的这些努力，那些土豆，床垫，椅子，面包，还有帮别人提的购物袋……全白费了……钱包是空的。可究竟是谁……谁会拿她的钱呢？为什么？她的身边真有那么坏的人吗？她不愿承认坏人就在她身边：除了马塞尔先生，就是她的妈妈……可为什么小偷偏偏只偷了她的钱，而没有偷其他东西呢？他们怎么敢做出这种事？她想回到萨利去。可现在拿什么钱回去呢？她突然觉得精疲力尽。她需要躺一会儿。

她走进房间后，立刻呆住了。妈妈正睡在黑暗之中。艾丽斯的怒气更重了，她连想单独休息一会儿都不行。她刚刚开始继续胡思乱想，就突然被一个细节惊到了：床头柜上摆满了各种各样的药盒子。这让她担心不已。她踮着脚凑近，然后猛地瞪大了眼睛：枕套上有一大块污渍。这是什么？妈妈怎么会睡在一块污渍上？迪亚娜背对着窗户，于是艾丽斯把窗帘轻轻地拨开了一点，露出了一丝光线。然后她又回到了床边。是血迹！万一是小偷伤到了妈妈怎么办？如果是这样，迪亚娜还试图阻止过他们偷她的钱。她怎么能怀疑是妈妈偷的呢？她轻声地喊妈妈：

“妈妈！妈妈，你受伤了？他们跑到哪里去了？”

公寓的门开了，一阵急切的脚步声停在了房间门口。马塞尔先生示意她别说话，跟他出去。

“把门关上。”

“可我妈妈在流血……”

“嘘。”

艾丽斯彻底糊涂了。马塞尔先生为什么要拒绝救她妈妈？

“对不起，我拿了你的钱，可我得付医生钱，而我身上的钱又不够。”

艾丽斯两腿僵直。所以是马塞尔先生偷了她的钱，然后他还毫无廉耻地承认了。

“我的钱？”

“是，艾丽斯，你妈妈病得很重。我不知道该怎么办才好了。”

“什么意思，病得很重？她要在床上躺很久吗？”

“我也不知道。”

这到底是怎么一回事？一个玩笑吗？可看着马塞尔先生沉重的表情，好像不太可能。

“她会好起来吗？”

“可能不会。”

艾丽斯摇着头，一句话也说不出来。她感到脚下的地正在塌陷，周围的房间在旋转个不停。她的妈妈。病了。治不好了。天旋地转得更厉害了。如果妈妈治不好了，那……那么什么？她会死……不，这不可能，妈妈不能死。她不能死。那她呢，她怎么办？她不能回萨利去，她都没有给让娜打电话祝她生日快乐……还有一件事令她感到恐惧：

“她疼吗？”

“她疼也不说，但我觉得她应该很痛苦，是的。”

艾丽斯突然觉得自己消失不见了，她成了这宇宙和生命中微不足道的一个小点。她得想个办法。她用尽全力想着办法，一直想到头疼。她总算想到了一个主意：

“得去教堂祷告才行。”

“别傻了。上帝那套根本都是瞎扯！”

“您不相信上帝吗？”

“不信！他也留在那里了。”

艾丽斯不明白他是什么意思，但她没有勇气听到更多的解释。尽管她鼻头酸酸的，她还是问道：

“她怎么了？”

“谁？”

“我妈妈。她得什么病了？”

“肺结核。”

肺结核。她听过这个名字，但她完全不知道这是什么病，和哪个器官有关，有什么症状，会持续多长时间。让-约瑟夫！她得去见他才行！他会告诉她的。他会对她坦诚相待的。

她飞奔着下了楼，敲开了他的门。

“现在去吗？准备好迎接笛子了吗？”

艾丽斯没有明白他的意思，然后才又想起了她的积蓄。令人难以置信，这些事在她看来是如此遥远，而其实他们从蒙费梅伊回来还不到半个小时。

“什么是肺结核？”

让-约瑟夫惊讶地瞪着她。他皱起了眉头：

“你问这个干吗？”

艾丽斯把他拉到楼道里，把事情的来龙去脉告诉了他。让-约瑟夫拉着她的手，带她下楼去了他的工作室。

“我只记得这病很严重，不过我还是把书上写的念给你听吧。你准备好了吗？我可以等你准备好再开始。”

“不用，你念吧，我准备好了。”

"肺结核是一种传染性、无免疫力的疾病，其临床症状表现多样。它由结核性复征不同结核病菌中的分枝杆菌引起，主要由结核分枝杆菌引起，具有不可治愈性。治疗方法有疗养，日光疗法和室外空气疗法。一直以来，肺结核为最常见、传播最广的一种疾病，但该病菌也可存在于骨髓、肾脏、肠腔、生殖器官、脑膜、肾上腺及皮肤中。"

让-约瑟夫清了清嗓子，接着读：

"它会造成剧烈咳嗽……"

他读不下去了。他看着艾丽斯的眼睛说：

"这里面说你妈妈会咳血，会咳嗽得厉害。她会很痛苦。她还会经常发烧，这病还会影响到她身上的其他器官。"

"会让她死吗？"

让-约瑟夫的腿晃来晃去。他刚张开嘴，就又闭上了，一个字也没说出口。他突然站直身子，一口气说完了下面的话：

"会的。书上还说目前已经试验过几种不同的治疗方法，但没有一种能达到令人满意的效果。"

他在艾丽斯的身旁坐了下来。他们就这样一动不动地，在沉默中待了一会儿。

"我很抱歉。"他最后说。

过了一会儿，艾丽斯回答他说：

"我害怕。"

"我知道。"

8

巴黎，1947年3月

整整一个星期，悲剧性的事件接二连三地到来。

星期一，对完名单以后，马塞尔先生没有回家。艾丽斯很担心，但她忙着照顾迪亚娜，所以她的注意力很快就被分散了。几天之内，她妈妈的状况越来越糟。每天晚上，艾丽斯都要调整她的枕头，给她倒水，喂她吃看起来并没有任何疗效的药。艾丽斯十分害怕一觉醒来发现妈妈去世了，所以她一直守在妈妈的身旁确保她还有呼吸。白天，迪亚娜咳得同样厉害。尽管她已经卧床不起了，但她仍然坚持躺在床上缝合那些衬衣。艾丽斯想让她躺下休息，但她什么也不敢说。妈妈遇到不合自己意的事时，只会咳嗽得更加剧烈。

这天，她的咳嗽声惊天动地，艾丽斯从她的床头柜上清理掉了两张浸满鲜血的手帕。她讨厌它们。把它们拿到水池里去清洗时，她心如刀绞。她的手指上总会残留些红色的痕迹，她便闭上眼睛不愿去看。她不愿相信这是妈妈的血。怎么会没有能减轻妈妈痛苦的东西呢？没人有办法，医生也没有，让-约瑟夫也没有。艾丽斯能做的，只有给她递一些干净和味道清新的手帕，还有尽量陪在她身边。所以她就搓搓洗洗，两眼不离迪亚娜。

莱亚女士送了她一块薰衣草味道的香皂，她把它搓出很多泡沫，希望肥皂的香味能盖过这疾病的气味。艾丽斯再也没有心情下楼到院子里去了，她也彻底放弃了买笛子的事。流浪汉的每次演奏，都会让她想起收了马塞尔先生手里她的钱的那个医生。她怨自己不该生气。她决定不再喜欢音乐了，它会让她想起那个糟糕的日子，那个她听到“肺结核”三个字的日子。

临近午夜时，妈妈才终于睡着了，艾丽斯发现马塞尔先生依然没有回家。这太诡异了。他有时对完名单会回来得晚些，但从没有这么晚过。艾丽斯在屋子里转来转去。她去房间里看看，确认妈妈睡着了，然后又回到客厅。她时不时地打开门，听听楼梯里是否有动静。什么声音也没有。于是她开始收拾角落里的厨房，刷洗杯子，把已经完成的衣服分门别类，把没有用的布头都扔掉。不久，清晨的第一缕阳光刺破了天空，但仍然没有马塞尔先生的影子。艾丽斯每每琢磨着他在哪里，总是会想到最糟糕的局面。过了一会儿，她又把门打开，然后吓了一跳。是他，他坐在楼梯上睡着了。她拉了拉他的袖子，他突然推了她一把，抱怨道：

“别碰我！”

突然，艾丽斯听到了妈妈呼吸困难的声音。她不知该如何是好。她该去上学了，但又不能把他们两个就这样扔下，哪一个都不行……马塞尔先生似乎听到了她内心的这些担忧，他站起身，蹒跚地走进了公寓。

“你去吧，交给我就好。”

艾丽斯一点也不放心，但她还是照做了。

“你怎么了？你的眼圈全黑了。”她到楼下时，让-约瑟夫对她说。

“没什么，我没怎么睡着。”

等她放学一回来，马塞尔先生便出发去对名单了，他没有回来吃晚饭。

*

星期二放学后，艾丽斯跑遍了附近的作坊，想找到莱亚女士。她一定知道马塞尔先生昨晚遇到了什么事，怎么会变成这个样子。没过多久，艾丽斯便迎面遇上了她，她紧紧地攥着她的小箱子，生怕它被别人偷了去。

“哎呦！小丫头，你在这做什么？”

艾丽斯没时间浪费，她开门见山地问：

“莱亚女士，马塞尔先生遇到什么事了？”

“你问我这个做什么？”

“他的情况很糟糕。昨晚他没回来，之后他变得很反常。我和我妈妈都需要他……”

莱亚女士点了点头。

“我知道。你可怜的妈妈……”

“马塞尔先生怎么了？”她又问道。

“你太小了，不会明白的……”

“我已经很大了，我向您保证。他怎么了？”

莱亚女士似乎在权衡利弊，她的脸色变得沉重起来。

“有人跟他说了一句没人愿意听的话，他非常气愤。”

“马塞尔先生自己告诉您的吗？”

“不是，别人说的。在卢滕西亚。”

“是什么话？”

莱亚女士叹了一口气：

“你走吧！别让我说不该说的话……”

“您就告诉我吧。”艾丽斯试图说服她。

莱亚女士最终同意了，她说马塞尔先生的妻子和女儿被带走时，没人知道到底发生了什么事。这事奇怪得很，因为他们一直藏得很隐蔽。那天马塞尔先生人在街角，见证了那一幕。他跑着想把她们追回来，但他摔倒了。他的妻子看到了他，示意他待在原地。那是他最后一次看见她们。

“其实，是有人告发了他们……”

艾丽斯不确定自己是否明白了这其中的含义，但她实在不想打断莱亚女士。

“你能明白吗，小丫头？这些人，都疯了。”

莱亚女士摸着艾丽斯的脸，把箱子放下来。她坐在上面，接着说：

“好像是德维尔夫人……”

“德维尔夫人是谁？”

“他以前的邻居！哎哟！我记得，她去乡下的时候，马塞尔帮她照看她的狗。德维尔夫人有时还帮马塞尔看孩子。她丈夫去世的时候，马塞尔帮了她不少忙……”

“那她为什么还要这么做？”

“他们说，后来马塞尔先生回过以前住的公寓。他曾经住过的公寓亮着灯，然后他就问一位女邻居：‘谁住在那儿？’邻居说：‘德维尔夫人。’然后马塞尔说：‘不是，我指的是旁边那个……’然后邻居告诉他四楼只有一间大公寓。”

“什么意思？”

“意思是德维尔夫人一直想住比原来更大的房子。”

更大的房子。艾丽斯听懂的这些话让她心生恐惧。马塞尔先生失去了他的妻子和孩子，就因为一个女人想多住几个房间。这简直荒谬！她试着去思考，但没有任何理由和论据能够站得住脚。她任由莱亚女士捏完她的脸蛋，然后离开了。她走在路上，脑子里一片空白。她只顾直直地向前走。报刊亭里悬挂的报纸标题引起了她的注意：《共产党和工人党情报局的诉求——分裂加剧》《东方集团的威胁》《印度暴乱，一场新的战争》《德意志零年与后果，人民的愤怒》。她抬头仰望天空，恨这一切是上帝的错。这世界上还有正常的地方吗？

*

马塞尔先生变得越来越怪异。他总是嘀咕着一些让人听不懂的话。他的眼神空洞，别人跟他说话的时候也是这样。还有，出于随便某个原因，比如有只碗离它右边的勺子太远，某个线圈没有收拾好，他就会突然大发雷霆。艾丽斯感觉他大吼的时候，连整个墙面都在抖动。有一次，连让-约瑟夫都上楼来了，生怕他们出了什么事。

“没事，一会儿就好了。”艾丽斯对他说着，让他回家去。

“你确定吗？”

“嗯，确定，晚点见。”

然后她就关上了门。她心里想和她的朋友一起走，但她又不想留下妈妈和这种状态下的马塞尔先生共处一室。一定是以前公寓的事让他变得这么疯狂。虽然她能理解，但这也该有个了结了。怎么了结？艾丽斯完全不知道。她倒是想跟他谈谈德维尔夫人的事，告诉他她全知道了，但她又十分害怕他的反应。万一他吼得更厉害了怎么办？万一他一去不回，留下她们这既没钱也没工作的母女俩怎么办？她们就只能流落街头了。还有更糟的是，她们连看医生的钱都没有了。她不能冒这样的险，可是，和这么一个随时发作的人生活在同一个屋檐下，冒的风险也不见得有多小。

她已经不认识马塞尔先生了，她觉得似乎有一个陌生人控制了他的大脑。莱亚女士说得对，人们都疯了，马塞尔先生也变成了他们中的一员。尽管如此，他在她的生活中不可或缺，所以她不能任由他完全失了理智。

星期四，艾丽斯听见他在客厅里来回走动。那时大约是早上五点，太阳还没有升起。她踮着脚走到房间门口，打开了一道缝。马塞尔先生套上了一件大外套，把某个东西装进了外套衬里的口袋里。艾丽斯在那个位置看不见那是什么东西。或者说她不愿相信是那样东西。她揉了揉眼睛，聚精会神地盯着他。她的心跳突然暂停了几秒钟：她没有猜错，的确是把斧头。他在秘密谋划什么？一定不是什么好事。她马上想到了德维尔夫人。万一他把她杀了怎么办？她不能让他这么做。“神哪，求求你。”她马上把衣服换上。她妈妈醒了。

“你再睡会儿，妈妈，我去下厕所就回来。”

所幸迪亚娜信了她的话。艾丽斯出了房间，迅速跑下楼梯。下了楼，她看见马塞尔先生在对面的人行道上，于是她跑到他身后几米处尾随着他。他走路的样子很奇怪，一会儿向左，一会儿向右。偶尔他会突然停下脚步，摸一摸他的斧头，然后再继续向前走。“神哪，帮帮我。”艾丽斯希望他不要看见她，不过很快，她就伤感地发现他根本不可能发现她，因为他完全沉浸在自己的思绪中。

有一次，在萨利教堂，她第一次领圣体礼的前几个星期，神父提到了撒旦，以及那些被魔鬼觊觎灵魂的人，以及他们那些诡异的举动。他们的身体不再属于他们自己，他们变得具有攻击性，总是张牙舞爪。艾丽斯想，莱亚女士口中，跟马塞尔先生讲话的那个人，会不会是撒旦。总之从那天起，他就被附身了，这是毋庸置疑的。

似乎过了很长一段时间，马塞尔先生终于在一栋楼前停下了脚步，那是帕斯卡街五十号。然后他就在那里等待着。艾丽斯藏在几米外一棵树后面，紧盯着他。他们就这样待了一个小时，两个小时也有可能。人们从楼里进进出出，但从马塞尔先生失望的表情来看，他们都不是德维尔夫人。人们用怀疑的眼神瞅着马塞尔先生。艾丽斯知道他们心里在想什么。马塞尔先生蓬头垢面、焦躁不安，一只手一直插在口袋里，鼓成了一团。一个男人突然走了出来，他一边朝着马塞尔先生走过去，一边咧嘴微笑着：

“我们还以为你死了！能再见到你真高兴！这栋楼变了不少，以前的邻居几乎都……”

“我找德维尔夫人。”

“我今天还没见过她呢。”他突然尴尬地说，“改天来家里喝茶啊！”

马塞尔先生还没有回答，男人就走开了。过了一段时间，大门慢慢地打开了。一位老妇人走出来，她手里提着一个篮子。马塞尔先生突然愣住了，他的脸色瞬间变得煞白。艾丽斯知道她就是德维尔夫人。她应该走近他们吗？

马塞尔先生拿出了斧头，并把它紧紧攥在手里。老妇人吓了一跳。艾丽斯的双腿抖个不停。她想找个能帮助她的路人，但街上一个人也没有。马塞尔先生和德维尔夫人一动不动地互相凝视着。远处一阵汽车鸣笛声在空气中回响，妇人垂下了眼睛。她转身原路返回，把门关了起来，留下目光呆滞的马塞尔先生一个人，和他手里攥着的斧头。过了一会儿，他把斧头扔进下水道里，离开了。艾丽斯惊愕不已，过了好几秒钟才反应过来。她前面的马塞尔先生似乎不知道自己该往哪里走才好。

他下到了一个地铁口里。艾丽斯跟在他的身后。他还是没有注意到她，虽然月台上除了一个男人和一个流浪汉以外，几乎只有他们两个人。不久，隧道里便传来了地铁行驶的声音。脸色苍白的马塞尔先生向铁轨走近。艾丽斯不敢相信。他总不会……地铁马上就要进站了。马塞尔先生抬起一条腿，闭上了眼睛。他纵身一跃，艾丽斯尖叫了起来。地铁车厢一节节地过去。车厢门开了，检票员在验票。马塞尔先生还站着那里，月台上的那个男人揪住了他的外套。艾丽斯两腿发抖，她干脆席地而坐，调整着自己的呼吸，然后眼看着地铁离去。她听见男人对马塞尔先生说：

“有我在呢，先生！有我在。”

男人搂着他的肩膀，带他走到长椅旁。他按着马塞尔先生让他坐下，然后自己坐在了他的旁边。

“朋友，出什么事了？”

“完了。全完了。什么都回不来了。”

“我明白。这个时期都这样。其实，打完仗以后的日子，比打仗的时候还难！”

“我不能说……”

“我懂……我也不好受……这简直就是荒谬！英雄和叛徒得在一起生活。看见回来的人，难，因为大家都变了。知道有人没回来，就更难了。比别人少受些罪，还活着，不好过；受过罪，也不好过……让人支离破碎的事太多了。得把精力集中在那些能把咱们拉近的事情上……”

马塞尔先生消极地点了点头。他看上去像失了魂一样，目不转睛地盯着铁轨。每有一辆地铁进站，他就急切地朝它的方向看去。艾丽斯觉得难受极了。够了。她站起来朝他走去。马塞尔先生看见她时目瞪口呆。那个男人什么都没注意到，继续着他的独白：

“不管怎样，咱们把纳粹打倒了，把该死的德国鬼子打得屁滚尿流！就冲这个，也得活下去！”

“这场仗，毕竟还是希特勒赢了。这世界再也回不到过去

了。”

马塞尔先生站了起来，朝艾丽斯走去。他俩一句话也没说，一起回到了公寓。

*

到家的时候，让-约瑟夫正在门口等他们。艾丽斯立即明白出事了。她急着往屋里跑，但被她的朋友拦住了。

“等等，艾丽斯，你别担心，听我说。”

因为她没有像往常一样下楼和让-约瑟夫一起去上学，他便自己一个人先走了，但刚走出几米远，他就折回来了。她一反常态没有出现，一定是有原因的，他想知道是为什么。他按了好几次门铃，但没人给他开门，然后他听见了迪亚娜……

“她从来没有这样咳嗽过……所以我就开门进了屋。她躺在地上，而且……总之，我让我妈妈陪着她，我去找了医生，他看到她后，决定带她回医院去。”

“哪个医院？”

“德农。”

“那……她怎么样了？”

“应该好点了。咱们回来可以一起过去。”

艾丽斯放声大哭。她妈妈差点死了，而她居然不在妈妈的身边……如果让-约瑟夫真去了学校怎么办？马塞尔先生拍了拍她的肩，她挣脱开来，跑进了房间。地上还有血迹。她坐在地上，用手去擦。她的眼泪掉在地上，和已经风干的血迹混在一起。尽管她很用力，但还是抹不去地上的痕迹。她使出浑身力气用头去撞地。两只胳膊抓住了她。是让-约瑟夫，他紧紧地抱住了她。

“她会死吗？”她问他。

让-约瑟夫犹豫了几秒才回答：

“但愿不会……”

“跟我说实话。”

而她得到的回答只是一阵压抑的沉默。

“什么时候？”

“我不知道。但我觉得她可能出不了医院了。”

他把她紧紧地抱在胸前。艾丽斯不哭了。她只是不相信罢了。她当然从一开始就知道，肺结核是治不好的……但她妈妈不可能已经严重到这一步了……她们还什么事都没来得及一起做呢，没有一起买过裙子，也没有一起看完一部电影……她们也没有真正地在一起说过话。而且，她对妈妈的故事到底了解多少？不行，迪亚娜不能现在离开她，还有这么多的问题没有答案，那么多的事情没有做。不能就这样把人抛下不管。“上帝，求求你。我向你保证，我再也不会不听话了，我会好好学习，但求你了，别让她死。”

*

第二天午后，巴容女士来到了公寓。她坐在客厅的桌子旁边，拉着她的外套，像她去萨利时在让娜家里一样，然后她把两只手交叉起来。

“艾丽斯，我们找到你爸爸了。”

她爸爸？

“他叫保罗·达尔尼。”

保罗·达尔尼。是她爸爸。这几个字对她来讲像晴天霹雳一样。它们的冲击力太强，艾丽斯还在头晕目眩中没有缓过神来。她不痛，只是什么都感觉不到了。接下来的话，她什么也听不到了。她只听见了几个词，例如他是法国人，但这几年他一直住在纽约，在美国，和他的家人一起。显然，他的爸爸很富有。让-约瑟夫觉得难以置信……

“他的妻子叫埃伦·哈特菲尔德，是个罐头食品工业大亨的女儿。把你接过去对他来说不是问题。”

接下来巴容女士的话变得模糊不清，直到：

“我陪你过去。三个星期后有一班去纽约的船，我来订票。”

艾丽斯动弹不得，仿佛身体被埋进了地下一样。美国？这不可能！她要赶紧醒过来。离开。快。躲起来。她跑进房间，把自己关在了衣柜里。巴容女士过来找她。她试图在门外劝艾丽斯冷静下来，但艾丽斯捂紧耳朵什么都不愿听。过了一会儿，社工生气了：

“艾丽斯，你给我出来！”

巴容女士拉着衣柜的把手。艾丽斯在柜门背后跟她较着劲，她用尽全力抓紧柜门，甚至把指尖都擦破了。她下定决心就是不放手。在没有想出办法之前，她要一直待在这里。她需要思考。一切都发生得太快了。不到一个星期，她的生活就经历了天翻地覆的变化。过去的那些恐惧和担忧和她当下经历的事情相比，显得那么微不足道。巴容女士怎么还不闭嘴呢？没有声音的时候，艾丽斯有种快要消失的感觉。时间仿佛静止了，而她则变得令人无法触及。

不过她讨厌这样藏着，四周黑漆漆的，她连自己的手几乎都看不见了。衣柜里密闭的味道难闻极了，一定是有什么被遗忘的东西放了几个月后开始腐烂发臭了。而且，她饿极了。她做梦都想咬一口烤得脆脆的大鸡腿，软软的、多汁的，像她在萨利常吃的那样。她每每想起自己啃完鸡腿舔着手指头的样子，肚子就咕噜咕噜地响得更厉害了，她的嗓子也打起了结。

“艾丽斯，不要逼我把门撞开！”

开始新生活是需要勇气的，艾丽斯还没有足够的勇气。她需要妈妈出院，需要马塞尔先生回到家里来，更重要的是，她想留在巴黎。她蜷缩成一团，不遗余力地祷告着，她闭紧眼睛，一只手压在另一只手上，不停地重复着：“求求您，上帝，帮帮我吧。”

“艾丽斯，你也知道没有其他可能。一个九岁的孩子是不能自己一个人生活的。”巴容女士终于说道。

“我能回让娜家吗？”

“那是打仗的时候，艾丽斯。仗已经打完了。把你寄养在让娜家，是因为那时你的父母不在这里。”

“让娜跟我说过，她像爱亲生女儿一样地爱我。”

“你爸爸也会爱你的，你是他货真价实的亲生女儿。”

巴容女士沉默了一会儿，然后接着说：

“艾丽斯，我跟你说过了，我和你妈妈在医院谈了很久，我们都认为这是最好的办法。”

她爸爸！他们一直跟她说他的身份不详！结果现在她要去跟他一起生活！

“我知道你很困惑，艾丽斯。”巴容女士接着说，“我们做的这些都是为你好，为了你的将来考虑。”

“我想留下来和我妈妈在一起。”

“这不可能。她在住院，你不能自己住在这里。”

“还有马塞尔先生啊。”

“好了，艾丽斯。不要再让事情更复杂了，把门打开。你不是我今天唯一要照顾的孩子。”

保罗·达尔尼。是她爸爸。“求您了，上帝。”去纽约。三个星期后。“上帝，我求您了。”

“很好，艾丽斯。今天你赢了。我走了。但过两天我会再回来的。你这两天把东西收拾一下吧。”

艾丽斯听见脚步声越来越远，然后是门关上的声音。她终于可以一个人待着了。不管怎样，她还是要待在衣柜里。她不想起身，不想走路也不想见光。饥饿感没有了，只有嘴里留下了苦涩的味道。她要怎样才能摆脱现在的局面？

*

三个星期以来，巴容女士每周都会过来查看艾丽斯收拾行李的情况。要带好洗漱用品，干净且基本看不出磨损的衣物。鞋子要锃亮，头发和指甲都要剪齐。社工女士确信，一副光鲜的外表有助于事情更顺利地进行。她很高兴能在这方面提供建议。艾丽斯觉得她难以忍受。巴容女士似乎因这场她所谓的冒险旅程而感到兴奋不已。

“美国啊！艾丽斯，真的，你不知道你有多幸运！谁知道哪一天你会不会嫁给一个有钱的美国人呢？”

巴容女士三十五岁了，还没有结婚。让-约瑟夫告诉艾丽斯，这个年纪的女人应该都已经结婚了，那些还没有结婚的女人则整天为这件事头疼。他说巴容女士长得太丑了，即便是战后大家都很亢奋，那些单身的男人也无法对她的乌鸦模样视而不见！艾丽斯觉得很好笑，但她并没有因此而停止对她的厌恶：巴容女士拒绝推迟出发的时间。

“我想再多陪我妈妈待一段时间。”艾丽斯请求她。

“她可能还得病上好几个月呢，谁来照顾你啊？”

“可如果她没有这么长时间了呢？我不想在她死的时候离她这么远。”

“艾丽斯，你不能一个人待在家里。如果你不去美国，我就得给你找个寄宿家庭，让你去别人家。这些家庭现在都满员了。相信我，我认识的很多孩子羡慕你还来不及呢……”

规矩和道理又和她站在了对立面。多么好的借口啊！好像这些道理和规矩永远只有利没有弊一样！那那些参加抵抗运动的人呢？他们不讲道理，而且完全不守规矩，他们以身犯险。可人们不还是到处说，他们是英雄，他们拯救了法国吗？

不过艾丽斯还是顺从了她的命运，但是出于另一个原因：或许是她杀了妈妈。总的来看，她们重聚之前，迪亚娜一直平安无事。她被战争折磨得十分疲惫，但她没有病倒。是艾丽斯来了之后，一切才开始发生的。万一是艾丽斯不够乖，所以才让她生病的呢？她走得远些，妈妈或许会痊愈。这个结论令艾丽斯痛苦欲绝，但她别无他选。可谁来照顾迪亚娜呢？地铁事件过后，马塞尔先生试着恢复常态，但艾丽斯知道某些东西已经支离破碎了，她再也没法信任他了。她总怕他重蹈覆辙，某天跑去杀了德维尔夫人，然后跳地铁自尽。

*

船第二天早上离开。马塞尔先生让她跟他去他的衣柜旁边。他拿出了一个旧纸盒子，把它交给了她。艾丽斯默默地把它打开，她觉得这是个重要的时刻。她掀起盒子里面的几块布料。最后一块布料下面有十几本书。都是小说。是马塞尔先生的大女儿迪娜的书。

“拿着吧。给我留一本就行。”

艾丽斯觉得难以置信。他竟把他最珍惜的东西给了她。她心里明白，马塞尔先生割舍了这么珍贵的回忆，该是尽了多大的努力。她几乎不敢去碰它们。

“拿着吧，我说了。和你一起，它们还有生机。比待在盒子里好。”

艾丽斯于是收下了，她小心翼翼地把它们装在另一个箱子里，在书的四周裹了一些布。马塞尔先生虽然疯了，但他依旧是个心地善良的人。

睡觉前，她去找让-约瑟夫，跟他做最后的道别。他没在院子里。她下楼去了他的工作室。他正在撕掉他画的骷髅图，所有的书也都散落在地上。

“你干什么呢？”

让-约瑟夫吓了一跳，他没看见她进来。

“没什么，别打扰我。”他转过身说。

“我明天就走了……”

艾丽斯朝她的朋友走近，发现他的眼睛红红的。

“怎么了？”

“没事。”

“你干吗把东西全扔了？”

“没干吗。反正你也要走了，和你还有什么关系吗？”

艾丽斯真想把他推倒在地上的这一堆书上。这样说太不公平了！她叹了口气，转身走开了。让-约瑟夫追上了她。

“对不起。”

艾丽斯直盯着他。

“我当不成医生了。”

“为什么？”

“我妈妈没有填学校的注册表格。我都不知道还有这个东西！现在一切都晚了，我考不了结业证书了，校长说学业对我来讲，已经结束了。”

“怎么可能，总有办法的吧？”

“没有，我都试过了……”

“你妈妈为什么要这么做？”

“她不识字。她看见信封上画了个国旗，一害怕，就把它给扔了。”

“那你明年再回学校不行吗？”

“不行，艾丽斯。太晚了。我成不了医生了，就这样。”

他攥紧了拳头。艾丽斯看得出来，他在强忍着眼泪。

“那你准备怎么办？”

“我不知道。我可能会离开吧。美国军队驻德国基地在招秘书，还有欧洲其他地方也是。如果成不了医生，我就去给美国人打工。”

“那你妈妈呢？”

“我会给她寄钱的。早晚有一天，我是要走的。”

艾丽斯表示同意。他们一起待了一会儿，然后到了该上楼的时间。艾丽斯快要走到地窖门口时，让-约瑟夫对她说：

“你是我最好的朋友，我永远不会忘记你的。”

艾丽斯点点头，关上了门。她的泪水涌了出来。

她上楼回到了公寓里。没人在家。马塞尔先生给她在桌上留了晚餐，但她没有碰。她准备睡了。两小时过去了，她还是没有困意。万一迪亚娜孑然一身地死去怎么办？如果让-约瑟夫入了伍，结果开始打仗了怎么办？她什么也做不了。她将身在遥远的地方。她的妈妈，马塞尔先生，让-约瑟夫……大家都会把她忘记，他们会各自继续自己的生活，不论是好是坏。明天，她就要走了。

三

无物常驻

9

巴黎，1947年4月

艾丽斯从没见过这么大的船。这个庞然大物的身上布满了舷窗，每扇舷窗都在阳光的照耀下闪闪发亮。船上的烟囱高耸入云。舷梯、缆绳，所有的一切都比她想象中的还要壮观。她感觉自己像一只蚂蚁一样渺小。岸上人头攒动，人们说着她听不懂的语言，有些清脆悦耳，有些听上去像是在吵架。她身边的人们脚步匆忙，推推搡搡。他们互相道别，相互拥抱。

上船后，艾丽斯便远离了这些喧嚣，她紧紧抓住甲板上的栏杆。她觉得自己无力面对那些手里提着小行李箱的旅客眼中的期待和光芒。她不相信人可以在某个地方获得幸福。所有那些她曾抱有期待的地方，最后都令她大失所望。她又想起了在巴黎的最后的时光。“你要幸福。”她妈妈在一层玻璃后面对她说。医生禁止她们进行任何接触，因为迪亚娜的病变得极易传染。自从她进了医院以后，她们就再也没有见过面。“你要幸福。”这句祝福的话听起来像是个命令一样，它像是个艾丽斯力所不能及的任务。毕竟，这不仅仅取决于她自己。

不久，船员便开始互相下达指令，发动机的声音在空气中回响，船开了。她要走了。

艾丽斯在甲板上待了很久很久。海风扫过她的脸颊，灌进了她的头发。她离海水是如此之近，浪高的时候，她甚至可以触摸到几滴溅起的水花。人群和螺旋桨的噪音让她开始遗忘。她从脑海里把她妈妈、让-约瑟夫、马塞尔先生和让娜的样子都赶了出去，她再也见不到这些人了，因为命运已经替她做出了决定。但每当她想起某件具体的事，便会被一种空虚感填满，好像自己变成了一只破布娃娃一样。不过，她拒绝被悲伤吞噬。哭泣，即是放弃。巴容女士不停地告诉她，她经历了太多，哭出来也是正常的。不过这些都是白费口舌罢了。艾丽斯决定要做个坚强的人。而且，她也不是运气最差的人。她的妈妈在经历病痛，让-约瑟夫成不了医生，马塞尔先生疯了，让娜孑然一身。她，至少，在奔赴某个地方。

其实，比起悲伤，她更觉得愤怒，尤其是害怕。在下一阶段的新生活开始前，她已经开始感到焦虑不安了。要是她不喜欢她爸爸怎么办？万一他不喜欢她呢？万一她离开后，她妈妈死了怎么办？还有一个问题，她讨厌害怕的感觉。她和让-约瑟夫两人总是一起嘲笑那些胆小鬼。她越是感到害怕，就越觉得羞愧不已。这是个折磨人的怪圈。她感觉自己就像不停去撞杯壁、想要逃离的苍蝇一样。

当海浪过于汹涌，必须进到船舱里时，艾丽斯就埋头读她的小说。“伟大的灵魂总能在不幸中寻找到快乐。”巴尔扎克作品中的这句话让她产生了共鸣。她把它抄在了手背上，每天读上好几遍。只爱看杂志的巴容女士，似乎对艾丽斯爱读书的事感到十分惊讶。

“可我说，你年纪会不会太小了点？巴尔扎克，福楼拜，莫泊桑……这都是大人读的东西。你应该看点你这个年纪该看的书！”

艾丽斯不知道该如何作答。她一直喜欢看书，从没想过要根据年龄选择要看的书。她只看标题，封面，前几段……有时候她觉得个别地方没看明白，就想着后面再翻回来看一遍。她喜欢这些故事，是因为它们脉络连贯、事理相通，这能让她静下心来。这些故事有开头，有高潮，有结局。坏人往往会受到惩戒，不管是被别人惩罚也好，还是自作自受也好，做坏事的人总要付出代价，而好人迟早会得到回报。它们都包含着某种意义，某种孕育着希望的意义。

*

一天夜里，一个噩梦让她从睡梦中惊醒过来。她汗流浃背，心跳加速到几乎快要骤停了一样。她从床上跳起来，跑到甲板上眺望着法国的方向。可她眼前只有一望无尽的大海。面对这黑风巨浪，她的噩梦又浮现在眼前：迪亚娜死了，然后几秒钟之内，她化身成了一只骷髅，她的躯体变得干枯，肌肉消失了，皮肤散落下来，她的脸、眼睛和嘴巴全部分崩离析，只剩下了一个令人无法辨认的头盖骨，一些虫子从她的眼眶里爬出来，她永远都会是这副样子了。想到这里时，遥远的汽笛声传到了艾丽斯的耳朵里，这声音让她恍惚了一下，接着她放声大哭。她想忘记也忘不掉，这个画面在她眼前就是挥散不去。

她回忆起她还在照顾妈妈的那些日子，那时她从妈妈的气息中，以及汗水的哈喇味里，已经闻出了死亡的气息。为何上帝要这样羞辱她？迪亚娜半睡半醒之间，紧紧抓住挂在墙上的时钟里不停摆动着的秒针。她突然大喊："Schnell（快）！木头。快点。"医生说她是因为发烧所以胡言乱语。"他们来了！他们来了！快躲起来！"她命令着一些看不见的人。然后艾丽斯抓着她的肩膀，直勾勾地盯着她的眼睛，对她说：

"妈妈，仗已经打完了。"

迪亚娜像个木头人一样僵住了，然后微笑着试图掩盖她心里的悲伤。她把床单捏在手里。

"对……仗已经打完了。"

一阵脚步声传来。艾丽斯转过身。巴容女士在甲板上朝她跑过来。这位社工刚跑到艾丽斯跟前，就一把抓住了她的睡衣领子，把她往后拉。巴容女士大声呼喊着，她的嘴在颤抖，头发乱糟糟的，这一点也不像那个不戴帽子、不化妆就绝不见人的巴容女士啊。

"你不能死，艾丽斯。我知道你觉得这样离开对你不公平，但你得给你爸爸、给正在等着你的那个家一个机会。你会幸福的，相信我。比在巴黎幸福。"

然后巴容女士沉默了，艾丽斯在沉默中有那么一瞬间的迷茫。社工女士竟然以为她会做出那种事？艾丽斯没想过要死。她只想把心里的愤怒喊出来，把噩梦赶走……死？她一句话也没敢说。巴容女士似乎很满意。估计她为自己救了她一命而骄傲不已……她是怎么做到压根不付出任何努力试着去理解别人的？自从提及这个离开的计划，她就反复不停地说着，美国明星是多么多么耀眼风光。“鲍嘉，贝蒂·戴维斯，还有爵士乐，能去这个国家是多么幸运的事情啊！”和她交流是根本不可能的，还不如放弃。

社工女士依然拉着艾丽斯的领子，后者突然松开了甲板的栏杆。她们两个一起倒在了地上。巴容女士抱着她，艾丽斯没有挣扎。

*

汽笛声吵醒了艾丽斯和巴容女士，听到人群在甲板上聚集的声音，她们起了床。终于能看见美国大陆了。再过几分钟，她们将踏上这片土地。有人问她们是否要用早餐，可艾丽斯一点食欲也没有。她这几天想象的一切，此时此刻就在眼前。逃避是不可能的了。今天她就会见到她爸爸了。她仍沉浸在震惊之中。旅途中她几乎没怎么睡着。困意、担心，再加上她每天经历的所有那些情绪变化，让她变得敏感至极。一阵微风吹过便让她浑身哆嗦，她能清楚地辨别出空气中盐的味道，还有和别人最轻微的触碰，哪怕是不经意间的，也会吓她一跳。但巴容女士并没有注意到这些事。

船开始减速的时候，社工女士在船舱里的镜子前坐定，按照每天精心履行的步骤开始化妆打扮：先是保湿，然后是粉底、眼妆、唇妆，高光，细节调整，发型，帽子，然后是香水。显而易见，今天是她的大日子。

船靠岸后，船员从舷梯上下来。乘客们推推攘攘，像是在等着领热饭的饿死鬼一样。很快，等待的人们排成了一条长龙，军官们向他们提问。巴容女士给艾丽斯翻译说：

“他们在问谁是来移民美国的，谁是单纯来旅游的。”

“为什么？”

“因为他们显然不能放所有的人入境啊！”

十几个表情麻木的人被带到了一个巨大的棚子里。

“这是干什么？”

“去埃利斯岛[①]。检查一下这些潜在的移民是否合格。”

“他们要对他们做什么？”

“检查身体，询问精神状况。他们会提一些问题，弄清他们的意图……”

“那万一他们生病了怎么办？”

“那就得回老家了。”

“可他们已经在海上漂了那么久了啊？”

这话似乎让巴容女士觉得反感。她从包里拿出了一把梳子，梳了梳艾丽斯的头发，好像是在回答她一样：

“哪有这么衣冠不整就出门的人！小姑娘，把自己打扮漂亮了，才能赢得别人的尊重！”

然而艾丽斯已经听不见她说的话了，她完全被这群人聚集在一起的景象吸引了。把他们集结在一起的，除了忧惧，还有失

① 埃利斯岛在1892年至1954年期间，曾是美国移民管理局的所在地，许多来自欧洲的移民在这里踏上美国的土地，进行身体检查和接受移民官的询问。

望。她替他们感到难过。

“那我呢，我也要去埃利斯岛吗？”

“不用，你爸爸是美国人，不管怎样，目前的官方说法是，你是来拜访他的。”

过了一会儿，有人给她们指了另外一条小一些的船，这条船会把她们带到曼哈顿。一群美国人坐到了她的身边。这是艾丽斯第一次听到别人用英语交谈。她觉得很新奇，但又觉得自己前所未有地与这个世界格格不入。她渐渐意识到，自己需要适应新生活、新家庭和新习惯。船离河岸越近，她的寂寞感就越是强烈。

到了。她已经身在美国了。艾丽斯试着去数面前这些庞大建筑一共有多少层，但她根本数不清楚。五十层吧，或许有一百层……这些楼到底是怎么盖出来的？她感觉自己实在渺小得很。说实在的，在这些建筑物和空中铁轨交织的阴影下面，她身边所有的人和他们头顶上的城市比起来，都显得微不足道。艾丽斯突然觉得身上发冷。

巴容女士看着地图艰难地辨认着方向。最后她们接连乘了两辆公共汽车，下车后继续着没有尽头的行走。艾丽斯情愿迷路，这样她还可以在过去的生活里多停留一会儿：只要她还没有到她爸爸的家，她和妈妈之间的联系就依稀尚存。

*

保罗和埃伦·达尔尼夫妻二人住在麦迪逊大道上一个漂亮的小区里。大厅的装修风格是艾丽斯前所未见的。

“非常具有装饰风艺术风格。”巴容女士犀利地说，然后便开始赞不绝口，“哎呦你看，这吊灯，这大理石，看见了吗？”

可艾丽斯根本听不进她的话。上到十二层时，她就会见到她的爸爸了。十二层楼！要坐电梯才行，她从没坐过这种机器。上电梯前，她的两腿发软，社工女士抓住了她：

“你倒是往前走啊！”

接下来的一切都发生得太快。一位女士开了门。她会说法语，她说她叫阿芒德，是这里的管家。

“我猜，你就是艾丽斯吧？幸会。先生和夫人出门了，他们有一个非常重要的午餐会。他们很快就会回来的。”

巴容女士什么时候离开的？艾丽斯不记得了。社工女士坚持要见她爸爸，但据说这没有必要，管家已经把所有文件的签名都处理好了。她如果想会见艾丽斯的父母，可以下个星期再过来造访。但那个时候，巴容女士早已回到巴黎去了。社工女士跟她道别了吗？艾丽斯一点也不记得了。

阿芒德请她跟在后面，去看看她的房间。阿芒德告诉她，这个家里大家都说法语，只有厨师和保洁员不说。保洁员！厨师！艾丽斯听到自己的心怦怦地跳个不停，她怀疑阿芒德是否也听见了。这位管家年纪不小了，而且看上去十分严肃。她上楼梯的时候，艾丽斯看见了她后颈上滴下的汗珠。她们走过了一个长廊，在一扇白色的门前停了下来。阿芒德敲了敲门，一个男人的声音回答道：

“有人。”

但管家还是进去了，她示意艾丽斯待在原地，然后把门关上了。尽管她小心谨慎，艾丽斯还是一字不差地听见了他们的对话：

“您是不是疯了！我在达尔尼家工作了四十年，从没见过您这么讨厌的人！”

“为什么要让她睡这里？这是我的房间！”男人大喊。

“保罗先生觉得有人陪陪您，对您有好处。反正您也清楚，除了这里，也没有别的空房间。”

“埃伦的办公室不行吗？”

艾丽斯听到阿芒德叹了口气，男人坚持说：

“怎么了！反正她从来也不办公！”

“瓦迪姆先生，您的房间比我和贝特的房间大两倍……您这里一点儿也不缺地方。”

“那书房不行吗？”

“我只是按吩咐办事而已。”

“我告诉您，我不会任凭摆布的！这小姑娘绝不会有下脚的地方。”

“您冷静点。再过一会儿就该吃午饭了。”

一阵沉默后，男人更加愤怒地接着说：

“我的唱片呢？我已经跟您说了几百遍了，不要碰它们！”

“它们还放在原处呢，先生。”

“在哪儿呢？”

“那儿！这不是！”

艾丽斯听见有东西掉落在地上。

“您出去！”

“别孩子气了。”

一阵脚步声传来，阿芒德打开了门。

“艾丽斯，这是你的伯父，瓦迪姆，你爸爸的哥哥。”

“半个哥哥。”

“你和他住一个房间。”

艾丽斯盯着这个站在窗前背对着她的男人。他弯着腰，好像地上有什么东西吸附着他一样。他穿着一条软塌塌的棕色裤子，一双破旧的运动鞋，和一件没形没状的衬衫，它以前应该是白色的，但现在却几近灰色了。他的模样似乎在说：“别烦我。”一些唱片散落在他的脚下。几分钟前的声响，应该就是这些东西制造出来的。

艾丽斯预料过很多事，但万万没有想到要和一个陌生人——她的伯父，同住在一个房间里，他看上去并不喜欢这个主意。男人没有动，说了一句：

“艾丽斯来了。”

他粗声吸了一口气。艾丽斯担忧地看了阿芒德一眼，后者示意她等待。

“这长途跋涉的，闻闻味道就知道了，澡还真不是每天都洗的啊！”

艾丽斯涨红了脸。

“过来，让我看看你！”他接着说，并露出一种无耻的笑容。

艾丽斯不知所措。阿芒德轻轻推了她一把。男人转过身来。艾丽斯吓了一跳：他的脸上有一道巨大的伤疤。这个恐怖的印记完全吸引了她的视线，让她对他脸上的其他部分视而不见。闭着眼睛的这个男人马上就要摸到她的鼻子了。他用指尖摸索着她的下巴，和她的脸颊。

“和你妈妈一个模子刻出来的！”

“您认识我妈妈？”

“这里只有我能提问！阿芒德，我累了，你把她带走吧。”

管家迅速给艾丽斯指了指房间的角落里那张给她准备的小床。

“我要去准备晚餐了，你跟我一起来。”她加了一句。

艾丽斯刚想把箱子放下，阿芒德阻止了她：

“不行，你的衣服都要洗。谁知道它们之前都去过哪里！我先借你一件罩衫穿。”

走出房门，艾丽斯才回过神来。她犹豫了几秒，但她实在太想知道答案了。她小声问：

“他是盲人吗？”

“瓦迪姆吗？对。拜战争所赐……不过他得到了一枚奖章！”管家说完便消失在了走廊里。

艾丽斯脱掉巴容女士给她买的新衬衣，下了楼。厨房宽敞极了，就连沙拉盆的个头也很大，一位胖胖的、皮肤黝黑的女士正在往里面打鸡蛋。她在做蛋糕。

“贝特。”她一边拍着胸脯，一边对艾丽斯说。

艾丽斯听明白这是她的名字。贝特指着她身后的垃圾桶，把蛋壳递给了她。艾丽斯把它们扔了进去。

“Give me the butter please.”（请把黄油递给我。）

她说什么？贝特目不转睛地盯着眼前的东西，但眼前这么多的东西，艾丽斯不知道是哪一样。上面写的全是英文，她什么也看不懂，怎么照着菜谱做呢？阿芒德和厨师相视一笑。她们说着英语，好像艾丽斯不在旁边一样。她感到很孤单。这里的一切都很陌生。忽然，她的身体像不属于她了似的，像是个被打翻的漏斗。她靠在厨房的工作台上，一边调整呼吸，一边摇晃着头。现在还不是倒下的时候。

*

下午晚些时候，阿芒德示意她上楼等待。晚餐几小时后开始。

“你可以用卫生间，但谁也不能进先生和夫人的办公室。”

艾丽斯思考着该做些什么。她没法和瓦迪姆一起待在他的房间里。这位刚认识的伯父让她感到害怕。他身上带有的那种攻击性令她十分不习惯，就好像他想进入她的大脑去控制她一样。可她又能去哪儿呢？楼上那条长长的走廊尽头一片漆黑，令她忐忑不安。她也不能出门，而且她也不想出去。她疲惫极了。经过卫生间门口时，她有了个主意：她可以在浴缸里躺着。这样她既不会打扰别人，又可以一个人安静地待着，还不会错过晚餐。这个地方完美无缺，她很快感到自在起来。

不过，刚刚躺下，她就觉得自己十分可笑。她竟然于和平时期在美国把自己藏起来，整个法国处于战争状态时她都没有躲躲藏藏的……万一有人在浴缸里发现她怎么办？她该如何为自己辩解呢？她也不能永远待在这里。时间一点点地过去，她越来越觉得透不过气来。她寻找着理由说服自己起身离开。只要听见汽车鸣笛声……只要听见有人上楼……只要她能憋气超过一分钟……但每次她都会故意混淆事实，继续躲在原地……

过了一会儿，她的身体产生了某种变化。她的心跳、思绪和眨眼的频率，都开始加速起来。她不知道所以然。即使其中的缘由显而易见：再过几分钟，或者一小时，她就会见到她的爸爸了。她爸爸究竟长得什么样？自从她拒绝听巴容女士的话，把自己藏在衣柜里的那天起，她就一直在揣测他的模样，但她之前已经错了那么多次，这次又怎么可能猜对呢？

看看四周吧。上下两层的大公寓，长长的扶手椅和宽敞的座椅。厨房的墙上挂着十几口铜锅，厨师毫不吝啬地往锅里添着食材。

或许她爸爸是个胖子？他的声音会不会比瓦迪姆的还要粗，他说话的时候会像马塞尔先生一样不停地做手势吗？艾丽斯站起来，照了照镜子。她专心地看着镜子里的自己，试着在想象中找出一些痕迹。她想提前做好准备，以便一眼就能看出她和保罗·达尔尼的相似之处。但她唯一能看出来的，是她有着和她妈妈一样的大眼睛。她心里猛地一紧。迪亚娜咳嗽得还厉害吗？她希望妈妈在医院的日子里能出现一个奇迹，这种事情偶尔会有，只要人们用心祈祷。她答应自己从今天晚上开始就要给妈妈写信，以后每天如是。

她脑海中的疑问越多，她的情绪就越是在激动与焦虑之间起伏个不停。这次见面，她必须要表现出很自信的样子才行。保罗既然真的收养了她，就说明他是爱她的。虽说她是他的女儿，而且理论上来说，她是不需要做出什么努力的，但她的经历告诉她，还是想得长远些比较好。无妄之灾总是多过那些意外的惊喜，对最坏的结局抱有准备总能让人心里觉得好过一些。

突然，一声铃响传到了她的耳朵里。“她的”房间门砰地一声关上了：她的伯父正准备下楼。她迅速钻出了卫生间。

“吃晚饭了。”听到她出来的瓦迪姆冷漠地说。

她没有回答，只是跟在他的身后。

一张漂亮的桌子已被摆好。瓦迪姆尝试了三次才坐下来，他一会儿撞到桌子的边缘，一会儿又撞到椅子上。恼羞成怒的他推开了上前想要帮忙的阿芒德。管家女士不耐烦地看了他一眼，艾丽斯假装没有看见她的小动作。

“先生和夫人马上就到。”她边说边走开了。

“真是时候！”瓦迪姆用讽刺的口吻说。

整个世界仿佛静止了一般。脚步声在空中回响。艾丽斯的胃拧成了一团，就像疾速前进中的自行车突然被刹车的感觉一样。一个男人和一个女人交谈着，她听到他们的声音从走廊尽头传来。她觉得整个房间似乎比她早上抵达时还要更加昏暗、狭窄。她想离开，但她的身体被黏在了椅子上，两手放在桌子下面一动也不能动。她得端坐好才行。她一定吃不下晚饭，但他们一定会想让她吃一些、听她说些感谢的话。她突然发现自己也不知道别人对她究竟有什么期待了。

*

一对优雅端庄的夫妇走进了房间。他们是如此般配，有那么一瞬，艾丽斯似乎看见他们的周围有一个光环。男人个头不高，但气宇轩昂，步伐稳健。艾丽斯感到十分骄傲：这个男人，就是她的爸爸。女人仪态万方，很像艾丽斯在萨利时所幻想的妈妈模样。艾丽斯的双手开始颤抖：她难以相信他们竟是那么完美。他们互相挽着手臂，一直走到饭桌前。女人到了她的身边，用带着浓重美国口音的法语说：

“你应该就是艾丽斯吧？我叫埃伦。”

“您好，女士。”艾丽斯一边低了低头，一边回答道。

接着她看了男人一眼。

“我是保罗。咱们身上似乎有些共同点。”

保罗细心地为埃伦把椅子拉开，然后他们得体地坐了下来。他们的每一个动作都是那么优雅。阿芒德推过来一个摆着饭菜的滑轮小桌，服侍大家用餐：蔬菜汤，配艾丽斯参与烹饪的自制蒜香面包干，每人还有一块牛肉。艾丽斯从没在饭桌上见过那么多的肉。这怎么可能呢？她虽然没有食欲，但一口不吃也太不合时宜了……她可以不吃土豆泥，但这块肉……那些长长的队伍和限量供给时期的粮票还历历在目。保罗、埃伦、瓦迪姆和阿芒德的脸上没有一丝惊讶，对他们而言这些都是正常的份量。他们知道这意味着什么吗？

“用餐愉快。”艾丽斯小声嘟囔着说。

保罗和埃伦尴尬地对视了一眼。

“其实，这话不能说！”她爸爸终于说。

艾丽斯感到脸上火辣辣的。那应该说什么呢？让娜开饭前总是这么说……

瓦迪姆把勺子放进了汤盘里，保罗也不说话了。艾丽斯似乎变成了透明人一样。她小心翼翼地把汤一小口、一小口地送进嘴里。她咀嚼得十分缓慢，几乎看不见她的嘴唇在动。她吃了一点土豆泥，喝了一丁点红酒，几分钟便吃饱了晚饭。她盘子里剩下的那么多菜……艾丽斯简直不敢相信。她直勾勾地盯着那块肉，好像她的目光能够阻止它被扔到垃圾桶里一样。

男人们开始谈论政治。她爸爸显然对马歇尔计划有异议。他用一句话总结了他的长篇大论：

“欧洲人应该感到幸福，因为美国人拯救了他们！”

“笨蛋！由他们去的话，那帮红色混蛋会把一切都抢光的！等他们控制了欧洲，从背后投过来一枚原子弹，你都还不知道怎么回事呢！我还真不是这里眼最瞎的人！”瓦迪姆喊着，他的脸越来越红。

“不论如何，欧洲已经是红色了！看看英国！丘吉尔救了他们，结果他们选了艾德礼！”

“可怜的保罗。你真是孤陋寡闻。我说的是莫斯科！那些一路烧杀抢掠，现在想要咱们脑袋的布尔什维克野蛮人！”

艾丽斯在巴黎听到过这种话：让-约瑟夫觉得，不管是解放也好，将来的马歇尔计划也好，一切都是美国佬的功劳，莱亚夫人既不信任苏联人也不相信任何一个东方国家，她的妈妈经常表示同意，但从没有表明过她的个人立场。所以艾丽斯对她伯父的观点并不感到惊讶，只是对他的表达方式感到诧异。她感觉他的命运似乎都取决于此一样。她很高兴他支持对欧洲的援助。从某种程度上来说，这也是对她家人的一种援助。

瓦迪姆看上去像是被保罗的话激怒了，他把餐巾往桌上一摔，从椅子上跳了起来。阿芒德跑过去帮他辨认方向，然后他们两个一起消失在了楼梯上。只剩下艾丽斯独自一人面对她爸爸和埃伦。大家都对刚刚发生的事闭口不谈。贝特把甜点端了上来，保罗和埃伦只尝了一点点。晚餐结束了。艾丽斯觉得有条虫子在往上爬，从她的脚踝爬进她的心里，然后点燃了她一直压抑在心中的所有愤怒：她身上的每一个部位都在抽搐。他们怎么能对她的到来如此冷漠？怎么能对瓦迪姆的反应毫不在乎？他们难道不想了解她吗？她机械地揉搓着手里的餐巾，脑子里全是装满食物的盘子，她眼神迷离地看着那几乎没有动的蛋糕。这也太荒唐了吧！

“Are you done, Miss?”（小姐，您吃好了吗？）保洁员打断了她的思绪。

她明白是时候该收拾桌子了。

振作起来。控制住自己。早晚会有所改变的。毕竟无物常驻。

10

纽约，1947年5月初

自从艾丽斯来到这里，每天都会收获一大堆失望。她很气愤。只有在晚上睡觉前给妈妈写信时，她才会冷静下来。每写完一封，她都会重读几遍，挑一挑错误，然后小心地把信纸折起来。她把信封合上，闻一闻，好像她手里拿着的是一小块法国一样。她把信封压在枕头底下，然后才合上眼睛。

第二天早晨，她手心冒着汗把这封珍贵的信托付给了阿芒德。她体内的一部分就要和另一部分重逢了。她去问爸爸如何寄信的时候，他只说让她去找管家来处理这些小事。阿芒德向她保证，一定会把她的信都交给埃伦的，她是负责处理家里信件的人。艾丽斯觉得这道程序有些荒谬，但只要她和巴黎的联系不会断就好。她记得她写下的每一个字，哪怕是几天前写的。

1947年4月24日

妈妈，

这里一切都好。我是两天前抵达的。我还没有参观过纽约，但我很喜欢来时沿途的风景。保罗的家十分漂亮、宽敞，他们还有很多吃的。我真想让你亲眼看看这些。

我希望你不太疼了，也希望你的病情能有好转。

对了，马塞尔先生有照顾你吗？你有没有见到让-约瑟夫？还有莱亚女士？我知道你不喜欢我提问题，但我还是想知道。

我念着你，想着你。

艾丽斯

艾丽斯犹豫过要不要把真相写出来，要不要跟妈妈坦白。但她放弃了。她们两个从未亲密无间过。而且，她觉得一位病人不应该知道坏消息，这对她能有什么好处呢？

但艾丽斯又需要把她正在经历的事告诉某个人。她需要一个密友。或许让娜可以？但出于没有打电话祝福她生日快乐的那个原因，艾丽斯放弃了。她的养母也应该相信艾丽斯过得幸福，她为此尽了不少努力。

总之，艾丽斯只想告诉一个人——让-约瑟夫。她犹豫着。她出发前，她的朋友因为无法成为医生的事如此伤心……他会有时间搭理她吗？会不会给他留些时间从失望里走出来比较好？不过，如果他发现艾丽斯忘记了他，这可能会令他更难过……显而易见的是，他是艾丽斯可以倾诉真实情况的唯一对象。

1947年4月25日

亲爱的让-约瑟夫，

我很想你。想大家。我不知道你是不是已经去了美军驻德国基地，但我希望你能收到我的信。

这里的一切都很怪异。我不知道他们是不是真的想收留我。我和我爸爸的哥哥——我的伯父瓦迪姆——睡在一个房间里。是的，我有一个伯父，但他并不温柔。他总打呼噜，而且夜里还会做噩梦，像我妈妈一样。我觉得应该是战争的缘故。其实是管家阿芒德这么觉得的。她说以后会跟我详细解释的。他是打仗的时候变瞎的。但有时候，我感觉他是能看见我的。

瓦迪姆夜里失眠，他说是因为艾丽斯在房间里，导致他比平时更难入睡。艾丽斯心中的罪恶感如此强烈，以致她也失去了睡意。她躺在她的小床上一动也不敢动，生怕瓦迪姆吼她。第一晚过后的第二天早上，他对她说：

"你这个小东西怎么能搞出这么大动静！我打赌，你把整栋楼都吵醒了！天哪！简直像个卡车一样！"

这也太过分了，因为明明是瓦迪姆的呼噜声不断……从那以后，她时刻提醒自己用最小的幅度呼吸，不发出声音。她等他先睡着，开始打呼噜以后，才合上眼睛。但伯父睡得越来越晚。

"我知道你没睡。你想气死我！你在那偷看我，我可睡不着。"

真是没完没了。

但让我最难过的是，我觉得我爸爸并不爱我。他好像并不想认识我似的。刚开始，我以为是我自己胡思乱想，但时间越久，我越是自问我到底在这里做什么。他从来不跟我讲话。他在家的时候——虽然这十分罕见，就只待在办公室里和埃伦谈话。我以为他很内向，我应该试着走近他……但这样一点用也没有。我不知道我到底做错了什么。

我很想念你。

艾丽斯

艾丽斯把信纸折起来，装进了信封里。对朋友的倾诉并没有用，她依然很难过。她和爸爸之间的这种状况每天都令她饱受折磨，让她一天比一天痛苦。正常情况下，没有爸爸会不想了解他的女儿。或许他从知道了她的存在开始，一直处在震惊之中？可是即便如此……现在她在他的面前，逃避又有什么意义呢？既然他假装她不在这里，当初又何必同意让她过来呢？

她试过去办公室里找他。那是她来到这里后的第三天。他在里面已经工作了一个小时了。她在门前来回踱步。她可以敲门吗？还是悄悄地开门进去？不行，这绝对不行。他会因为被她打扰而大发雷霆吗？每当她找到一个给自己勇气的理由，她心中的冲动就总是被紧闭的门阻挡在外面。

她盯着走廊墙上挂着的那幅画。那是一艘在暴风雨中前行的船。海浪灰蒙蒙的，比船身还要高。可以肯定的是，船最终会沉没。这条船，就是她自己。为了能抵达岸边与爸爸会合，她在和巨浪搏斗。她是想着让娜，才有勇气进去的。她想起有天晚上，她害怕她妈妈不再回来时，她的养母对她说过的话："有谁会不喜欢你呢？"爸爸迟早会喜欢她的，他只是需要了解她。她攥紧了拳头，又犹豫了几秒钟，然后进去了。

"嗯？"

她开了门。他看到她有些惊讶。

"你有什么事吗？"

她的信心全蒸发了。她马上感觉出来，他并不打算要帮助她。这句话其实是在告诉她，她是多余的。

"我对小孩子，不太了解……我工作很忙，但你可以去找阿芒德，她知道怎么照顾你。"

艾丽斯向他道了谢。她小心翼翼地关上了门，跑到厕所里默默地掉眼泪。

1947年4月26日

妈妈，

大家都对我很好，包括爸爸的哥哥，瓦迪姆。你认识他吗？

天气好极了，而且我已经学会了不少英语了。My name is Alice, I am nine years old. I come from Paris. 意思是："我叫艾丽斯，我九岁了（我忘记九又四分之三岁怎么说了），我来自巴黎。"这是我的老师希拉教我的。她是个大学生。明天她会教我从一数到十。

昨天，我给厨师贝特帮忙了。她也教了我很多词。这边

大家都说法语，除了贝特和保洁员。

我也常常读书。所以，你不必替我担心。

我非常想你。希望你身体好些了，咳嗽得少些了。

艾丽斯

希拉很温柔，但也总是很着急。每次她刚到，就把手表放在桌子上，确保自己准时下课。通常，她后面还有其他学生，或者有作业要交。她不喝贝特给她倒的茶。她只对工作感兴趣，好像她生命里最重要的东西只有不规则动词和单词表一样。艾丽斯想和她聊聊天，想知道她在哪里出生，做个美国人是什么感觉。她想念那些和让-约瑟夫一起促膝长谈的日子。交个朋友显然不是什么易事。

1947年4月26日

亲爱的让-约瑟夫，

自从我来到这里后，就没有出过家门。没有人有空和我一起去散步，我又不能独自出门。我觉得这很不公平，所以刚才，我偷偷出去了。我坐了电梯，从十二楼下去，到了楼下宽敞的大厅，打开了通向外面世界的大门。这里很可怕。到处都是汽车，还有汽笛、急刹车的声音，行人匆匆前行，无视周围的一切。天气热极了，地面上甚至往外冒着热气，令汽车底盘都变了形。不知道是不是因为高楼大厦的缘故，但天空似乎消失不见了。我转身又跑回了公寓。我真希望你能在这里。你一定不会害怕的。我真是个没用的人。

还能跟你说点什么呢？我爸爸的妻子埃伦，漂亮极了。你要是见到她，一定会不敢相信自己的眼睛。我真想变得像她一样。她优雅、纤长。我敢说，她绝对有资格上杂志封面。而且，她还特别聪明。虽然她是美国人，但她的法语说得很好。她好像还会说意大利语。

艾丽斯羡慕地看着埃伦的一头金发。它们又长又直，像太阳一样光芒四射。她对自己一头乱糟糟、棕色带卷的头发感到灰心丧气。怎样才能拥有一头直直的金发呢？怪不得爸爸的眼里只有埃伦。她从一开始就输了。如果艾丽斯漂亮一点，所有的事一定会变得简单一些。她觉得自己的脸太圆，鼻子太宽，额头太大，嘴唇太厚，头发颜色太深，深棕色和她苍白的皮肤完全不协调。太多的“太”了……她一点也不好看。

她继续跟让-约瑟夫倾吐心声。她觉得只有他能帮她减轻心里的负罪感。

我要告诉你，我还做了些其他被禁止的事。我进了埃伦的房间，还动了她的东西。其实我只是调皮而已。我是不是太坏了？开始我也不想进去，可我实在无聊……而且我那个时候心里难过，因为那天早上吃早饭时，我爸爸笑了，我以为他是在对我笑，然后发现他其实是在冲阿芒德笑，因为她做了法式吐司。

艾丽斯在门口转悠了差不多一个小时，然后悄悄进入了埃伦和保罗的房间。她第一眼看到的是一张白色圆形梳妆台,梳妆台前面摆着一张紫色天鹅绒扶手椅,镜子周围镶着十几颗灯泡。艾丽斯像磁铁一样被吸引了过去。在观察自己的过程中，她只顾盯着镜子里自己如炬的目光，她的身体似乎变成了一件罩衣，好像她的体内正酝酿着某种秘密。她感到有些不安，于是开始研究起面前的东西。她拿起粉盒，摇了摇海绵棒，打了个喷嚏。然后她在自己脸上扑了一层白色的东西，虽然她并不知道这东西该怎么用。她拿起一支笔，试着像埃伦一样，在眼皮上画一道黑线，但她画着画着就画到了眼皮外面。全画坏了。

她想用口红补救回来。埃伦有好几支口红。她定睛在其中颜色最艳丽的那一支上，这是一支几乎全新的朱红色口红。她拿起口红在嘴上涂了一层，油脂的质地令她打了个颤，然后她抿了抿嘴唇，想把颜色涂抹均匀。结果嘴唇边上也沾上了红色，她只好拿纸巾去擦。但她擦得越用力，红色在她白色皮肤上留下的痕迹就越深。为了把它覆盖住，她又往脸上扑了一层粉。然后她小心谨慎地把纸巾装在了自己的口袋里。她满意地对着镜子妩媚地扭着，模仿着电影里面女演员的台词：“约翰，你怎么回来得这么早，我还以为你去打仗了”，“进女士房间前请先敲门，这是最起码的规矩”，“我等了你一生一世，娶我吧”。她体会着那些绝色佳人的巧言妙语，觉得好玩极了。她太享受这个游戏，没有办法不再玩一次。每天，她都会避开其他人，偷偷地跑到梳妆台前给自己变妆。

但问题是，今天瓦迪姆听见我从埃伦的房间里出来了，

他什么都猜到了。我感觉他比平时还要更生气。本来他就一直不停地在抱怨。只要有人跟他意见不一，他就大喊大叫，尤其是涉及政治的时候……可这下好了！吃饭的时候，我爸爸说他很震惊，因为他刚在报纸上看到，德国战败时，三分之二的女孩子都曾被苏联人强奸。瓦迪姆说："往好的一面看，这一下解决了德国佬的出生率问题！他们总得再组建个新的军队吧！"埃伦一下子泪流满面。

强奸是什么意思？你说，她也被强奸了吗？我对他们一无所知。我真是受够了他们什么都不告诉我。

艾丽斯

艾丽斯在她的伯父面前总是手足无措。起初，她忘记了他眼盲，犹豫着要不要开灯写信。瓦迪姆听见她在开关旁边徘徊，于是嘲讽她：

"小姑娘，你可别顾及我啊！"

当他听见她翻书的声音时，便抱怨：

"读书，就是把别人的问题摆在自己眼前。好像自己的问题还不够多似的。"

一天晚上，他问她：

"我说，你看什么呢？"

"《幽谷百合》[①]。"

"哎呦天哪！得赶紧找个人来管管这姑娘才行！"

---

① 《幽谷百合》是法国作家巴尔扎克所写的一部哀婉动人的爱情小说。

接着他放声大笑。艾丽斯则问道：

“您认识我妈妈吗？”

他收起了笑容：

“该睡了。你和你的书太吵了，真让人受不了。”

1947年4月28日

妈妈，

我过得很好。我又学了一些英文词。我之前没告诉你，这里还有一架黑色的大钢琴。打开它可以看到里面的琴键。但是没有人会弹。它曾属于瓦迪姆，但现在他变成了盲人，就没法弹琴了，所以其他人也不可以碰。阿芒德说他弹得特别好。我没见过他变盲之前的样子。你呢？

你身体好些了吗？巴黎天气怎么样？这里的天气非常好。高楼大厦挡住了一些光线，但还是可以清楚地看到天空。

希望很快能再见到你。你收到我的信了吗？

艾丽斯

1947年4月28日

让-约瑟夫，

你见到我妈妈了吗？我不明白为什么我一封回信也没有收到。你也不给我回信！但我知道你很忙。你可以去看看她吗？我很担心。

艾丽斯不敢把这几日一直萦绕心头的问题写出来：迪亚娜死了吗？她试着说服自己：如果是这样，马塞尔先生一定会给她打电话的……

为了让自己想些别的事，她尽量在被允许的范围内给自己找事情做。上午和希拉一起上英语课，下午做饭。

“Mrs Ellen will be happy!”（埃伦夫人一定会很高兴的！）贝特鼓励她说。

艾丽斯现在会做曲奇饼干了。

“So cute with your French accent! Say it again, sweety!”（你的法国口音太可爱了！小甜心，再说一遍！）

贝特胖胖的，很温柔，艾丽斯真想躲进她柔软的臂弯里。

她不知道烹饪有什么用。埃伦和她爸爸极少在家，而且埃伦几乎什么都不吃。她基本上不吃菜，蛋糕也从不吃完。保罗对自己的女儿完全不感兴趣。艾丽斯敢打赌，他根本不知道她长什么样。他从来没有正式地看过她一眼，他似乎有什么顾虑。

我跟你讲，这个家真的很奇怪，好像这里的一切都很沉重。另外我实在受不了瓦迪姆这个老顽固了。

她想起了前天晚上。她抓住大家一起吃饭的机会，问她爸爸和她妈妈之间发生了什么事。她鼓了十足的勇气才问出口，因为她也不知道这个话题会不会受到欢迎。但她实在等不及了，她必须要知道才行。

结果一发不可收拾：埃伦起身离开了餐桌，保罗立即追上她，只剩下艾丽斯和瓦迪姆两人。艾丽斯不知该说些什么才能留住他们。她恨自己又把一切都搞砸了。她吸着鼻子，忍住眼泪。她希望瓦迪姆能和她站在一边。然而，他又嘲讽了她一次：

“真厉害，小姑娘！我每天都试着把他们赶走，没一次成功的！你果然比我还讨厌！”

她把这件事的前因后果都告诉了她的朋友，她写道：

你能想象吗？怎么会有如此冷漠无情的人？而且居然没有人说他！好像他可以为所欲为似的！不行，我绝不会任由他这样下去的！你一定会为我感到骄傲的。我想到了一个报复他的法子，不是什么危险的事，但一定能让他得到教训。我想了整整一天才想出来：我把他的衣服都混在一起了，因为平时她们都是按照颜色给他整理成叠的。所以这两天，他看起来像是条彩虹一样。他以为他的衬衣是蓝色的，其实是绿色的，他以为他的裤子是驼色的，其实是黑色的！他的脾气那么臭，也没人敢告诉他他的样子滑稽得很。一个穿得像小丑一样的人说出来的恶毒话，听上去也就没那么恶毒了！

艾丽斯

艾丽斯没有坦白她复仇计划的另一部分：她挪动了一些家具——她伯父的椅子和留声机。瓦迪姆好几次想坐下时，都差点摔跤，还弄坏了一张唱片。艾丽斯虽然觉得他罪有应得，但又后悔自己的所作所为。上帝一定不会欣赏她的行为的……

1947年4月30日

妈妈，

我很担心，我没有你的消息。你收到我的信了吗？每次我谈到你时，保罗，也就是我爸爸，总是很尴尬。我知道你不喜欢别人问你问题，但是……

艾丽斯停下笔，盯着这个词看了几分钟。她不敢再往下写了。她不想唤起她妈妈那些痛苦的回忆，不想伤害她，但她需要知道真相。她别无选择，只能问出口。

……你能告诉我你们是怎么相识的吗？

除此之外，我这里一切都好，不必为我担心。

艾丽斯

1947年4月30日

亲爱的让-约瑟夫，

其实，我感觉保罗和埃伦并没有那么相爱。你绝对猜不到我看见了什么……那天夜里，我不得不去他们的房间里拿回我的一样东西。所以我就悄悄地出了房间，为了不吵醒瓦迪姆，我没有制造出一丁点动静。为了不让地板发出嘎吱声，我一直贴着走廊的墙壁走，然后到了他们的房间门口。我在门口听了一分多钟，但什么也没听见，然后我就轻轻地转开了门把手。结果，你猜我看到了什么！他们正在做那件事！然后突然，他们停了下来，开始用英语吵架。埃伦一生

气，就会把法语词忘得一干二净。这场架吵得很奇怪，他们没有大喊大叫，好像他们互相受够了对方一样。我觉得他们好像是怕自己生病了。我几次听到“医生”这个词，你知道英语里的“医生”和法语里是一样的吗？希望问题不会太严重。总之他们没有咳嗽，应该不是肺结核。真希望你也在这里，你一定能明白是怎么回事。

艾丽斯

昨晚快睡着时，艾丽斯突然想起来她把用过的纸巾忘在了梳妆台上。通常她给自己化完妆，都会把纸巾装进口袋里，然后在给贝特帮忙时把它们扔在厨房里。但这天，她把整整一天都回顾了一遍，却没有想起纸巾的下落。她的口袋里也什么都没有。所以它们一定还在房间里。她觉得自己的喉咙好像被扼住了一样。万一埃伦发现了它们怎么办？她会发现是艾丽斯在捣乱，然后一定会惩罚她的！她必须不惜一切代价阻止她发现这件事。但不论她如何找借口，她的心里总是惴惴不安，好像她整个人被东窗事发的恐惧所淹没了一样。然而她别无选择。她必须把这些纸巾拿出来。

她犹豫了很久才下定决心。她必须等到所有人都睡着了才行，然后，悄悄地潜入埃伦和保罗的房间里，拿到纸巾，然后再回来。只要她的动作够敏捷，就不会有事的。她只要像在萨利的鸡圈里那样，不要惊吓到动物们就行了。她的秘诀就是小步慢走，放缓脚下的动作。

瓦迪姆一睡着，她就出了房间，朝埃伦和保罗的房间走去。

她把耳朵贴在门上听了听，什么声音也没有听见。他们睡着了。但她把门打开时，却看到床头柜上有个台灯是亮着的。保罗躺在床上，埃伦两腿叉开骑在他的身上。艾丽斯吓了一跳，蹲了下来。她不敢相信自己的眼睛！这就是做爱吗？他们看到她了吗？她浑身打颤。一个微弱的声音命令她离开，但她却转移不了自己的视线。她爸爸突然说：

“没用的，不会有用的。”

“没关系。”埃伦用她的美国口音回答道。

“亲爱的，对不起。”

埃伦拿起了床头柜上的一本杂志，戴上了眼镜。

“我去下厨房，要我给你带点什么上来吗？”

艾丽斯没有听见回答。保罗穿上了睡袍，埃伦说：

“我会给菲什伯恩医生打电话约诊的，他是治疗这种问题的专家。”

“亲爱的，没必要因为偶尔的意外去看医生……”

“不是这事。你有一个女儿，这就说明问题出在我身上。”

保罗坐在了床边。埃伦的眼泪已经涌到了眼眶。

“保罗，咱们已经试了两年了，这不正常。”

“慢慢来，不能急。我马上上来，睡吧。”

艾丽斯突然意识到爸爸正朝她的方向走来，她迅速跑进了卫生间。虽然距离非常短，但她还是气喘吁吁的。她尴尬极了。她知道自己听到了一场不该听到的谈话。他们提到了她，但她并不明白自己在其中扮演的是什么角色。

1947年5月1日

妈妈，

我想起我在上一封信里写的内容，你不告诉我也没有关系，以后再说也可以。或者保罗，也就是我爸爸，有一天也会告诉我的。你身体好起来才是最重要的。我希望你能快点痊愈，过来找我。或者我回去也行。

除此之外这边一切都好，你不用担心。

我想你了，我真希望能多陪陪你，就咱们两个在一起。

好好休养身体，妈妈。

附：告诉马塞尔先生我也想他了，还有莱亚女士。

我很喜欢迪娜的书，你帮我转告他好吗？

艾丽斯

1947年5月1日

亲爱的让–约瑟夫，

我觉得我好像知道为什么我爸爸不和我说话了。那天我从埃伦的房间里出来，这次我记得把纸巾带出来了，然后我去卫生间里把它们扔掉。垃圾桶里有一些撕碎的纸。刚开始我没有注意，但有一片上面清楚地写着'祝好，你的父亲，亨利·达尔尼'。他应该是我的爷爷吧，我猜。我从没见过他。

我想知道他都写了些什么，他会不会想认识我，所以我就把那些碎片全捡回来了。我把它们带回了我的房间。等到瓦迪姆去洗澡的时候，我就把它们铺在了地上。它们看上去

像一幅大拼图。有些段落因为被撕裂，已经看不清了，但我还是成功地把整封信拼好了。上面写着：

‘亲爱的保罗，

我搞不明白状况了。我还以为所有的事情都解决了！我漏掉了什么？这个村妇怎么又来搅乱咱们的生活？我才不管她是不是病了。你好好问问你自己，别再像个孩子一样了！……谁没在年轻时犯过错，但只有你是一错再错。我还需要再提醒你一次，是你导致了咱们的破产吗？……我没兴趣了解你无能的那些细节。我给你两个星期想办法。月底我要和詹姆斯见面，我需要心无杂念，跟埃伦的父亲速战速决。……你看着办吧，但她必须从哪儿来回哪儿去。

祝好，

你的父亲，亨利·达尔尼

你说他信里指的是我吗？如果是的话，我一定是出于什么原因对他们造成了困扰。但到底是什么呢？你觉得他们会把我送回家吗？

艾丽斯

亨利·达尔尼的事情令她感到难过，但比起其他事情来，这并不算什么……她还在垃圾桶里发现了别的东西，这东西伤透了她的心，她没有勇气告诉让-约瑟夫。

既然爸爸不和她说话，她又不能去他的办公室里和他单独相处，她便开始想办法吸引他的注意。这个办法必须是温和的，但同时也要具体，能留下些蛛丝马迹。她是不是该送他一本书？但她又不知道该把哪一本拿出来，因为每一本在她眼里都举足轻重。她该给他写信吗？但她又不敢。给某个和你生活在一起的人写信，这也太不自然了。何况她又能在信里说些什么呢？

终于有天早上，她想到了个主意：她可以给他画一幅画。她花了两天时间凑齐了画画的工具。她想用彩色铅笔画，但可惜阿芒德没有。她给了艾丽斯一支圆珠笔，但艾丽斯从没用过这种笔，她拿着它什么也画不出来。

“对不起，我只有这个。”管家对她说。

她问了希拉，但她的老师第二天来上课的时候，忘记把彩色铅笔带来了。最后，贝特把她女儿的彩笔借给了她，还帮艾丽斯找了一些画纸。艾丽斯松了一口气，但她还是不放心：现在，她需要一个主题。画一位爸爸和一位女儿，这有点太夸张了……那画什么呢？她反正不能画一匹马，或者一栋房子吧！她想让爸爸知道，她已经开始爱他了。她又想起了这种想法第一次出现的时候，那是在开往曼哈顿的船上。

然后就像灵光一现一样，她画了一个四周全是高楼大厦的埃菲尔铁塔，太阳高照，角落里还下着爱心雨。她在右下角写道：“致爸爸。”一目了然，言简意赅。第二天早上，趁着保罗在工作的时候，她把它滑进了他办公室的门缝底下。

晚些时候在晚餐餐桌上，他一句话也没有对她说，连个微笑都没有。第二天也一样。她怀疑他是否看见了她的画，但他的书桌正对着门，怎么可能看不见呢。她想是不是应该再画一张，但后来，她去卫生间把纸巾扔到垃圾桶里时，她先是一眼认出了一张纸片上的爱心雨，接着看到下面是她的画，它被撕成了十几块碎片，这些碎片正躺在她爷爷亨利的信上面。

1947年5月2日

妈妈，

我想你了。我很想你。

艾丽斯

1947年5月2日

让-约瑟夫，

我觉得埃伦好像真的生病了。那天，她说要带我去参加一个派对，一个baby shower。我第一次听说。这是个庆祝婴儿即将降生的派对，大家会给准妈妈送很多礼物。总之，埃伦最好的朋友黛西的baby shower就要到了，我要陪她一起去。她想带我去梅西百货——那是个很大的商场——给我买条漂亮的裙子。我听到后开心极了，但瓦迪姆说："冷静点，这可不是为了要讨好你！只是为了让某个像乞丐一样的小丫头看上去别太蠢笨。"我觉得那天他一定是心情不好。

今天下午，我们和阿芒德在厨房里谈到baby shower的事，我也不记得为什么了，我说我以后想结婚，然后生三个小孩。埃伦正好过来听见了。她对我说："人这一生，没法在这种事上做决定。这取决于是否被给予了恩惠。"她拿了一盒曲奇饼干然后就走了。后来我去她房间时，发现盒子空空如也。我听到她的卫生间里有动静。我凑近了些，发现正

是埃伦。她正在呕吐。你说她的病会不会很严重呢？

艾丽斯

*

从前一天晚上开始，埃伦就一直不停地在改变主意。她先是一直反复嘱咐艾丽斯在baby shower上应该如何举止，然后突然又说不去了，说是她不想去了。阿芒德告诉艾丽斯这是因为黛西是埃伦的朋友里面年纪最大的。她们在学校里相识，去同一个教堂做礼拜。她悄悄地告诉艾丽斯，埃伦不喜欢黛西的丈夫霍勒斯，说他这人很无趣，从不听别人说的话。她觉得霍勒斯又丑又矮，还总是流汗。

“最令人感到悲哀的是，他觉得自己聪明绝顶！没办法，黛西二十六岁时还没有结婚，好男人都有家室了，所以她就没有挑来挑去……当然这是听别人说的……希望她的儿子将来长得像她！”

“所以埃伦是因为不愿意见到霍勒斯，所以才犹豫要不要去的吗？”

“不是，我觉得应该不是。”阿芒德答道，她突然面露难色，“男人是不会出现在baby shower上的。”

埃伦终于还是和艾丽斯一起上路了。一辆黑色的凯迪拉克大轿车停在了第五大道上的一栋楼前。她们完全可以步行过来的，艾丽斯心想。但她没有说出来。她在埃伦的身边觉得很不自在。她改主意了，她以后可不想变成像埃伦那样的人。埃伦像个机器人一样，每隔几分钟就下意识地整理一下裙子，她的嘴上自始至终挂着一种夸张的微笑，她的眼神很怪异，声音里带着某种沙哑。黛西开了门，打开双臂展示她的肚子，就像一位艺术家展示她的画作那样。

“Seven months! ”（七个月大了！）她说，然后像个少女一样激动地尖叫起来。

埃伦只是伸了伸大拇指。

一顿丰盛的冷餐已经摆在了桌上：数不清的纸杯蛋糕，冰茶，果泥，还有小三明治。墙上挂着许多大号的粉色和蓝色的气球。客厅中央放着一条混凝纸做的横幅，上面写着“Congratulations”（祝贺）几个大字，横幅下还放着一大堆礼物。

有十五六位女士坐在那里，她们不时给怀里的婴儿喂奶，不时抚摸着黛西的肚子回忆着她们怀孕的时光。艾丽斯听懂了只字片语，大概是说一切都发生得太快了。她猜这应该是在说黛西怀孕的事。这些女人给这位准妈妈建言献策，告诉她该如何照顾婴儿，其中几位还送给她手工编织的小鞋子。艾丽斯吃到第五个纸杯蛋糕时，发现埃伦蜷缩在客厅的一角，脸色像石灰一样苍白。艾丽斯不知该如何是好。她该去和她说话吗？她的病还没好些吗？

一位年轻的女士提议一起拍张照片。她走向埃伦，示意她过来和她们一起。埃伦的脸比刚才更僵硬了。艾丽斯虽然没听懂所有的词，但她明白了埃伦话里的意思：

“当然……我去擦擦脸就过来，这天气怎么这么热！”

艾丽斯看到埃伦跑进了卫生间，于是跟在了她的后面。埃伦的脸色差极了，艾丽斯怕她晕倒在地上。埃伦把自己锁在了卫生间里。艾丽斯听见门背后有啜泣的声音。她正在大哭，这哭声就像赖在沙堆里不愿离开的小孩子一样。突然，埃伦开门出来了。她的脸上全是泪水勾勒出的黑色线条，两只眼睛红红的。她看见艾丽斯时，脸上突然有一种憎恨的表情，然后她便跑到了走廊里。震惊的艾丽斯大约过了二十几分钟才反应过来，她的继母既没有拿包也没有拿外套就离开了派对，把她独自一人留在了黛西的baby shower上。

没有人注意到她，也没有人注意到埃伦已经走了。艾丽斯深吸了一口气，拿着埃伦的东西下了楼。她走回去就好。不管怎样，她总能找到回去的路的。她从楼里出来时，凯迪拉克已经停在了门口。司机给她开了门，她看到瓦迪姆在车里。

“我看是又有女人要大哭大闹了……阿芒德让我来接你。上车！”

11

纽约，1947年5月中

艾丽斯从埃伦的房间里出来时，迎面撞上了瓦迪姆。

“乱翻别人的东西可不好。”

艾丽斯打了个哆嗦。她有一种奇怪的感觉，似乎她身体里的某个部分想要逃走一样。

“我什么也没翻。”

“哎呦！你以为我不知道吗？你每天跑到埃伦的房间里都干什么了？”

他凑近闻了闻：

“香水，卸妆水……这位女士是以为自己在美容院里吗？”

“我……我……”

“你最好小心点，别惹我，不然我就告发你！”

艾丽斯突然浑身发烫。这个老瞎子，他以为自己是谁？除了毁掉别人的生活以外，他真的无事可做了吗？她越想越气，她凭什么要忍受这个讨厌的老顽固？她真想给他一脚。在埃伦房间里度过的这些时光对她来说太重要了，她不会让自己被别人左右的。

“我才无所谓呢！大家都知道您是个疯子！您想说什么就说吧，反正没人会相信的！”

瓦迪姆先是愣了一下，然后突然捧腹大笑。艾丽斯感到莫明其妙。她伯父转过身去时，她想再说点什么。不能就这样完了！这次总算有人在听她说话了。她跟在他后面回了房间。

“您……”她刚开口。

但她伯父举起了一只胳膊，示意她别说话：一只蝴蝶从窗口飞了进来，轻轻地拂过他的脸颊。瓦迪姆胡乱拍着手，试图打死这只他看不见的飞虫。艾丽斯目瞪口呆地看着他。

“只是一只蝴蝶而已，它又没把您怎么样！”

瓦迪姆无视她的话。他一脸自负地小步挪动着，并像猎人一样竖起耳朵。突然，蝴蝶又从他的脸颊旁飞了过去。他两手啪地一拍，一动不动，然后掌心贴着掌心等待了几秒。他把两手分开时，已经没了生机的蝴蝶掉在了地上。艾丽斯再次怒气冲上心头。“没关系的，没关系的，只是一只蝴蝶而已。”她不相信自己能争论得过瓦迪姆。他这个人铁石心肠，总有办法能伤到她的。她必须冷静。但这一点用也没有，她已经怒不可遏了。

她跑出了房间。瓦迪姆这个混蛋不仅在战争中失明了，还丢掉了一部分灵魂。这个野蛮人！可以，他可以失明，可以不想和别人分享这个房间，也可以不愿在这里生活，但他不能为所欲为，即使他经历过苦难也不行。

艾丽斯不知道该去哪里。她在卫生间里已经待了太久，又显然不能跑到埃伦的房间里去藏身。长长的走道尽头的右边有一扇门。她从没走近过。她也说不出为什么，但这门后的世界令她感到害怕。她觉得这背后可能什么都有，鬼魂，或许还有骷髅？不过这一天，她进去了，并毫不犹豫地关上了身后的门。她不敢睁开眼睛。她没有开灯，只是靠着墙壁坐在了地上。她怎么会落得个这样的处境呢？

她想起了在萨利的生活。还有在那里时，她总念叨着的那些话，她甚至还为此而感到自命不凡：不久后她就能过上好日子了，有一天她会离开农场，还有那些沾满泥土的鞋子……然而，在那里，她是被爱的。她想念那种被爱的感觉。她的眼前又浮现出让娜在厚厚的面包片上涂鲜奶油的场景，让娜总是精心地把面包保存在裹布里。那时候，艾丽斯觉得有人给她缝衣服、梳头发都是再正常不过的事了。她值得拥有这些关爱吗？她从没想过这个问题。她的脑海中突然闪现出一段回忆，这令她嘴里感到更加苦涩了：每个月，让娜和她都会一起去隔壁村庄的城堡主人家。有一天，她听见他们说："让娜，要是战争结束，没有人来接这个小姑娘的话，我们很乐意收养她。当然了，到时您可以随时来看她。"艾丽斯当时非常气愤：竟然会有人怀疑她妈妈不回来接她？这些人竟然觉得她妈妈给她的生活比不上他们能给她的生活好？

今天，包括这么长时间以来，她觉得自己实在太多余了。爱早已消失得无影无踪了。她被囚禁在这座城市里，而她的家只是徒有其名罢了。一定是时候忘记过去，放弃所有的那些美好憧憬了。没有其他的选择。她不得不向前走，否则就只能陷入迷失。她深吸了一口气，重新站了起来，用一只手战战兢兢地寻找着开关。灯光照亮了房间。

不可思议。从地面到天花板，一层层的架子上摆满了相机和小手提箱，房间里几乎连转身的空隙都没有。她被这景象深深地吸引住了，一动不动地站在原地。然后她小心翼翼地、不声不响地打开了面前的一只黑色大手提箱。她不想被人发现，也不想有人来阻拦她。箱子里存放着一百多张相片。这些相片上有战场，有死人，还有伤者。那些年轻的士兵的眼神里全部充满了恐惧，他们表情严肃，好像五官是因为地球引力而往下垂拉着一样。还有一些照片拍的是一辆坦克或一个背着步枪的人，它们突兀地闯进了风景之中。这些照片来自何处？它们是谁拍的呢？艾丽斯今天不可能全部都看完。她还会再回来的。

她从储藏室出来的时候，完全不知道已经几点了。这些冷酷残忍的照片令她晕头转向。她打开的箱子越多，就越是忍不住地想，这些照片应该是她爸爸拍的。

她必须知道真相才行。至今为止如果说她唯一弄明白了一件事，那就是如果她不提问，别人就什么都不会告诉她。而且，就算她提出了问题，也不一定能得到答案。她必须得壮起胆子来。但问谁好呢？一想到要和爸爸说话，她就浑身哆嗦。不行，她得展开调查，从间接线索开始找起。她下楼跑到厨房里去问阿芒德：

“我爸爸现在还摄影吗？”

“保罗先生从来就没有摄过影！这问题从何而来啊？”

艾丽斯晃着腿。很显然，她是个非常糟糕的侦探。她低下了头。

“我走错门了，不小心进了走廊尽头的储藏室……我还以为那里面是卫生间……然后我就看到了好多照片……所以才问你……”

“那都是瓦迪姆的东西！他之前是摄影师……总之，一直到诺曼底登陆前都是。”

阿芒德停顿了一下。

“他就是不愿意卖掉那些毫无用处的机器！他以为是谁在打扫那些杂物呢？”她非常气愤地接着说。

艾丽斯不敢相信。

“瓦迪姆以前是摄影师？”

“嗯，伟大的战地记者。为了做报道，几乎跑遍了全世界！”

“可……这也太不幸了。”

阿芒德一脸沉重。

“这就是生活……”

瓦迪姆？曾经是摄影师？艾丽斯意识到自己并不了解这两个星期以来和她同住一屋的这个男人。她咽了咽口水。

“你怎么了？”阿芒德问她。

“没什么。”

“你脸色怎么这么苍白？”

“他是怎么失明的？”

女管家抬头仰望天空，叹了一口气。看来这事令她烦心。

“登陆的时候，他和第116步兵团在一起，但他从船上摔下来了。”

“他参加过诺曼底登陆？”

“是的，以记者的身份。他们只准允了两个记者前往。所以得是真有本事的人才能去的！但他运气不好……他掉下来的时候头先碰到了礁石，结果没能上岸。后来他就再也看不见了。”

“那他怎么能习惯失明的呢？”

“他一直没有习惯！他调养了很长一段时间。他开始厌恶一切，尤其是礼节。”

原来瓦迪姆不是普通的伤员，而是一位失明的大摄影师！这确实会让人怨恨命运……艾丽斯突然觉得心里萌生出一种温柔，这种温柔很快蔓延到了她的全身。她像是涂了舒缓乳液一样感到心里舒适起来：瓦迪姆不是讨厌她，而是心里很悲伤。用这样的理解来安慰自己似乎有些欠妥，但这说明一切还是有希望的。

浑身充满了新力量的她上楼去找她的伯父，她准备让一切重新开始。她打开房门时，看到他躺在扶手椅上睡着了，肚子一起一伏的。眼下，连他的呼噜声也令艾丽斯心软起来。她把掉在地上的毯子捡起来给他盖上。瓦迪姆吓了一跳，惊醒了。她也太笨拙了！她只是不想让他着凉而已。她不知道该说些什么好。

“喂，你的舌头丢了吗？”伯父凶巴巴地说。

“对不起……”

过了一会儿，她用同情的口吻接着说：

“我都知道了。”

“什么？”

“战争的事……还有您遭遇的意外。阿芒德都告诉我了。我很抱歉。”

“别烦我！你以为自己是谁？化你的妆去吧，别在这烦人！”

艾丽斯的脊背一凉。她垂下眼睛，连门都没关就逃了出去。她回到卫生间，坐在马桶上。有一种窒息的感觉。他为什么要这么对她呢？她只是想对他好一点而已。

*

两天过去了。艾丽斯觉得很不自在。自从她试图接近瓦迪姆以后，他就不跟她说话了，连骂她也不骂了。她好像变成了透明人一样，不存在了。包括晚餐的时候，他只回应保罗说的话。她很内疚。但她到底说什么了？她知道自己说了什么，可那又如何呢？这并没有改变任何事实啊。时间似乎变得又长又慢。她孤独极了。她几次从储藏室门口经过时，都克制着自己不去打开那扇门。她想再多知道一些事，但心里又害怕知道以后要面临的后果。

过了三天，她的好奇心变得更强了。她等到保罗和埃伦出了门，阿芒德去采购，瓦迪姆把自己关在房间里后，独自又躲进了那个小房间里。她打开了一个新箱子，一张一张地翻阅其中的照片。这些相片是有灵魂的。它们透露出了某种她无法描绘的东西，好像它们的背后藏着某个秘密一样。

她把这些照片观察了一遍又一遍后才发现，照片的中间总是有一个人。这个人不一定总在镜头的近处，但每次都是他们赋予了照片的整体意义。她认出其中一个是年轻时的瓦迪姆。他靠在另一个和他略微相似的人身上。她看到照片的背后写着：“瓦迪姆和安德烈，格尔达摄，1937年于西班牙”。照片上的瓦迪姆显得十分笃定、强大，似乎未来正被他踩在脚下。

在这些散开的照片中间，艾丽斯找到了几张叠起来的纸片。她把它们打开来。这是一封长信：

亲爱的，

没有你的生命是枯燥无味的。你在哪里？你在做什么？我每天、每时、每秒都在想你。我怕你出事，怕再也见不到你。求你告诉我，你很好。告诉我你很快就会回来。

你无需担心我这边，我会一一都告诉你。马儿们十分英俊。希望你能早些回来，到时我们可以像以前一样去散心。每次读到你的信，我都悬着一颗心。我诅咒着这场战争，诅咒人类心中的这些怨恨，还有那些愚蠢与傲慢。每每收到你的信，我便觉得阳光变得更加绚烂，海水也变得更加湛蓝。我把你的笔迹贴在心口，用力去嗅。你就藏在信里。我想你的皮肤，你的嘴唇，你的背，你的后颈，你的整个身体，你的味道，你的亲吻。

接下来十几行都是这样的话，直到这个女人写道：“和你做爱。”艾丽斯的脸唰一下红了，然后她立即把信折了起来。她心里有一点想继续读下去，但这些内容太隐秘了。“和你做爱”……她一想到这几个词，就羞愧得浑身哆嗦。

她想了一会儿。所以瓦迪姆爱过别人！还是很热烈的那种爱。她不敢相信。这个女人现在在哪里？她为什么没有和他一起在这里？她说法语。她住在法国吗？艾丽斯小心地把东西全放回箱子里，盖上盖子，然后放回了架子上它原本所在的位置。她发现那里放着一个白色的纸板文件夹，上面有一个医院的首字母缩写和地址。文件夹里装着几张纸，其中一张蓝色的纸引起了她的注意。这是一张表格，上面写着：

病人姓名：瓦迪姆·戈德曼。

她打了个寒战。这是瓦迪姆的医疗档案。这个发现令她激动不已。上面写的全是英文。她把希拉给她的小字典拿了出来，继续读着。

出生日期：1914年11月6日，匈牙利布达佩斯。
国籍：法国，美国。
父亲姓名：赫舍尔·戈德曼。
母亲姓名：阿林娜·内梅特。

什么？瓦迪姆不是在美国出生的？他的爸爸不是亨利·达尔尼？他会说匈牙利语吗？他怎么会去法国的？他和他的父母一起旅行过吗？他的家人还在世吗？赫舍尔出了什么事吗，所以阿林娜后来才嫁给了亨利·达尔尼？答案的背后总是有源源不断的问题，这真令人精疲力尽……

职业：摄影记者。

个人状况：……

这里有一些选项，填表的人打了勾的地方写着：

未婚。

紧急联系人：保罗·达尔尼，亲属。

然后一个方框里还有一些医学信息。

身高：1.78米。

体重：72公斤。

幼年曾患疾病：水痘，腮腺炎。

艾丽斯也曾得过水痘，那对她来说是段痛苦的回忆。那时她从早到晚都在挠痒，还因为瘙痒睡不着觉。她右边的太阳穴上还留下了一颗水痘印。没过几天，让娜就把她的手用布给缠起来了，因为怕她留下疤痕。瓦迪姆当时会不会也是一直挠个不停呢？

入院时间：1944年9月7日。

主治医师：艾伦医生。

这不过是医院发给每位病患的普通表格，但上面的这些信息……太出人意料了！没有人会告诉她这些事情，她也更不会去问。她感觉自己变得更强大了，对瓦迪姆增进的了解似乎让她树立了一种此前从没有过的威信。事实上，这令他变得没那么神秘，也没那么可怕了。

蓝色纸页的后面还钉着几页纸，是根据时间顺序整理的医疗报告，上面都有医生的签名。艾丽斯试着翻译出了那些最简单的句子。

1944年9月9日

高空坠落导致病人双目失明。其他身体机能未受影响。

下面那段话里充斥着医学专用词汇，很难翻译出来。

1944年9月22日

病人拒绝进食。其睡眠不足，常辗转反侧。艾伦医生建议病人转往专业机构进行治疗，接受镇定疗养，每周定期完成精神治疗学家史密斯医生的疗程。疗程具体内容……

这里也是一样，词汇过于复杂晦涩。艾丽斯跳到了其他段落。

1944年10月7日

据史密斯医生说，病人多次表达想要回到法国的愿望，据称其未婚妻在该地居住。

1944年12月2日

病人拒绝接受过去同事的探访。他同意见他的弟弟，但他们的谈话最终以吵架结束，护士不得不介入调停。会面结束后，病人不再希望回到法国并拒绝收到来自法国的任何信件。此事或与所谓未婚妻有关，但病人拒绝解释这场亲属间情感争执的具体缘由。

这些纸一页接着一页，描述的都是瓦迪姆经历的痛苦、他缓慢的心理接受过程，和他的孤独。据医生们说，他的心理接受过程十分漫长，甚至有永远拒绝接受伤残事实的风险。

然后，从1945年11月开始，他的状态似乎有了改善。1946年3月，医生同意让他出院。根据艾丽斯的理解，在他们的协助下，他享受到了《退伍军人权利法案》的福利，从而得以住进了布鲁克林的一间小公寓。

1946年8月13日

接到病人邻居杰克逊夫人的电话后，救护车将病人接到医院。杰克逊夫人曾多次试图联系病人家属，无果。据其称，情况变得极其严重，病人对该幢住宅里的孩童进行恐吓。她也提及了噪音问题：病人不分昼夜地播放音乐。病人或产生了时空错乱。

病人身上呈现出多种因家务而造成的伤痕：擦伤、割伤、烧伤，腿部、手臂以及面部瘀青。据其邻居称，他曾多次在楼梯间摔跤。病人有贫血症状，或是由营养不良引起。其糟糕的个人清洁状况证实了其抑郁状态的加重：尿骚味，头发、指甲过长而肮脏，脚上有瘭疽。

1946年8月22日

病人的弟弟同意带他回家。病人拒绝，表示希望返回其公寓，但其家人及主治医生艾伦均不建议他独身生活。他在日常生活上需要帮助，且必须重新开始与史密斯医生的会面，每周至少两次。

艾丽斯合上了档案。1946年8月22日……这正是她妈妈和巴容女士一起来萨利接她的日子。这个巧合让她产生了一种奇妙的感觉，她觉得自己和瓦迪姆更亲近了。

她完全能想象出接下来发生的事。她的伯父一定是抱怨个不停，把音乐放得很大声，跟保罗吵有关苏联人的事。然后她来了。她进入了他的领地，这最后一块属于他的地方。这么说来，他的行为也没什么可令人惊讶的。

她突然想了解这个男人了。一个拍下过这些相片的人，一个经历了所有这些爱情与痛苦的人，不可能是个彻头彻尾的坏蛋。坚定而且有些心急的她，回到了他们的房间，她动静很大地靠近扶手椅，有意让伯父听到。

她面对着他席地而坐，什么话也没有说。她等待着。

“你干吗？”瓦迪姆问她。

艾丽斯闭口不言。

“你打算在这里杵很久吗？”

还是没有回答。瓦迪姆生气了：

“天哪，你犯什么病了？”

几秒钟过去了，然后几分钟过去了。艾丽斯决定不回答他。她每次跟他讲话，他都有办法把她拒于千里之外。如果她什么都不说的话，或许能够令他感到不安？她就待在原地，一动不动，也不说话，直到他冷静下来重视她。气氛变得令人喘不过气来。沉默的时间越来越长，瓦迪姆听着她的呼吸，闻着她的气味，好像在分辨她究竟是不是还在。艾丽斯观察着他。他是如此愤怒，以至于他的脸看上去似乎挤成了一团，他的嘴好像快要碰到他的鼻子了。他双手紧紧抓着椅子的扶手。

“你到底想干吗？”

艾丽斯等着他向自我屈服，向那个她认为隐藏在他的伤疤和臭脾气底下真正的自我屈服。他会让步的。墙面似乎融化成了一滴滴的水。艾丽斯觉得连天花板都像在塌陷一样。周围的世界消失不见了，只剩下了他们两个，没有一丝逃避的可能。他们以后的关系就全看这一刻了。艾丽斯深深地吸气，缓缓地吐气。她一边鼓励伯父和她一起，一边全力聚精会神地对付着这远没有结束的紧张时刻。

时间已经过去了太久了，她觉得自己离气馁不远了。艾丽斯已经做好了放弃的准备，转机就在这时出现了：瓦迪姆开始和她用相同的频率呼吸了。就像是魔术一样，他平静了下来。她成功了！她扳回了他们之间的平衡。她又继续等待了几分钟。

“我看见了一张您在西班牙的照片。”她小声嘟囔着说。

瓦迪姆收了收肩膀。有那么一刻，他停止了呼吸。他想说话，却发不出声音。他清了清嗓子，然后说：

“你又到处去管闲事了！”

他停顿了一下，然后接着说：

“那人不是我！”

“就是你。”她说，就像一切显而易见一样。

“不是。那人死了。”

艾丽斯过了一会儿才回答：

“就是您。但您很难过不能再像那个时候一样了，就是这样。”

瓦迪姆的两只手臂从扶手椅上滑下。

“你这个小丫头，根本不懂生活是什么。”

“我知道大家都是因为某种原因才来到这里的。您也是。”

她沉默了一会儿。这一次她想找到合适的词，她不会再有第二次机会了：

“那天，我没想惹您伤心。我只是对您的意外感到抱歉。”

“据我所知，又不是你的错！”

“那我也可以觉得抱歉，不行吗？”

瓦迪姆哑口无言。她不经意间戳到了他的敏感之处。

“走吧，咱们出去吧。”他说。

瓦迪姆提议去公园走走。

“你给我读读报纸，阿芒德很久没给我读了。”

阿芒德挡在了门口。

“他不能一个人出门。”她指着瓦迪姆说。

“有我跟他一起啊。”

“你不会说英语，又不认路。”

“没事的。我们又不是被关在笼子里的猩猩！我俩想去哪儿就去哪儿。”瓦迪姆打断了她。

他砰地一声关上了门。

纽约！整座城市对他们敞开了怀抱。这里这么大，充满了活力。艾丽斯眼界大开。他们在中央公园的中心找了个长椅坐下。一些松鼠跑来跑去，还有跟在狗身后跑步的过路的行人。艾丽斯被这绿色的自然风景和四周的灰墙铁壁产生的对比惊呆了。她喜欢这个地方。

她没有猜错，瓦迪姆变得比之前温柔了。她无意间想起刚到纽约时，伯父对她说过的那些关于她长得像她妈妈的话。后来他再也没有提到过这件事。不过，他一定知道些什么。她想着现在问会不会太早，但她实在忍不住了：

“您认识我妈妈吗？”

瓦迪姆的脸上突然一片阴沉。

“嗯，不过不熟。”

“我对她完全一无所知。”

“谁又和谁能互相了解呢？走吧，该回去了，已经很晚了。”

艾丽斯觉得有些遗憾，她站起身来，又扶着她伯父站了起来。瓦迪姆看上去心不在焉。回去的路上，她默默地给他引路，但始终没有停止思考。她埋怨自己在最后关头破坏了他们的出行。不过，瓦迪姆闻到街角熟食店飘来的香味时，提议道：

"你愿意的话，明天咱们还出来。到时候你可以给我念些名副其实的书……你对真正的文学，只知道皮毛而已！"

"《人间喜剧》我已经读了一大半了。"

"我就是这个意思。先从斯坦贝克和海明威开始。重要的是，你得明白你现在生活在一个什么样的世界里。"

某些事刚刚发生了。今天，他们两个成了同谋。她怕再说一个字会打破当下这种自在的平衡，所以她什么也没有说。纵使人行道上人来人往，四周的汽车不停地鸣笛，艾丽斯和瓦迪姆就像旁若无人似的。她有一种轻盈的感觉。到了家楼下时，她发现自己的脸上竟挂着微笑。

然而当他们走到楼道里时，家门是开着的，保罗怒气冲冲地在门口等着他们。他交叉着手臂，眼神里透着阴森，眉头皱得紧紧的，以至于眉宇间形成了一层厚厚的皱纹。艾丽斯不敢再往前走了。

"我禁止你们俩一起出门！阿芒德快担心死了！"他大喊道。

瓦迪姆似乎并没有被吓到。

"你别这样跟我说话！"

"三个小时！谁会在外面待三个小时！"

他气得脸色煞白。

"我怎么没看见天已经黑了啊。"瓦迪姆大笑着说。

保罗一字一句，愤怒地说：

"据我所知，你还住在我的屋檐下，吃我的穿我的，所以还是我说了算！"

他们越来越激动，斥责声从四面八方袭来。晚餐在死气沉沉和冷冰冰的气氛中结束了。全程只能听到餐具和盘子摩擦的声音。晚些时候，艾丽斯写完当天的信，熄掉房间里的灯时，瓦迪姆对她说：

“明天，咱们还是照说好的办。你把窗户旁边架子第二层上面的《人与鼠》拿着。”

艾丽斯微笑了一下。

“晚安，瓦迪姆。”

“晚安。”

“晚安。”这只是短短的一句话。但它意味着，她不再孤单了。

12

纽约，1947年5月底

整整一个星期，艾丽斯和瓦迪姆都在一起散步。伯父的转变令她惊讶不已。自从她和他在房间里的那场较量之后，他的举止就变得礼貌，甚至热情了起来。他让她用第二人称“你”来称呼他。在他眼里，一个小姑娘尊称他为您，让他像个傻老头一样，保罗行，但他不行。不过她做不到。她觉得这样说出来很奇怪。或许再过一段时间吧？

每天出门前，都由瓦迪姆来决定他们要去的地方，他来指路，然后艾丽斯根据他指定的路线给他领路。他们走出楼下大厅时，住宅楼的门卫就对他们说：“Go，Goldman. Go.”（去吧，戈德曼，去吧。）这是在宣布他们自由了。下楼梯或者走上路牙石前，艾丽斯总会提前提醒瓦迪姆。她非常注意路面状况：瓦迪姆不该在任何情况下摔跤。万一他不小心踩到水坑里，或者更糟，比如踩到了狗屎，她担心后果会非常严重。他一定忍受不了。他会觉得自己受到了侮辱，会抱怨上好几个小时。不过，她一切小心谨慎：伯父讨厌承认自己看不见的事实……

第一次出去散步时，他就告诉过她，他很喜欢她给他描绘风景、橱窗、路人的面相和态度的方式。他还说：

“我怎么觉得你对吵架的人比对其他所有的东西都感兴趣呢！”

这话让艾丽斯吃了一惊，但她想了想，他说得有道理。她对那些纽约人在街头吵嘴的景象十分着迷，这些人就像是站在戏剧舞台上一样，周围的一切都不存在了。有一次在一个餐馆门口，两位厨师走出来争辩。艾丽斯想说为什么要费这个力气，毕竟顾客们都在玻璃窗后面看着呢。那两个男人大幅度地用手势比画着。

“我什么也没听懂。”艾丽斯懊恼地说。

“正常，他们是意大利人……”

“纽约还有意大利人？”

“对啊，尤其这一带，这是他们的地盘！咱们在小意大利呢。”

“那您呢，您听得懂吗？”

“我听得害怕死了！他们要杀了对方，因为其中一个在白酱意面里加了鲜奶油……显然，这样做是背叛了他们妈妈的菜谱。”

艾丽斯哈哈大笑起来。

“他们在为了面条吵架？”

“对意大利人来说，这个话题非常严肃！”

他们去各种各样的街区闲逛，从最贫穷的街区到最富裕的街区。他们会买一份报纸，坐在长椅上，由艾丽斯来读。她磕磕巴巴地读着那些词，根本不知道自己在读什么，但这很有趣。瓦迪姆帮助她纠正发音，而且，他还会先翻译，然后再滔滔不绝地发表几个小时的评论。她感觉比跟希拉上课进步得快多了，何况她也不是很喜欢上希拉的课。这位女学生讲课枯燥，而且几乎从不纠正她犯的错。和瓦迪姆在一起短短的几天内，她就学到了诸如war——战争，fight——战斗，peace——和平，等等之类的词。生活中，这些词要比kitchen——厨房，或者umbrella——雨伞，实用多了……

瓦迪姆无所不知。不管是什么文章，哪怕是最简短的，都能让他讲起一些令艾丽斯着迷的故事。有一次，她读到了梅西百货打折的广告，就是她去参加黛西baby shower派对前购买行装的那个商场。伯父把商场的历史讲给了她听：

“这是后来才有的……之前折腾了好长一段时间，它才得以在第三十四街和百老汇大道的街角处立足。然后他们又想把那一片的房子全买下来……这些纽约的开发商，只要有了计划，那可不是闹着玩的。所有房东都同意出售了，只有一栋很小很小的楼拒绝了！很有反抗精神！”

“那他们怎么才能开门营业呢？”

“有个人趁机捞了一大笔呗！就是说他赚了很多钱！梅西集团每年付他一笔租金，租他的楼差不多有五十年了！这还没完呢！”

“既然没法在里面睡觉，那留着这栋房子又有什么用呢？”

“到处都能找到睡觉的地方！我还没说完呢！有个问题就是，这栋砖砌的小楼房和旁边的建筑完全不搭调。你知道梅西百货是怎么做的吗？”

“不知道。”

“他们一年四季在上面贴满了广告！然后这些混蛋的营业额就一直蹭蹭地往上蹿！”

还有一次，帝国大厦建成纪念日刚过不久，有一篇纪念“天空男孩”的文章。

“帝国大厦是什么？”

瓦迪姆抬头看看天空，想了一会儿，然后问道：

“你来的时候看见高楼了吗？”

“嗯。”

“有一栋比其他高楼还要高出一头的楼，知道吗？楼顶是尖的。就是它。它是通往另一个世界的最佳弹跳板……”

“什么东西？”

“没什么，算了。”

瓦迪姆告诉她，盖这栋建筑的人行走在高空五十米、一百米处，他们没有绳索的帮助，也不害怕坠落。他们以天空为家。

“sky，就是天空的意思。”

所以人们才把他们叫作天空男孩啊。天上的男孩。

“所以说，小姑娘，我觉得帝国大厦很亲切，因为这家伙很厉害……它是我们这一代里特立独行的一个。”

“可它不是栋楼吗……”

“不，它是个标志。”

这下好了，艾丽斯心想，这个盲人开始胡说八道了……

“它诞生于一场古老的家庭纷争，大概就是：咱们一起建栋房子，然后和好如初……”

“什么意思？”

“我大概给你讲讲吧。1893 年，有个叫威廉 · 华尔道夫 · 阿斯特的富翁，想激怒他的阿姨卡罗琳，就让人把她在第五大道上的城堡给拆了。然后他在原地盖了个华尔道夫酒店。卡罗琳生气了，让她儿子约翰 · 雅各布把他在威廉酒店旁边的那栋房子拆了，请同一个建筑师，盖了个阿斯托利亚酒店。就这样通过盖酒店来吵架……这儿盖一个，那儿盖一个。几年后，这些富翁互相斗烦了，就想如果合并起来，赚的钱一定会更多！所以他们就在两栋楼之间搭了一条长廊，于是就有了华尔道夫–阿斯托利亚酒店。又过了三十年，他们全部拆光，盖起了帝国大厦。”

“那它怎么就成标志了？”

“大家都是家庭覆灭的产物，是那些自私自利、只爱自己的人的产物。”

这样看问题也太悲观了。艾丽斯真想指出他错了，可她又指不出来。

“这还没完呢！生下来之后，生活又会给你各种颜色看！起初，没人愿意买这个楼！还有人叫它空国大厦。”

“什么大厦？”

“empty，就是空空如也的意思。”

“啊……”

“你知道谁救了它吗？”

“不知道。”

“电影！所以说，生活总是源于激情。”

“为什么？”

“他们拍了一部叫《金刚》的电影……听说过吗？”

“这是部电影？”

“这电影可不一般！里面有个荒唐的一幕：一只巨大的猩猩坐在帝国大厦顶上……给人印象特别深刻，结果就是，大家全跑去了，然后，砰！开始打仗了。它被毁得不轻。”

“可一栋楼，怎么能打仗呢！”

“它不打，但它可以被打。你要知道，1945 年 7 月一架迷失在雾里的轰炸机，撞进了第七十九层……可怜的老东西，它可什么都没问别人要！”

“飞行员吗？”

“不是，房子！它就想杵在那儿，尽它的建筑职责，结果被人硬是铲掉了一块……”

“那飞行员也只是尽他的职责而已啊。”

瓦迪姆沉默了一会儿。

“也许吧。走吧，咱们换个地方。”

他们回到了中央公园。瓦迪姆的神色有些凝重。难道那句关于帝国大厦飞行员的话惹他生气了？

艾丽斯发现，对伯父而言，谈论世界，就是把自己融入其中。她也要照做才行。她绞尽脑汁想着该问些什么犀利的问题，该作出什么机智的评论。瓦迪姆每次都会中招，然后自己开始一场新的独白。她觉得很好笑，即便她并不是全部能听懂。他咒骂完这个又去咒骂那个。他喜欢针对一个叫罗纳德·里根的人，这位演员[1]向联邦调查局妥协，向后者告发了他曾经担任过主席的一个组织内部里面所有开展过的共产主义活动。瓦迪姆对想要和法国商讨的胡志明一肚子怀疑：这个人一边做出一副善良的模样，一边处决着异见人士。艾丽斯现在明白为什么伯父会对共产主义，以及世界各地的极端主义持有恐惧。瓦迪姆还责怪英国人在中东一副“英国人的做派”。艾丽斯问他这是什么意思：

“没有人比英国人更虚伪了……他们什么话也说不清楚，还总是想把责任推到其他人身上……顺其自然……道貌岸然！”

“可他们不是参与登陆了吗？”

“别提了……要是没有美国人……”

“我知道……”艾丽斯打断他，“都是美国人的功劳，不是英国人，不是法国人，也不是苏联人……我有个朋友一定和您聊得来……他和您想的一样。”

“那他一定是个好小伙！不像那些虚伪的家伙！”

然后他又开始了！苏联人都是骗子和强奸犯，法国人都是醉醺醺的卖国贼……然后说到联合国时：

“你给我讲讲一支无权打仗的军队算怎么回事？你说战争地区谁需要这玩意儿？我说这些家伙真该醒醒了！”

艾丽斯笑得前仰后合，但她总有些害怕被别人听到：这可不是在公园里该说的话。她时不时看看四周，确保没人听得懂法语。有一天，两个说着德语的男人从他们面前走过，艾丽斯和瓦

① 罗纳德·里根（美国第49、50届总统）从1937年到1964年间，共出演了50多部电影。

迪姆吓了一跳。几分钟后，当这些陌生人的声音消失在公园里的嘈杂声中时，艾丽斯和瓦迪姆异口同声地小声说道：

“臭德国佬！”

他们俩哈哈大笑起来。

“居然在这儿都不让咱们安宁，可恶！”

艾丽斯笑得更厉害了。

“好了，咱们回去吧，姑娘。”

正如艾丽斯预感的那样，瓦迪姆并不是坏人。那只是他为了不让别人招惹他而制造出的面具。她常常更多地是在看他说话，而不是听。她喜欢看他发火的样子。他的脸气得通红，一边拍着腿，一边还敲着拐杖。他骂全世界的那些话实在是有趣得很。他是那么无拘无束、自由自在！艾丽斯简直不敢相信自己的眼睛。她一直被教育要措辞恰当，绝不能说粗话脏话……伯父说话却是口无遮拦，好像这很正常一样！仅这一点，就已经让她觉得很神奇了。而且这并不是因为缺乏教养：瓦迪姆是她见过的最有文化的人。在他面前，再复杂的事也变得简单起来。他对她说：

“你要想知道是怎么回事，就问自己三个问题：谁讨厌谁？谁和谁睡了？钱在谁那儿？”

的确是这样。

其他人怎么会不愿意多了解他一些呢？艾丽斯在伯父的身旁，觉得自己变得重要起来了。这个盲人教会了她如何去看。她对自己能有这种想法而感到欣慰。和他在一起时，她便忘记了没有收到妈妈和让-约瑟夫回信的事。已经三个星期没有消息了。每每她独自在卫生间时，便会觉得焦虑不安，这种焦虑甚至会让她产生反胃感。于是她便开始祷告。她想不论如何，万一出了什么事，她一定会知道的。人总是对严重的事情有预感。

她和伯父走得越近，就越是不想和保罗有联系。她才不管他在不在家，或者问不问她问题、想不想多了解一下她呢。至于埃伦，自从baby shower的事过后，她就再也没有跟艾丽斯说过话。艾丽斯总觉得自己妨碍了她。

“她为什么会讨厌我呢？”有一天，她问瓦迪姆。

“她不讨厌你，她只是没法爱你。”

“那是为什么呢？”

“这是大人的事。”

“可是……”

“嘘！嘘！”他打断了她。

艾丽斯发誓她绝不会就此打住的。她只是需要选择一个恰当的时机而已，就像其他事情一样。

*

瓦迪姆一直以来都在不停地听音乐，不过只有当他独自一人的时候。艾丽斯可以在卫生间和埃伦的房间里听见音乐声，但从没有在现场直接听到过。或许音乐是伯父的一个私人秘密？和她化妆的性质有点像？他想在不被别人打扰的情况下做自己喜欢的事。她心里明白，但又觉得失望。她看见他装过一次唱片，仅此一次。她深深地被留声机吸引住了，但伯父却暂停了音乐让她出去。

这些旋律很怪异、很强烈。和让娜听的东西完全不同。艾丽斯还记得养母把她抱在臂弯里的日子，让娜一边哼唱着约瑟芬·贝克的歌，一边摇着怀里的艾丽斯。那些旋律很温柔。瓦迪姆的音乐都是没有歌词的。它们都是由乐器在吟唱，而且都有一种真实宏伟的感觉。艾丽斯想多了解一些。每次等到瓦迪姆转过身去，她就盯着那些专辑封面和他桌上的旧杂志看。这些杂志他早就不看了，但还整理好保存着。这种音乐叫作爵士乐。

爵士乐……单是这名字念起来就很怪异。像爆炸，又像谜团。有一张唱片总在那一堆唱片的最上面，那是一位钢琴家的专辑。艾丽斯看见上面写着：“Blue note——塞隆尼斯·蒙克”。蓝色的音符。好美。简短，但精练。塞隆尼斯·蒙克……这是他的真名吗？好奇怪。在较为显眼的位置，还有一张是迪齐·吉莱斯皮的，一张查理·帕克的。做爵士乐的人怎么都爱起这么怪异的名字？

一天上午，艾丽斯正准备去埃伦房间的时候，瓦迪姆叫住了她：

“姑娘，今天有礼物给你。”

艾丽斯激动得发抖。礼物！她上次收到礼物，还是和让娜一起过的最后一个圣诞节时得到的一只橘子。瓦迪姆会给她买什么礼物呢？布娃娃？还是一本书？瓦迪姆随即打断了她的白日梦：

“把写着查理·帕克的那张唱片放进去吧。”

艾丽斯被搞糊涂了。礼物在哪儿呢？她不情愿地照做了，她把唱片放在留声机上，然后把唱针放了下来。音乐声一下子飘满了整个房间。她感觉有一阵微风在她的身边摆来摆去，令她身不由己。她开始又蹦又跳，不停摇摆着双腿。她想象自己的手里正拿着萨克斯，并假装演奏着这个乐器。

“我说你干吗呢？”瓦迪姆问道，“你就不能安静地听一会儿吗？”

艾丽斯摇摆得更厉害了，似乎这就是她的回答一样，她在伯父的椅子背后跑来跑去，一会儿拍拍他的肩膀，一会儿抓抓他的头发。

“你疯了吗！”

“我喜欢这一段，好像萨克斯在说话一样。”

她觉得不可思议。四周的空间似乎变得更大了！这音乐声仿佛推倒了围墙和天花板。房间突然变成了橙色、蓝色和黄色。音乐结束时，她已经是气喘吁吁了。

“能再听一首吗？”

“这位女士喜欢爵士乐吗？”

“喜欢！”

“那再好不过了。”

瓦迪姆沉默了一会儿，似乎在犹豫是否要向她吐露心声。艾丽斯在他的身边坐了下来，准备洗耳恭听。

“这音乐的背后有某种东西，明白吗？比如弹钢琴的时候，按下两个相邻的键，听到的是半音。爵士乐则是介于这中间的东西，它能和一切融为一体。”

“所以这是一种隐藏起来的音乐吗？”

“在我看来，它具有副作用。”

“我能从中看到许多颜色。”

“你不是唯一一个……”

瓦迪姆告诉她，他听爵士乐的时候，想到的是蓝色。

这其实是个美丽的礼物。音乐可以被人永远保存在心里。艾丽斯走到书桌旁，拿起了另一张唱片。

“阿特·塔特姆。这个能听吗？”

瓦迪姆犹豫了一下。

“换一张吧。”

“为什么？照片上的这位先生看起来很和善啊，虽然他的眼睛有点奇怪。”

“那又怎样？”

瓦迪姆蜷成了一团。

“我说了什么不该说的话吗？”

“习惯了！你哪次不说错话。”

什么话又刺激到他了，竟让他变得这么凶。不过看得出来，他虽然嘴上这么说，但其实心里并没有这么想。但他必须发火，他控制不住他自己。艾丽斯没有顾及伯父的迟疑，把阿特·塔特姆的唱片放进了留声机里。这就是老顽固的下场！唱片封皮上写着“鸳鸯茶”。

“你胆子还真大！”

艾丽斯一边打开留声机，一边咯咯地笑个不停。一听到音乐声，艾丽斯就愣住了。它飞翔着，奔跑着。音符四处游走、游戏，有时又低吟着。它是那对站在梅西百货橱窗前的母女，是舞者，是在室外玩耍的一家人。她的眼前又出现了玛丽和萨利其他的女孩子，学校的操场、跳房子的格子。一只鸟儿在空中盘旋。一只兔子在草坪上飞奔。一只老虎在丛林里跳跃。音乐就是所有的这些。她像是把自己包裹在了一件斗篷之中，不愿再与之分离。

“您怎么会不喜欢阿特·塔特姆呢？”音乐结束时，她问瓦迪姆。

“不知道。卖弄技巧的瞎子，我不喜欢。”

“他看不见吗？”

“差不多吧。”

“那您也会弹钢琴吗？”

“你管好你自己吧，小丫头。”

“我能再放一遍吗？”

这时，阿芒德进来打断了他们：

“该吃饭了。我受不了这噪音了。你俩让我松口气，把这……野蛮的音乐关了吧。”

她刚关上门，艾丽斯和瓦迪姆就笑开了怀。下楼的时候，他们经过钢琴旁边，艾丽斯有了个主意。第二天，她悄悄跑出公寓，找到门卫，问他附近有没有乐器店。不远处有一个她从没听说过的很棒的乐器店。

“要不咱们今天去时代广场吧？”她上楼时跟瓦迪姆提议道。

“干吗？”

“不知道，那里好像很不错。”

她感觉到瓦迪姆起了疑心，于是辩解道：

“是贝特告诉我的……”

“贝特？她去过时代广场？”

艾丽斯咽了咽口水。这理由也太荒谬了……贝特从不出门半步。

“我……我想去。”

“那就去呗！”

刚到地方，艾丽斯的脑中就回想起查理·帕克的旋律。她感觉萨克斯似乎是在描绘身边的这些人，他们的尖叫与欢笑。事实上，爵士乐，就是纽约本身。

她看到那个乐器店就在对面的人行道上。她看见橱窗里摆着吉他、小号，最里面还有钢琴。她领着瓦迪姆向前走，但没有告诉他要带他去哪儿。

“相信我。”

他跟着她走。

他们刚进门，就被各种各样的声音淹没了。新手试弹低音提琴的声音，小孩子敲架子鼓的声音，两个吉他手演奏布鲁斯的声音，还有十几个在不同柜台前转悠的人，他们正在询问营业员哪里可以找到某个曲谱或某种乐器。

“上这里来干吗？”

“我想进来看看。”

“那祝你如愿以偿！”

艾丽斯叹了口气。

“行了，走吧。”

“不走。您跟我来。”

“你把自己当什么了？你以为你说了算吗？”

“您坐下。”

瓦迪姆不知道自己坐在了一架钢琴前面。艾丽斯把琴凳往前推了推，把手放在他的肩膀上指引着他。他没有反抗。他很生气，但看得出他是想弹琴的。

“你想干吗？”

“既然塔特姆能弹，那您一定也能弹。阿芒德跟我说，您以前是位大钢琴家。您肯定还没有忘光。”

“你根本不知道自己在说什么。”

“我倒还真想知道呢！”

艾丽斯把演奏巴赫的那位流浪汉的故事告诉了他，还有她的长笛梦，那些杂活、土豆，还有跑到医生腰包里的给妈妈治病的钱。瓦迪姆一脸惊讶，但他只说了句：

“你要知道，好多人都说巴赫和爵士乐的渊源深远……”

一位营业员打断了他们。他用一口浓厚的美国口音试着和他们用法语交流：

“早上好。原里（谅）我的法语。您需有（要）什么吗？”

艾丽斯很开心，她上过的英语课终于能派上用场了，她回答道：

“No，thank you.”（不用，谢谢你。）

男人对瓦迪姆说：

“兹斯（这是）您女儿吗？她和您长得真像！”

瓦迪姆哈哈大笑，他的笑声中透出一种愤怒。

“不，不，她不是我女儿。”

“哦……”

营业员脸红了，然后便消失在了柜台中。

“有人觉得我是您的女儿……您不觉得很有趣吗？”

“嗯，嗯……确实……悲惨的有趣。”

“为什么？您不喜欢小孩吗？”

“哎！不是这个问题。总之这已经不是问题了……”

“我觉得您一定能成为一个好爸爸。”

“你审问完了吗？”

艾丽斯尴尬不已。她又越界了。

“问完了，对不起。您弹吧。”

瓦迪姆犹豫着，碰了一下中间的琴键。琴键发出声音时，他皱起了眉头。

“怎么了？”艾丽斯问。

“这不是do！”

“哪个是do？我找找。”

“你真烦人！”

不过他还是退让了。他给她描述了琴键的样子，在键盘中间，两个相连的黑色琴键前。艾丽斯把伯父的大拇指放到了上面，他的手其实就在它旁边。瓦迪姆用另一只手抚摸着琴键。他的脸上焕发出了生机，嘴唇微张着，他把手在琴键上贴了好一会儿。接着他无序地弹奏了几个音符，看上去像是在任由手指游动一样。他压了压关节，舒展了几次手掌，深吸了一口气，然后开始弹奏起来。艾丽斯听出这是《鸳鸯茶》的开头。瓦迪姆弹着弹着便微笑了起来。他放缓了速度，但这样很好听。艾丽斯彻底沉浸在了其中。

突然，伯父弹错了一个音。他吃了一惊，双手离开了键盘，好像被键盘烫着了一样。

“没用的……我……我想不起来了。”

“您只要练习一下就好了！”

“小姑娘，有些事情是无能为力的……”

艾丽斯突然听到了一个熟悉的音色：商店的最里面，有人在吹长笛。是巴赫的曲子。流浪汉常演奏的那一曲。她愣住了。说出来是一回事儿，但听见……她想起了她的妈妈，马塞尔先生，让-约瑟夫和其他人。她感到一种可怕的孤独。他们在哪里？他们怎么样了？他们为什么都不给她回信？真是事事不顺，她顿时失去了游玩的心情。他们从商店里出来的时候，瓦迪姆问她：

“你现在想干吗？”

“咱们回去吧，好吗？”

他们在沉默中走了一段路。还没走几步，瓦迪姆便打破了沉默：

“说吧，怎么了，小姑娘？”

“没什么。”

“其他人是没什么，但我知道你不高兴了。怎么回事？因为你爸爸？还是你妈妈？”

“没有。”

“行吧，随你便吧。”

进了麦迪逊大道公寓的电梯里，瓦迪姆似乎迟疑了下，然后说：

“我给你讲讲生活教会我的事。”

他加了一句逗她的话：

“放心，不收你钱。”

艾丽斯偷笑了一下。

“人们都说要想知道往哪里去，就得知道从哪里来，这两件事决定了你是谁。全是胡诌瞎扯。只有一件事是真的，那就是当下，你现在、此刻正在经历的事情。说自己知道下一步往哪儿走的人，那都是自己骗自己！”

“可……”

“嘘，老师说话的时候别插嘴！”

他接着说：

“你不是唯一想弄明白怎么回事的人。没人知道是怎么回事，这种情况令人抓狂。还有人把一生都花在上面了！比如马克思。你知道马克思是谁吗？知道共产主义吗？”

“好像知道……”

“他想创造一套让世界变得合理公平的体系。理论是美好的，但他忘了实践中，没有任何事能原封不动地按计划进行。懂吗？”

他没有等艾丽斯回答。

“大家都在找拯救自我的方法！为什么呢？”

“我不知道。”

“因为大家都害怕真相。没有什么需要弄明白的，该是什么样就是什么样。生活有时候很甜蜜，大家过得很自在，有时候又苦涩得很。”

“那人该怎么做呢？”

瓦迪姆深深地吸了一口气。他抿了抿嘴唇，说：

“尽情跟着爵士乐摇摆吧。”

*

跟着爵士乐摇摆……瓦迪姆的话在艾丽斯的脑海中挥之不去。早就到该睡觉的时间了，但她却毫无困意。她在床上翻来覆去，情绪越来越焦躁。

“你这是备战奥运呢？干吗动来动去的？”

“我睡不着。”

她思念她的妈妈。这天晚上，她甚至没能把信写完。没有收到回信的事令她沮丧不已。只要她一闭上眼睛，就能看见迪亚娜和让娜的样子，还有所有那些她远离的人。

“我不喜欢睡觉。”

“我喜欢死了……”

艾丽斯知道伯父说这话是为了能让她闭嘴。

“为什么？”

“什么为什么？”

“您为什么喜欢睡觉？”

瓦迪姆叹了口气：

“因为在梦里，我什么都能看见。”

艾丽斯咬紧了嘴唇。为什么她说话之前从来不动脑子呢？她又想起了箱子里那些照片，想起了她偷偷看过的医疗档案。她又想起了那些词：意外事故，失明，不可逆转。她对瓦迪姆了解得越多，就越是不明白为什么这种事会发生在他的身上。

“生活真不公平。”

“我不觉得。生活是艰难的……但其他的，都是顺其自然罢

了。”

“为什么？”

“公平是人类的创造，自然就是自然。”

“您这话是什么意思？”

“你不可能让自然变得文明。公平，不是个自然的东西，就是这个意思。”

艾丽斯思考了一会儿，但她还是无法理解伯父的话。她觉得很愤怒，她不相信自己所经历的一切是正常的。如果公平不存在，那么她的一生难道都要在这种混乱中度过吗？

“我担心我妈妈。”

“正常。”

“他们不让我碰她。我必须隔着玻璃跟她说话。这不是自然，这就是不公平。”

瓦迪姆没有回答。

“打仗之前，我妈妈就已经这么悲伤了吗？”

“没有人是完全悲伤的，也没有人是完全快乐的。”

“您干吗这么模棱两可？”

“因为我不了解她。”

艾丽斯很失望。她不相信。每次她一问到关于妈妈的事，伯父的声音就变得沙哑起来。

“战争是什么样的？”

“愚蠢！”

“到底是什么样的？”

“每个人经历的战争都是不一样的……”

“那您呢，您印象最深的是什么？”

“这取决于在哪里了……这十五六年里的战争多得数不清……”

艾丽斯想起了格尔达在西班牙拍的那张里面有安德烈的照片，还有那些在同一个地点拍摄的士兵的照片。让娜跟她讲阿尔芒的事情时，曾经提到过。而且《目光》杂志里还有一篇相关的文章。

“是在西班牙，对吗？”

“对，也有。我没猜错的话，你是不打算让我睡觉了对吧。”

瓦迪姆的语气里有一丝生气。艾丽斯不想烦他，但她实在抑制不住自己的好奇心：

“怎么……”

她没有说完。她知道这个问题可能会惹他生气，但她还是想知道：

“您是怎么受伤的？”

瓦迪姆表面上抱怨了一声，但他似乎从一开始就预料到这个问题了。虽然他并不想谈论这个话题，但他知道，艾丽斯早晚还会再问的。他把来龙去脉全告诉了她。船，远处的海岸，阴沉的天空，白茫茫的大海，近在眼前的奥马哈海滩，那整整六公里的沙滩上布满了地雷。瓦迪姆紧攥着相机，这将是他一生中最重要的报道。跟进霸王行动！这是个独一无二的机会……最令他震惊的，是看着第116步兵团的这些小伙子一头雾水，他们还不知道自己的使命。他们的眼神空洞。大部分人都不会游泳，而且比起倒在敌人的枪口下，他们更害怕溺水而亡。所有人都重复着指令，点燃最后一支香烟，祷告着，思念着他们的母亲、妻子。他们坐立不安、屏气敛息。有些人甚至呕吐了起来。

“太疯狂了……那些家伙全都一样。我常常不经意地跟他们说：‘Salud, camarada. Por los cojones.’我在西班牙时常这么说。”

“是什么意思？”

“‘保重，同志！去他妈的！’要知道恐惧是不分国籍的。”

但必须要跳船了。炮弹突然像雨点一样砸了下来。到处是缺胳膊少腿、被射杀的人。然后，眼前一片漆黑。

“事情发生后那一个星期里的事，我一点儿也不记得了。我跳了，然后撞上了什么东西，很锋利，我只觉得眼睛发疼，然后就什么都不知道了。”

他停顿了一会儿，接着说：

“我无权享受，就是这样。”

“享受什么？”

“本该属于我的生活。”

艾丽斯不知道该说些什么，好像并没有什么需要补充的。她难以相信他竟一五一十地全部说出来了。她激动不已。直到现在，从来没有大人回答过她的问题。而瓦迪姆竟然开口了。

*

艾丽斯在埃伦房间里化妆的时候，突然被一楼的钢琴声打断了。是《鸳鸯茶》。是瓦迪姆在弹琴。她的嘴角扬了起来。每一个音符都令她乐不可言。瓦迪姆和昨天一样，在同一处弹错了。

片刻的寂静后，音乐声重又响了起来。他在练习！他接受了弹错的事实。听到伯父弹钢琴，她怎么会如此高兴呢？这并没有解决她自己的任何问题，但这一切都是她的功劳。

她想下楼去找他，于是便在梳妆台的抽屉里寻找着卸妆油。她看见了一件粉红色的婴儿包衣。她把抽屉又往外拉了一些，然后发现里面放着一个她从未注意过的小盒子。盒子里面装着一些编织的婴儿袜子，各种颜色大小都有。埃伦怀孕了吗？那她怎么还会一听见别人谈论婴儿的事就生气呢？或许她并不想当妈妈？还是她曾经有过小孩，但后来夭折了？这个想法令她不寒而栗。这太可怕了，但很多事又能因此说得通了。她关上了抽屉，走出了房间。

她走近钢琴时，瓦迪姆的双手正贴在键盘上，他因为总是弹错而懊恼不已。他没有听见艾丽斯的脚步声，她则倾向于等他冷静下来再跟他说话。他又从头开始弹起那首曲子，这一次，他总算完整地弹完了。虽然不如塔特姆弹的流畅，但音色却比他的更美。这旋律像爵士乐一样摆动着。艾丽斯鼓起了掌，把瓦迪姆吓了一跳。

“你应该告诉我一声的。”

“我刚刚过来。特别好听。”

“是吗？”

他又弹了一会儿，然后他们便出门散步去了。

“埃伦怀孕了吗？”

“你问这个干什么？”

“还是说她曾经失去过小孩？”

“埃伦从没有过小孩！你想什么呢？”

艾丽斯松了一口气。她犹豫了一会儿，还是决定把她的发现告诉伯父。毕竟，他早就知道她跑到她继母房间里的事了。

“这个漂亮的女人有缺陷。”

“为什么？”

“她生不出小孩，还因为这事找所有人的麻烦。”

瓦迪姆叹着气，他好像突然很生气：

“早晚有一天，这女人会把气撒在咱们身上的。我早就说过这女人不好惹！你可得离她远点，千万别跟她说什么知心话。”

艾丽斯愣住了。

“怎么了？我说什么了？”瓦迪姆问她。

“她怎么会生不出小孩呢？”

“你这个年纪，还不知道得有种子才能发芽吗？”

艾丽斯的手心冒着汗。

“呃……知道。那为什么埃伦不行呢？”

“有时候就是不行，没办法。可能是男人的原因，也可能是女人的原因……或者两者都有。但你在这里，说明问题不在保罗。”

“所以她才不喜欢我吗？”

“对咯！”

虽然这个消息令艾丽斯感到不快，但她好像放下了心中的一块大石头：她并没有做错什么。

他们偷偷回到公寓里时，听到有人正在争吵。他们两个站在门口不敢轻举妄动。过了几秒，他们听出来是埃伦和保罗在争论：这两人在几米以外的办公室里。艾丽斯和瓦迪姆不能再出门了，因为关门的声音会让他们暴露。他俩也不能上楼回房间，因为那样的话必须从这对正在气头上的夫妻面前经过。他们听见保罗大声喊着：

“你这个人也是，我怎么能知道是今天？”

“Because I told you!”（因为我跟你说过的！）

“那你说！医生怎么说的？”

埃伦低声说：

“Everything is fine.”（一切正常。）

“那不是很好吗！那你还生什么气呢？”

埃伦又说起了法语：

“保罗，你没明白。我一切正常！”

艾丽斯马上明白了他们在说什么。或许是瓦迪姆搞错了？

“我又不傻！”保罗提高音调答道，“这是个好消息，不是吗？”

她叹了口气。

“你怎么能确定你是那个女人生命里唯一的男人？”

“你这些问题怎么没完没了！医生说你身体没问题，那我们再接着试不就行了吗！还想怎么样？”

艾丽斯突然觉得脸上火辣辣的。她无意间在保罗和埃伦房间里看到的那一幕又浮现在了眼前。她悄悄地转过脸去，不想让瓦迪姆感觉到她的尴尬，不然他一定会问她许多问题的。她偷偷地看了伯父一眼，但他根本没有注意她。他正全神贯注地听着他们吵架。他似乎为刚刚听到的内容而感到困扰。或许他很爱他的弟弟，却不愿意承认？埃伦又生气起来，她用英语回答了些什么，艾丽斯没有听懂，保罗反驳道：

“你到底想干什么？他说你身体没事，这不是再好不过了吗！你怎么还高兴不起来呢？”

艾丽斯听到了埃伦的哭声，这让她心如刀绞。她讨厌看到别人伤心难过。她的继母似乎一直处于痛苦当中。

“保罗，你敢发誓，你从没怀疑过这个小女孩的存在吗？”

艾丽斯觉得自己好像被电流击中了一样。

“天哪，你不至于每个星期都要问一次吧！我不是说过没有了吗！”

瓦迪姆向后退了一步，他想拉上艾丽斯。她阻止了他。现在让她走开是不可能的。

“埃伦，我受不了你这样胡闹了。我还有别的事情要处理。你父亲那边的进展太缓慢了，你是知道的。你应该给他打个电话，为什么拖到现在还不打？你也没有忙到没空打电话的程度吧！我提醒你，这事也关系到你！”

“你从没考虑过这件事的可能性吗？我是说和那个女人有小孩的可能性？”埃伦打断了他。

“我怎么能知道！我跟你同时得知的这件事，你又不是不知道！”他喊着。

电话铃声响了。保罗拿起了电话：

“你好，父亲。”

艾丽斯知道电话那头是亨利，她从未谋面的爷爷。她在卫生间垃圾桶里发现的那封被撕碎的信，就是他写的。

保罗小声地说着什么，埃伦气冲冲地回了他一句，然后摔上办公室的门出来了。艾丽斯和瓦迪姆躲在小圆桌的后面，希望不要被她看见。埃伦径直回了房间，她泪流满面，根本没有注意到其他的事。瓦迪姆示意艾丽斯：是时候回家了。他们站了起来。艾丽斯把入口的门砰地一声关上。她小声问：

“你说他们会一直这样生气下去吗？”

瓦迪姆似乎陷入了思考。

“嗯？”

“保罗和埃伦？他们会一直生气下去吗？”

“不，不会的……别担心。”

这时，阿芒德过来了。

“马上要吃午餐了。”

艾丽斯牵着伯父的手，准备领他去餐厅时，突然传来了一声巨响。办公室里有人把什么东西摔坏了。保罗出来了，他气得满脸通红。他看到他们三个站在门口，吃了一惊。他试着不让他们看出异样。他告诉阿芒德自己不吃午餐了，另外电话坏了。他前脚刚走，埃伦就把管家叫了过去：她说她实在不舒服，今天一天都会待在房间里。

艾丽斯和瓦迪姆孤零零地坐在了餐桌前。这倒是很合艾丽斯的心意：她脑中的问题太多了。自从她看过了那张医院的表格，就不停地想着这件事，她还没有找到机会问个究竟。她不能问得太直接，否则就把自己给出卖了。她要迂回达到目的。她假装天真地问：

“可是，如果你和保罗是一个妈妈生的话，那亨利应该是你俩共同的爸爸吧？”

“不是。亨利是我母亲的第二任丈夫。我先给你说清楚，我不会跟你详细解释这件事的。”

艾丽斯低下了头。过了几分钟，她意识到这并不是她真正想问的，她又找回了自己的问题线：

“保罗离开，是因为他和亨利吵架了吗？”

“应该是。”瓦迪姆回答道。

“为什么呢？”

“没什么好说的，因为钱。”

“怎么会呢？”

谈及亨利和保罗的事，瓦迪姆显然一副厌烦的样子。

“亨利·达尔尼这人吧，很特别。他是我继父，对我的方式无可厚非，我也说不出他哪里不好。我只知道，他一直在等待一个还他公平的机会，就像他自己说的那样。”

“我没听懂。”

瓦迪姆叹了口气。他拿叉子叉了一块肉，然后嘴里一边咀嚼着，一边接着说：

“亨利有个新计划，他需要埃伦的父亲哈特菲尔德帮忙，跟美国人一起做事没那么简单……尤其是像哈特菲尔德这家一样的纯正美国人！你看见埃伦了吗？她父亲是她的十倍！总之，对于亨利来讲，现在可不是保罗和埃伦吵架的好时机……”

瓦迪姆说，他的继父亨利对物理学很痴迷，他年轻时梦想能做一辈子的研究，但他很快意识到资助这方面的研究可以让他赚得更多，他只要从那些发现里找出一些与众不同的东西就行了。瓦迪姆说，亨利是个有手腕的人，而且为人处事的能力很受待见，几十年里，他的洞察力从来没有令他自己失望过。

“但这都是他小儿子有‘想法’之前的事了。”

保罗承诺他父亲可以通过一个协会，和他跑马场的朋友一起稳赚一笔。那是一个和小汽车有关的项目，也叫次紧凑型车，据说一定会被抢购一空。

“那是个无底洞。不出几个月，亨利的大部分财产就被挥霍一空了。从那时起他就对他儿子一肚子的火！他们之所以还联系，是因为保罗娶了埃伦·哈特菲尔德，因为埃伦的背后有一个身价百万的父亲、罐头行业的老大。”

瓦迪姆详细讲述了亨利的计划。那一年，有两个发明重又激发了他的野心。当年2月，一个叫埃德温·兰德的美国人发明了第一台宝丽来相机，这种相机几乎可以同时实现拍摄、成像和印刷三个功能。亨利被深深地吸引了，他认为这个发明也许会给千家万户带去翻天覆地的变化。他深信这件事一定会被电视报道的！他差一点就投资了，但就在最后一刻，他又看中了另一个机会，一个前所未有的令他动心的机会。有人跟他透露了一个秘密。他有个在贝尔实验室工作的朋友告诉他，科学家即将革新电子技术。有个新发明名字还没有定下来：锗半导体三极管，面态三极管，晶体三极管，固态三极管，微型真空管，晶体管。亨利更倾向于“晶体管”这个名字。

“总之，这东西可以用于调制信号，检波和稳压。”

在亨利看来，这就是一场革命，它将是所有工业历史上不可逆转的一个转折点。

“问题是，在美国，没有美国的合作伙伴是做不成生意的……虽然亨利和保罗已经在这里住了十年了，但他们依然不值得别人信任。”

“总之他就是需要埃伦爸爸的帮助。”艾丽斯打断他说。

“你听明白了！我没猜错的话，这事要么过几个星期就要签约敲定了，要么就彻底没戏了。”

艾丽斯又想起在卫生间里看到的那些话。亨利让保罗在两个星期之内把问题处理好。瓦迪姆说的是对的。可从现在起，情况将会变得越来越糟。她终于明白了一点，但她一点也不欣慰。这拼图里还缺那么几块，不过她已经看清了整体。亨利不喜欢她是因为埃伦不喜欢她。她的继母从她的身上看到了自己不能怀孕的事实。所以，埃伦对保罗心生怨恨，而保罗又转而去怨艾丽斯，因为是她搅乱了局面。其实，她在给所有人添麻烦。艾丽斯觉得十分愤怒。简直就是一片混乱！这些虚伪的人！而她只是想和妈妈、朋友们在一起而已。

“我真不知道自己为什么会在这里。”

“我也是！”瓦迪姆回答道。

*

第二天早晨，埃伦很早便出了门。她走的时候戴着墨镜，没有停下来跟艾丽斯说再见。她应该是又和保罗吵架了。艾丽斯越想越觉得这些事情荒唐得很。她为妈妈感到担心，这种事才会让人想要哭鼻子。这天晚上，她给妈妈写了一封长信，她给马塞尔先生也写了一封，要求他解释清楚，为什么大家都像在装死一样。或许她还要给莱亚女士写一封信！对了，还有巴容女士！花五分钟的时间跟她讲讲巴黎现在的情况，难道就这么难吗？他们不为她担心是一回事，但他们至少也应该把事态的进展告诉她吧。

而且，这还没有完。她受够了这些有关她爸爸和妈妈的秘密了，只有知道真相才能让她的内心平静下来。这些事成天困扰着她，甚至会让她在深夜里惊醒。阿芒德命令艾丽斯吃饭，但她一点也不饿。今天，她下定决心，要让瓦迪姆把他知道的所有关于迪亚娜的事情全告诉她。就算他跟她不熟，但他至少谈到过她！他可以跟她讲讲，她妈妈在被战争摧毁前是什么样子，回忆一下他跟她说过的话，或者讲讲她和保罗是怎么相识的，这些事情兄弟之间一定互相倾诉过……这个决定就像是颗定心丸，然后她才同意吃了几口饭。

她一边咀嚼着，一边在心里整理着要问瓦迪姆的问题，这时她爸爸眉头紧锁地来到了厨房。他让她跟他去办公室一趟。艾丽斯过了好一会儿才反应过来。爸爸想要跟她独处一会儿……真是意想不到的惊喜！难道他是想和她一起玩纸牌吗？还是他想告诉她，她的出现给他们造成了困扰？她已经做好了一切心理准备，只要他们跟她说实话就好。埃伦是因此才一脸不快地离开的吗？她一定不想让艾丽斯和保罗变得亲近。

“你坐吧。”她爸爸指着他书桌对面的扶手椅说。

保罗端正笔直地坐在椅子上。艾丽斯浑身发抖。情况不对劲。爸爸十分冷漠，并不是想要畅谈的样子。她努力掩藏起自己的担忧，强迫自己微笑着坐下。爸爸沉默了一会儿，然后清了清嗓子，眼睛盯着办公桌，说：

“艾丽斯，你也知道，你的到来让这个家发生了天翻地覆的变化。阿芒德现在年纪也大了，你是不是可以给她帮把手呢？”

“给她帮把手？”

“对，至少收拾好你的东西，还有你的房间……”

她的爸爸叫她过来就是为了让她打扫她和瓦迪姆两个人的房间：他们的房间，他们的卫生间。还要她多为家里做些事，这明明就是暗指家务活和做饭的事。艾丽斯攥紧了拳头。她使出了全身的力气，好不容易才点了点头。很好，爸爸想让她做什么，她就去做。保罗似乎很尴尬。他犹豫着要不要再说些什么，但艾丽斯实在是太生他的气了，她不想给他留下任何装好人的机会。如果他决定在亨利的威胁下退缩，随便。这个懦夫！他不配找借口做出任何解释。她走出办公室并关上了门。刚一出门，她的气就不打一处来。愤怒的感觉十分强烈，好像她的体内有人在到处敲打想要跑出来一样。她想要砸墙、砸杯子、花瓶。她必须要做些什么。她进了埃伦和保罗的房间，径直走向衣橱。她要拿走他们的一些东西。快，一条裙子，一支口红，她要拿走某样东西，自己留着，让他们再也见不到！或者直接把这东西彻底毁掉！

正当她在一堆衣服里面翻来找去时，她看见了它们。

在一堆衣服的最下面，自从来到这里后，她给妈妈和让-约瑟夫写的所有那些信，都出现在了她的眼前。埃伦根本没有把它们寄出去。她的双手开始颤抖，耳朵嗡嗡作响，令她头晕眼花。坐下。呼吸。妈妈怎么办？她一定以为艾丽斯毫不关心她的病情，还有她的死活！艾丽斯想起了那些她推敲了半天才写下的最温柔的词句。还有让-约瑟夫呢？他一定认为她把他忘记了。埃伦为什么要这么做？

她根本懒得去问了。她必须回法国去，告诉妈妈，每一天她都在思念着她。离开这里，这就是她要做的事。虽然这样她就不能多了解爸爸一些了，不过随便吧，反正他也没有这个意思。她成不了美国人了，也成不了巴容女士想象中的那个战后美好童话里的女主角了。她被这些乱七八糟的事情折腾得精疲力尽。但要想停止这一切，就必须付诸行动。

如何离开呢？她的英语说得不够好，而且没人会让她独自乘船或坐飞机离开的。就算可以，她拿什么钱去买票呢？方法显然只有一个：瓦迪姆。不过这里面的不确定因素太多了。虽然他最近这些日子平和了许多，但他不见得会同意的。但这些信……她可是把全部的爱都写在了里面啊……

她回了房间，摔上了门。吃了一惊的瓦迪姆嘲讽了她几句，但她根本没有听进去。

“咱们得离开这里。”

“什么？你现在就想去散步了吗？”

“不是。我想回法国。我没法一个人走。你和我一起走吧。”

她用“你”称呼了他。自然而然的。她为自己的决绝感到震惊。瓦迪姆突然哈哈大笑起来。

“咱俩一起走？”

他笑得更厉害了，然后接着说：

“‘小女孩和瞎子逃离新世界’。好片子，不过还是算了吧，我不适合。”

她得动摇他才行。这会伤到他的心，但她别无选择。就像耳朵里有一个声音似的，她脱口而出：“你瞎了，看不见了，那又怎样？你想要的是什么？躲在这里听唱片吗？”她拿起一张唱片，把它摔在地上，一脚踩成了两半。“行啊，唱片没了！”瓦迪姆想反驳，但被艾丽斯打断了。

“你不懂。我必须回去见我妈妈！”

她的脑海里不停回响着：我妈妈快死了，可她还不知道我有多爱她。但这话她不能说。她必须和迪亚娜说上话，让妈妈告诉她，除了妈妈之外，没人能给她的那些答案。

“还有你，你留在这里能干什么？做阿芒德的负担吗？一辈子闻她的汗臭味儿？这才叫没出息呢！跟我一起走，让他们自己玩自己的去吧。”

瓦迪姆的嘴张得很大，一脸惊愕。

“怎么样？走不走？”

*

艾丽斯走在麦迪逊大道公寓前的人行道上，感觉心跳越来越快。她的胸腔似乎一张一合的。这二十四小时过去得太快了……虽然她觉得下定决心离开这里好像是几个星期之前的事一样。要解决的问题太多了……最难的才刚刚开始，而她已经是精疲力尽了。

她不得不安抚瓦迪姆。他的内心是那么矛盾……他觉得自己很没用，然而又犹豫着是否要抓住这个改变人生的机会。他好像很害怕独自决定自己的前程似的。他三番五次地对她说，她年纪太小了意识不到，他没有能力监管一个十岁的小女孩。艾丽斯并没有要求他照顾她。他这是自己在给自己找借口。她妈妈已经一个月没有她的消息了，也没有给她报平安。事态危急。必须现在就回去。

他也许觉得她说得有道理，然后就又开始就实际面临的困难做文章：他们怎么才能拿回护照呢？用什么钱支付旅费？如何躲开一定早早就接到了通知的警察？从哪里走？飞机太贵了，下一班船什么时候开？抵达法国后，如何去巴黎呢？不过这些问题的答案，艾丽斯都找到了，虽然有时她也没有把握，但短短几分钟之内，她便想出了对策。

“好，好，你都想到了……那……你没想到的呢？”

“咱们一出发，这些就都无所谓了。”

瓦迪姆没有反驳。他的那些借口都不成立。离开这里是板上钉钉的事了，他们只剩下几个小时来筹划逃离行动，剩下的一切就都听天由命吧。

虽然艾丽斯需要完成的任务很清晰，但行动起来却没有那么简单。她不得不在走廊上徘徊了一个小时，才寻找到恰当的时机潜入埃伦和保罗的房间。她的继母终于下楼了，她吩咐完贝特和阿芒德要做的事，就出门去了理发店。艾丽斯必须拿到她和瓦迪姆所列的清单上的东西。她伯父记得保罗有一个为了困难时期预备的小储蓄箱。他一直保有这个习惯。这个小箱子应该就在他房间的某个角落里。另外，保罗总是把“官方”文件整理在保险箱里，保险箱的钥匙在一个蓝色的饼干盒子里，他一直都把这个盒子存放在厨房里，它应该还在那儿。保罗从小就保存着这个盒子，他把它带到了美国。艾丽斯要等到贝特转过身时，把它拿到。

晚上，她假装要帮厨师洗碗。毕竟是她爸爸要求她这么做的……贝特让她负责把杯子和盘子都擦干。艾丽斯等待着时机的到来，但这位大厨一直在监督着她。贝特在背后盯着她，她怎么能在厨房里翻箱倒柜呢？得想个办法转移她的视线。盘子几分钟就擦完了。还剩七个杯子，然后就彻底没戏了……她有了个主意：打破一个杯子，然后割破手指。她心里害怕极了。万一很疼怎么办？或者流太多血怎么办？但她妈妈……她一想到她妈妈的脸，马上就有了勇气。她闭上眼，松开一只水杯，把一块玻璃碎片插进了手指里。

她尖叫起来。面容失色的贝特赶快跑去找创可贴。艾丽斯只有几分钟的时间。她先看了看碗橱里，没有。冰箱里，没有。水池下面，也没有。她抬起头仰望天空。“上帝，帮帮我吧。”她刚要灰心丧气，便看见最高的架子上面有一摞煮锅，它们的后面有一个小小的蓝色盒子。她爬上椅子把它拿了下来。里面有一把钥匙。艾丽斯高兴地跳了起来，就像找到了宝藏一样。过了一会儿，她才意识到手指流的血比她想象的还要多。她用水冲了冲，鲜血消失在了水池里，这让她想起了妈妈用过的那些纸巾。的确是时候离开了。

第二天早晨，行动必须要迅速。虽然艾丽斯每天都偷偷地溜进埃伦的房间，但今天却是最有挑战性的一次。她的未来都取决于此。她感到呼吸困难。她马上要实施盗窃了，而这是一项严重的罪孽。“上帝，请原谅我。”她眨了眨眼，或许眨了十余次，才鼓起勇气打开了瓦迪姆说的那个抽屉。然后她说服了自己：如果要下地狱，那也要先见到妈妈一面再去。抽屉里空空如也。她把抽屉全部都拉开来，才找到了猎物。她扑向保罗的保险箱，用蓝盒子里的钥匙把它打开，拿出了她和伯父的护照。最后，她确认好房间里一切如常，才气喘吁吁地跑回到伯父身边。

“我拿到护照了，它们在衣橱里。你说对了，我爸爸确实藏了私房钱，但不是在床底下，而是在内裤里。两千美元呢！阿芒德出门去采购时，咱们就走。要是路上遇见了贝特，咱们就跟她说是出门散步，或者直接冲出去。”

瓦迪姆消极地点了点头。她没有给他留改变主意的时间。

“咱们什么也不能带，不然会显得很可疑。我给你带了两件马球衫和三条内裤，你把夹克穿在身上。”

“热死了。”瓦迪姆抱怨道。

“船上冷。”

“还有我的箱子。”

“什么箱子？”

“床底下那个。还有我的徕卡相机。”

“干吗用的？”

瓦迪姆看上去很生气。艾丽斯试图为自己辩解道：

“太重了……”

“不带我就不走了！”

她叹着气，同意拿上了他的箱子和徕卡相机。不带迪娜的书也是不可能的。这些东西加在一起十分沉重，但她别无选择。她会有办法把它们都搬走的。她犹豫着要不要把那些信带上，不过最后还是放弃了：最好不要引人注意。谁知道埃伦为什么要留着它们。出发之前，万一她发现它们消失了，就会全明白了。算了，艾丽斯会和妈妈面对面说上话的。下一班从纽约出发的船是下午四点启航，这之前没人会找到他们的。今天，他们就要回法国去了。

四

蓝色笔记本

13

纽约，1947年5月底

艾丽斯寻找着开往港口的公共汽车。她和瓦迪姆到了地方就去买票，然后尽量在不引人注目的情况下登船。他们能成功躲过别人的目光吗？她越想越怀疑：一个提着大箱子、身上还背着两个满满当当的大包的小孩，箱子里还装着钱和护照，和一个手里拄着白色拐杖、脖子上骄傲地挂着一台徕卡相机的盲人……她唉声叹气。不管怎样，他们也没别的选择了。现在最要紧的是找到该死的公交站台！她的手臂被行李勒得已经开始疼了。每走一步，疼痛感都会加剧。她不敢想象她到巴黎时会成什么样……站台到底在哪儿？他们时间充裕，但也不能浪费一分一秒。艾丽斯虽然上过英语课，但她还是看不懂她找到的这张城市地图。或许是因为心中忧虑的缘故？

“怎么样了？”瓦迪姆抱怨道。

“嘘！我正专心找呢。”

“要我说，就不应该这么做。”

“应该的，你知道的。不管怎样，咱们也没什么可损失的。”

“谁都有可损失的。我说这话是最无可厚非的……”

艾丽斯没有回答。瓦迪姆需要释放他的焦虑，还是不去在意为好。

“这个主意也太糟糕了。你说，万一咱们连公交车都找不到怎么办？”

“肯定在那边……”她一边说，一边拖着伯父往前走。

艾丽斯想找个路人问下路，但瓦迪姆一定会以为她什么都不行，还是放弃算了。她决定跟着感觉走。先直走，然后向右转，到第四十五街。

她不敢相信自己的眼睛。他们的运气也太差了吧？她惊恐地攥紧了瓦迪姆的手。

“怎么了？出什么事了？”他问道。

阿芒德挎着一个装着蔬菜、肉和麦片的篮子，站在了他们的面前。她刚刚采购回来。艾丽斯不知道他们走的是她回家的路，她从没有跟管家一起去买过东西。看到他们，阿芒德的嘴张成了一个“O”形。

“你们不能离开公园的！”

如果她知道……艾丽斯又想起和伯父一起走过的那些地方，嘴角露出了一丝微笑。但好景不长。心里的恐慌让她不知所措，她已经失去了思考的能力。

“我们想去别的地方看看……”她吞吞吐吐地说。

阿芒德向后退了一步，皱着眉头打量着他们的背包和箱子，艾丽斯的脸色变了。瓦迪姆的手心湿了，他明白了眼前正在发生的事。他们得回家去，然后还得面对一系列的争吵和惩罚。不能这么快！不能就这样结束了！

艾丽斯看见有一辆公交车从对面朝着他们身后的方向开了过来。她立即反应过来：这是他们唯一的机会。她深吸了一口气。“上帝，请您先原谅我。”她抢过阿芒德的篮子，把它倒在了地上。西红柿在地上滚来滚去，芹菜被摔成了几段，包着肉的纸也烂了，牛排散落得遍地都是。阿芒德目瞪口呆，束手无策地看着她刚买的东西全被糟蹋坏了。过了几秒，她弯下腰去捡葱。艾丽斯则把她推翻在地。管家在一堆蔬菜中间摔了个四脚朝天。艾丽斯抓起瓦迪姆的手。前方几米处的公交车正要重新发动。她拉着伯父开始跑了起来。她用右手全力拍打着公交车的车身，大喊着：

“等等！”

瓦迪姆帮腔道：

“Wait！ Please！”（请等一下！）

艾丽斯和坐在车后方的一个男人四目交汇，她打着手势请求他的帮助。他喊住了司机。公交车停了下来，车门打开了。他们坐到了最后面，并在经过年轻男人面前时向他道了谢。艾丽斯透过车窗看到阿芒德正向他们挥舞着拳头。管家满脸通红，几绺头发从她的发髻中散落下来，盖在她的脸上，看上去像是个愤怒的流浪汉。

艾丽斯觉得难以置信，她竟然是这一切的始作俑者。她和流氓混混真没什么两样。公交车渐行渐远，阿芒德的身影变得越来越小，艾丽斯的呼吸则越来越急促。万一她弄伤了阿芒德怎么办？万一阿芒德的脑袋撞到了地，留下了致命的伤痕怎么办？她找着借口来安慰自己：她别无选择。但身体里的另一个声音却悄悄告诉她，她完全可以留下来把事情解释清楚。公共汽车在第三大道路口转了个弯。阿芒德消失了，但艾丽斯仍觉得心里很别扭。

“我没搞错的话，咱们这是彻底潜逃了？”

瓦迪姆看上去很担忧。他觉得阿芒德会通知保罗和埃伦，他们一定会立即报警的。

“你让我成什么人了！现在怎么办？”

“改变计划，只能这么办。”她被自己的沉着冷静吓了一跳。

“哪里有别的船可以坐？”她接着说。

“我不知道！”

“你想想！我又不了解这个国家！”

瓦迪姆思索着。

“波士顿。”

艾丽斯现在只想问问司机，这车会把他们带到哪里。这显然不是他们要去的方向。他们必须赶在警察开始搜查之前，到火车站坐上车去波士顿。虽然瓦迪姆怒气冲冲，但他还是去问了路。和散步的时候一样，他告诉艾丽斯大致应该怎么走，然后由她自己想办法给他领路。

艾丽斯在火车站盯着信息显示牌，下一班去波士顿的火车要几小时后才会开。不可能的，他们不能在这里等上那么久，一定会被人发现的。艾丽斯读着即将离开的火车目的地：大西洋城、汤姆斯里弗、福尔里弗、科德角……

“科德角！这里。”瓦迪姆打断她，“咱们可以从那儿去波士顿。”

他们上了火车，车几分钟后就要开了。他们终于要去某个地方了。艾丽斯感到心满意足。当然，最难的还在后面，但她已经到了正确的地方，正要去往想去的方向。这样真好。瓦迪姆和她沉默了许久，两人都一言不发。

艾丽斯看着车窗外滑过的风景，想起了她坐过的那些火车：离开萨莉的火车，还有和让-约瑟夫一起去蒙费梅伊坐的火车。她想要顺其自然，不再被迫做出选择，不再有各种各样的问题，只要静静地等待就好。城市一点点地消失不见了。火车前进的速度令树木、田野和动物都变了模样。艾丽斯观察着它们，却看不清它们的样子。目的地最重要，尤其是及时抵达巴黎，这才是最重要的。

饥饿感很快向她袭来。艾丽斯想起了阿芒德购物篮里的东西，想着如果她回去了，晚餐会吃些什么。她想象着一个满得快要溢出来的汤盘，一块她喜欢的烤牛排，还有手压土豆泥……记忆当中贝特做的曲奇饼干的味道令她备受折磨。她的肚子开始咕咕叫了。她感到羞愧不已，觉得大家似乎都在盯着她看。瓦迪姆让她别担心，到站后他们一定能找到吃的。他也饿了。现在他冷静下来了，甚至还夸奖了她的莽撞。

“你可是天生的啊，小姑娘！”

可如果天生如此意味着伤害别人，就像她对阿芒德所做的那样，这会是件好事吗？艾丽斯被刚刚经历的这些事折腾得精疲力尽。她把头靠在了窗户上，昏昏沉沉地睡着了。

火车到站的时候，天已经黑了。出了站，他们试图弄清方向。这易如反掌，因为这里只有一条主干道。他们走进了一个叫“海边酒吧”的本地特色小饭馆，门口的木板上写着“最佳海鲜”几个字。艾丽斯没有请伯父翻译，自己就看懂了。店里的地上铺着深色的地毯，墙上挂着些捕鱼网，上了漆的木桌子似乎无序地摆放着，让人还以为自己上了一条船。

“交给我吧，我来点餐。”瓦迪姆开心地说。

他向服务员要了“lobsters”（龙虾），艾丽斯不知道是什么东西。等这个橙色的大蜘蛛被端上桌时，她感到一阵恶心。

“这东西能吃吗？”

“美味极了！”

艾丽斯不愿去碰它。她抬起头，看见尽头处的鱼缸里，类似眼前这种食物的动物正在里面游动。

“这是什么东西？”

“龙虾啊！你没见过吗？”

“没有。”

“这是本地特色！离开美国之前，你必须得尝尝才行。”

她半信半疑地同意了。服务员给了她一个围嘴和几个大金属钳子。他看到瓦迪姆有拐杖，便提议要帮他把龙虾剥好。瓦迪姆拒绝了。他尽情享受着剥壳的快乐，还弄得到处都是。艾丽斯笑了。吃完饭后，有人给他们指了一个附近的旅馆，服务员给了他们一张第二天去波士顿的列车时刻表。下午三点半应该有一班车。

入睡时，艾丽斯觉得十分开心。她对阿芒德的担心已经烟消云散了。明天他们就能抵达港口了，只是多花了几个小时而已，一切都会进展顺利的。

*

艾丽斯十一点钟左右才醒。瓦迪姆还在另一张床上打呼噜。她怎么会睡那么长时间？她大声打着哈欠，有意让伯父听见。他低声抱怨着。

“该起床了，时间不早了。”

“几点了？”

“十一点多一点。”

“什么？”

这几天发生了太多的事……他们需要多休息一些也是正常的。幸亏距离火车发车还有一段时间，而且他们还能高高兴兴地吃上一顿旅馆随时提供的丰盛早餐。艾丽斯盯着床头柜上小册子里的照片看了半天。培根鸡蛋，麦芬蛋糕，甜甜圈，新鲜果汁……她迅速穿好了衣服，然后去帮伯父。昨晚她把内裤洗了，现在已经干了。她把窗户打开来，外面的天气好极了。今天应该是个好日子。她用力呼吸着这新鲜的空气，大自然的味道令她更加精神抖擞了。

他们下楼准备去餐厅。但当他们下到最后几级台阶时，艾丽斯拉住了瓦迪姆：两个警察正在前台询问服务员。

“咱们凑近点，听听他们在说什么。”伯父听完她描述的情况，这样指示道。

他们蹑手蹑脚地走过去，躲在了前台旁边的一大棵盆栽后面，竖起耳朵听着，但什么也没有听见。

“说不定和咱们一点关系也没有……”艾丽斯猜测。

“万一有关系，咱俩就完蛋了！”

必须马上动身去火车站了。他们上楼回到房间收拾行李，把房间里的肥皂和洗发水也一同带走了。这是艾丽斯第二次偷东西了……这种情形，还有必要请求上帝的原谅吗？她又看了一眼小册子。丰盛的早餐是吃不到了，真让人失望。艾丽斯的肚子已经饿了，很快又要咕咕叫了……她觉得自己快撑不住了，但马上又咬牙挺住了：现在还不是撑不住的时候。

*

艾丽斯在这个四处都有路标的小城市里很容易就认清了方向。科德角火车站就在几米之外，就在这时她发现了一些异样：二十几个人高喊着口号、挥舞着标语，堵在了火车站的门口。艾丽斯有一种不祥的预感，她把上面写的字念给了瓦迪姆听。

他告诉她，这些人是在游行抗议《塔夫脱-哈特莱法》，这个限制工会权利和罢工权利的法案即将被投票通过。对于工人们而言，战争改变了许多，但并不都是好事：女性有了工作的权利，这就意味着男性的工作机会减少了。还有大批劳动力有组织地涌入了西海岸线，因为航空和军工企业都驻扎在了那边。最终结果就是，一千五百万美国人得到了阳光和金钱，把成千上万被淘汰的人甩在了身后。

“咱们只能晚些再走了。”瓦迪姆总结道。

“不可能，咱们必须今天走。”

“你倒是跟他们说去啊！”

艾丽斯不知该如何是好。她向前走了几步，然后马上又退了回来，她在这群人面前束手无策。这时，她注意到人群旁边有一位挺着啤酒肚、斜戴着帽子的男人，看起来像只大毛熊一样。她鼓起勇气，领着瓦迪姆走近他，想向他询问一些情况。这位先生跟他们打了个招呼，回答了他们的问题。他说罢工还没有遍及全国，但工会很积极，全国罢工只是迟早的事。

“铁板钉钉呗！”瓦迪姆翻译道。

男人似乎很生气，但他依然微笑着。他告诉他们普利茅斯现在还有火车，有船可以过去，但他们得动作快点，因为每天只有一班船，而且过不了多久，船长们也要开始罢工了。他看了看手表，一边挠了挠额头，一边皱起眉头：现在已经晚了，只能等明天的船了。

“希望还有船！”他加了一句。

瓦迪姆向他道了谢，把他的话翻译给了艾丽斯听。艾丽斯基本上都听懂了，但还是听完了伯父的翻译。她焦虑不安，心已经提到了嗓子眼，而且她的心每分每秒都跳得更加厉害了。

“咱们又不能回旅馆，那睡哪儿呢？”

瓦迪姆叹着气。

“我有办法了！”

科德角是个高端的度假胜地，假期结束后，这里的别墅基本上全是空空如也。一定有某栋房子没锁，或者很容易潜入……艾丽斯不确定自己是否听明白了他的意思：

“你的意思是跑到别人家里面去睡觉？”

“就是这个意思！”

伯父似乎觉得这样很好玩。艾丽斯咽了几下口水。为了能睡上一觉，还得违反法律、私闯民宅……“上帝啊……”她已经不敢请求原谅了，如果让娜知道了……瓦迪姆似乎感觉到了她的犹豫，他凶巴巴地问她：

“难道你想睡在街上吗？”

当然不想。他们踏上了一条通往湖边最近的小路。天气炎热，他们肚子很饿，而且行李还越来越重。这是他们应得的惩罚，她不该偷窃，也不该把阿芒德推倒的。现在，上帝开始惩罚他们了。可这样的惩罚什么时候才能结束呢？对她的沉默感到惊讶不已的瓦迪姆，试图安慰她：

“别担心，就一晚上，明天你就不记得了。”

艾丽斯一点也不相信他的话。她不知道该怎么回答他。那些痛苦的回忆忽然又浮现在她的眼前。她又想起了那些她不得不离开的人，她的小猫咪……它还活着吗？她想起了战争，想起了被德国人开枪射杀的那个头戴鸭舌帽的男人。她连他叫什么名字都不知道。这一切到底是为了什么？既然胜利者得不到幸福，那么打赢了战争又有什么用呢？她觉得自己的泪水快要涌出来了，这时瓦迪姆突然说：

“给我找棵大树，你去二十米以外等我。”

然后她听到了一个奇怪的声响，她不敢相信……但真的是那个声音：瓦迪姆放了一个响屁！

“哎呦，不好意思……”他一边大笑一边说。

但他一点愧疚的样子也没有。艾丽斯觉得难以置信。他怎么敢这样？她一边在鼻子前挥舞着手，一边咳嗽。

“噢！太夸张了吧！你也试试吧，感觉好极了。”

“可……难闻死了！”

“我挺喜欢自己的味道的。”瓦迪姆骄傲地说。

她见他笑得如此开心，也忍不住笑了。

“这么大的树林都盖不住味道。你真厉害！”

为了衬得上她的赞誉，伯父又放了一个屁，他们笑得更厉害了。

“说真的，我得去加拉帕戈斯群岛解决一下。”

“哪里？”

“我是说树下。快点！”

艾丽斯突然看见路边坐落着三栋富丽堂皇的大别墅，其中树与树之间悬挂着吊床和秋千，简直就是梦中的庭院装饰。她试着进入第一栋别墅，然而它的正门、后门和车库门都紧锁着。第二栋也是如此。灰暗的想法又开始出现了，走了那么久却落得这么个结果……她跺着脚，想摆脱脑子里的这些想法。不能就这么算了。这附近最不缺的就是房子，她总能找到一个大门敞开的。但当她发现第三栋也和前两栋一样大门紧锁时，她心里仅剩的一点希望也破灭了。

突然，她发现房子的另一侧墙连着一个小木屋。她走近这栋深色的小木屋，转了一下门把手。奇迹出现了！门是开着的！一个破旧的床架上铺着一张床垫，一张低矮的桌子上放着一盏有裂缝的台灯。这应该是用人的房间。这都不重要。今晚在这过夜再完美不过了。艾丽斯需要坐下来吃点东西。瓦迪姆试着装出一副无所谓的样子，但他其实也饿坏了。昨晚过后，他们几乎就什么都没吃，而且今天大部分时间里，他们都在走路。

“这附近呢？就没有个橱柜，或者储藏室之类的吗？”他问。

“没有，什么都没有。”

他看上去很失望。他们要怎样才能填饱肚子呢？他们什么都没有带，路上也没有看到杂货店。这片居民区里，除了湖就是房子。如果他们吃不上饭，一定没有力气撑到明天。艾丽斯的心又提到了嗓子眼，她知道一切全靠她了。瓦迪姆看不见，帮不上忙。她观察着房间四周，想着主意，然后她看见了一个装满了靠枕的黄麻袋。她把麻袋里的东西倒出来，让瓦迪姆在这儿等她回来：她准备潜入别墅，那里一定有能用来果腹的东西。

她开始往车库的屋顶上爬。这一点也不难：这就是在乡下长大的好处之一。她发现自己爬到了儿童房的窗前。于是她把布袋留在窗台上，又爬下去找石头。回到屋顶上时，她集中起精神。动作必须要快，她只有一次机会，这样才不会被邻居或者路人察觉。虽然这地方似乎人迹罕至，但在富裕的街区，警察从不会离得太远。想把玻璃打破，就得又快又准地把石头斜着砸进去。

她偷完东西、推倒了一位上了年纪的女管家后，现在又当起了强盗！她会为所有的这些罪孽付出代价的。她终于明白了让娜说过的那句话：地狱的路是由好心铺就的。她想再见妈妈一面，这理由足够吗？她举起胳膊，但随即又放了下来。她做不到。她把石块紧紧攥在手里。她是如此愤怒，气得眼泪都掉了下来。走到这一步，实在太不公平了。为什么？为什么这么难？但她的肚子又开始咕咕叫了，然后她又想到正在小木屋里等她回去的瓦迪姆，他也饿极了。她叹了口气，泪水又涌到了眼角，但她忍住了。她试着冷静下来，想想是否还有别的办法？很显然，并没有。这不公平，但这就是现实。她打碎了玻璃，潜入了房子里。

墙上挂着一些照片：这是一个美好的小家庭，爸爸，妈妈，还有两个小孩。餐厅里放着一张大大的餐桌，桌子上面放着一张高脚椅。这场景再单调不过了，但它却囊括了她一直梦想拥有的一切。这栋房子传达着一家人一起度假的幸福气息，正如她一直憧憬的那样：去湖上游玩、垂钓、游泳，和邻居一起烧烤。她还想象着等到这家人回来，就能加入到他们的生活中。但……她妈妈怎么办呢？她赶快跑进了厨房。

柜子里装满了储藏的食物，有肉干、饼干、瓶装水，还有果汁。这些采购来的食品背后一定是一位细心的妈妈。她打了个冷战。不能再胡思乱想了。她像机器人一样把布袋填满。袋子装满后，她又爬窗户下到了地面上。突然，她听到了瓦迪姆的尖叫声。发生什么事了？她跑了起来，路上还弄掉了一个四季豆罐头。

一个陌生男人的叫喊声让她加快了步伐。谁会跟一个盲人过不去呢？等她到达的时候，一个陌生人正站在屋子中间，高举着拳头。艾丽斯的心跳骤停了几秒钟，她从没见过这么高大的男人。他正举着一个耙子威胁着她的伯父。

“这是园丁的房间，咱们走，不然他就要报警了。”瓦迪姆尽可能冷静地说。

“去哪儿？”

“哪儿也不去，找棵树，看星星睡觉。”

艾丽斯哑口无言。

"幸亏你坚持让我把夹克带着！"

*

日落时分，他们又上了路，并沿着映照着晚霞的湖边前行。这里是如此宁静，艾丽斯可以清晰地听见自己的脚步声。她每走十米就停一下，在四周的美景里沉醉一会儿。这里真美啊。她想起了萨利。她对这种宽阔的感觉记忆犹新。这壮丽的景色让她想要大口地呼吸。她把嘴张得大大的，让空气尽情地塞进嘴里。一只青蛙在她的右边跳跃着。清澈的湖水上飘着一些小蜘蛛，它们一跳一跳地挪动着。她差点儿忘了自己的任务：找一个平坦的地方，不能离湖边太近，以免被蚊子叮咬，但又不能在森林深处，以免遭遇野兽。

一小时后，她终于在一些灌木后面找到了这个地方。他们把包放在地上。艾丽斯用手拨了拨草地，坐了下来。他们终于可以松口气了。她发现瓦迪姆的手被擦破了，应该是因为麻布袋太过粗糙，但他什么也没有说。一路上，他经常失去平衡，艾丽斯不得不紧紧靠着他。他早已不习惯走在除了沥青路以外的路上了，但他没有丝毫抱怨。

艾丽斯把食物拿出来。晚上，他们吃了腌牛肉、四季豆，还有糖渍菠萝作为甜点。

"还不错嘛！"

"虽然没法和昨晚的龙虾相比，但这里还有湖景可以看呢！"

"你说得对，我最喜欢有美景的地方了……"瓦迪姆嘲弄似地说。

艾丽斯咬了咬舌头。真蠢！

“没事的，想想觉得还挺好玩的。来，干杯！”

他们在寂静中吃完了晚饭，这期间，周围的风景渐渐被黑暗所吞没。等艾丽斯收拾完，他们便躺倒在了临时的床铺上。四周一片漆黑，仿佛世界不复存在了。除了躲在云彩后面的月亮以外，没有一丝的亮光。难道这就是瓦迪姆的世界吗？无穷无尽的黑暗？她凑近伯父，紧贴着他。太冷了，他们没法分开得太远。虫鸣声越来越响亮，好像黑夜里的摇篮曲似的。它令那看不见的景色变得丰富起来。

“其实我对你的了解很少。”她小心翼翼地说道。

“我不就是你看见的那样吗？”

“不是，我是说你的过去。”

“过去的都已经过去了，就让它留在那里吧。”

“你都报道过些什么呢？”她坚持问道。

他叹了口气。

她想让他感到内疚：今天晚上只有他在她身边，而她真的需要想点其他的事……瓦迪姆花了几分钟的时间考虑了一下她的请求，然后拍拍她的手说：

“你要知道，我见过的基本上都是悲剧……你确定要听吗？”

她确定。

他告诉她，1936 年他去了西班牙，初衷是想写几篇文章，拍几张照片，但很快，他就加入了一个叫马统工党（即马克思主义统一工人党）的组织自卫队。革命就是由他们发起的。

“当时形势所迫，我们只能这么做。”

加泰罗尼亚当时还被无政府主义者控制着，革命已经如火如荼了。艾丽斯并没有全部听懂，但她感觉不应该打断他。

“那时候的巴塞罗那，非同寻常……我以前从没去过被工人占领的城市……建筑物的窗户上悬挂着红色的旗帜，锤子和镰刀随处可见。大部分教堂都被他们烧了。所有的商店、买卖人和服务员都得平等对待顾客。礼貌用语什么的再也不存在了，这对被奴役的人来说是不错。集体优先。平等至上。”

瓦迪姆的语速很快，语调也和平时有所不同。艾丽斯感觉他能把这事说出来，对他而言应该非同小可。

“没有‘先生’，只有‘同志’，没有‘早安’，只有‘你好’。”

他还告诉她他是如何被送进军营里去的，美其名曰是个训练营。

“列宁主义训练营！我以为在里面待不了几天就要上前线了，结果待了好久。”

瓦迪姆不得不等待一支新的战斗队伍被组建。军营在一个老马厩里。马匹都上了前线，但它们的味道还留在那里。那里有意大利人、英国人，还有一些法国人，他们都做好了为建立一个更美好的世界不惜牺牲生命的准备。

“那是很危险的，但至少，生命是有意义的……”

瓦迪姆沉默了一会儿，然后似乎有些生气。他说马统工党当时还没有完整地组织起来，这表现在各个方面……所有民兵的制服都不一样……虽然整体样貌是确定好的，但他们连两顶一样的鸭舌帽都没有，衣服的材质也全不一样……还有传说中的军事训练，简直就是个大笑话！他们连武器都没有！

他拍着大腿说：

“你想想！他们想把十八岁的小伙子们送上屠宰场！而且是手无寸铁的那种！不教他们如何战斗、防御、拿武器，只教他们如何列队操演！有革命的意愿，只是个开头而已……”

瓦迪姆描述了一下去前线的路程。他们被送到了一个叫阿尔库维耶雷的城市。

“到处都是战争的味道。”

“战争的味道是什么样的？”

“汗味、屎臭味，还有食物馊掉的味道。”

当时瓦迪姆着手撰写了一篇重要的报道。他中间回了法国几个月，然后1937年又离开了。

“那个时候我才知道，即使是最漂亮的苹果，也会生虫的。”

艾丽斯捏紧了他的手。他清了清嗓子：

“那是1937年4月26日……”

他说他们营地上空出现了一架容克Ju–52运输机。佛朗哥在瓜达拉哈拉战败后，决定进攻巴斯克地区以抢夺铁路和煤炭。四万士兵参与了这场行动。一支名叫秃鹰的军团带头发动空袭，他们的首领是德国中尉冈特·鲁佐。

四支飞行小队呈三角阵型在空中低飞，十架亨克尔He–51战斗机为它们保驾护航。

“意大利储备战机也升空了。那就是个杀人不眨眼的战队。”

瓦迪姆一边说着，一边不得不停下来喘息。这些飞行小队空投燃烧弹的同时，那些战斗机不停地扫射一切。枪林弹雨裹挟着恐怖，整整持续了三个小时。

“你要知道，自由和暴政发出的是同一种声音。那就是爆炸的声音。”

房屋熊熊燃烧，尖叫声四起，人们眼里全是恐惧、绝望和耻辱。瓦迪姆抓着相机。他没有错过这悲剧场面的任何细节。然而不幸的是，他回去后，这些照片只引起了很少一部分人的注意……

“你要知道，人们根本想象不到。他们拒绝承认战争和自己息息相关，拒绝意识到自己迟早也会被卷入其中……我沮丧极了。从那时起，我唯一想做的事，就是传递信息、号召人们行动起来……但战争并不见得会褒奖好心和好意。”

他沉默了一会儿，接着说：

“总之，不管在哪里，人都是暴力、愚蠢和自私自利的主体。他们自己占理还不满意，还非要把自己的信条强加给别人。他们能够出于自负和爱国情怀而去弑父、弑母，他们被困在自己发明创造的国界里……而大家都需要国境、国界，所以仗永远也打不完。这是个无解的难题……”

“我明白。”艾丽斯回答，她希望这样回答能让他得到些安慰。

“不懂的时候可别说你明白。笨蛋什么都能听懂，天才则总是问个不停！”

艾丽斯笑了。她同意他的话。她心里仰慕瓦迪姆，但她也为了他所失去的一切而感到悲伤。他不再是那个身在战火中心，既勇敢又精神的男人了。她想让他知道，她在他的身边，她喜欢他此时此刻的样子。但她觉得这话或许会惹他生气，还是什么都不要说的好。他把箱子拉过来，把头靠在上面。话说回来，这个箱子为什么没有和别的箱子一起放在储藏室里呢？她向伯父提出了这个问题。

“不论我走到哪里，这个箱子都一直跟着我。照片是最重要的。还有我生命中重要的人、重要的时刻。虽然我接受了再也看不到他们的事实，但我不愿彻底失去他们。”

艾丽斯明白他的感受。她多么希望手里能有一张妈妈的照片啊。她特别害怕会忘记妈妈的样子。在她的脑海中，迪亚娜已经开始变模糊了。她记忆中的棕色，真的是她妈妈的发色吗？还有她的味道？她已经不记得了。“把汤喝了！”“手肘不要放在桌子上！”“该睡觉了。”迪亚娜常说的这些话回荡在她的脑海里，但她脑海里的这个声音真的是妈妈的吗？一切都化成了碎片。怎样才能完好地封存起那些有关我们爱过的人的回忆？瓦迪姆对摄影的狂热第一次让她感同身受。捕捉转瞬即逝的时刻，让时间暂停。

“那我妈妈呢？”

“你妈妈什么？”

“求你跟我说说关于她的事吧。”

“我说过了，我跟她不熟。她是保罗的朋友。我去看他们的时候，他们总是在骑马。”

“骑马？”

她在哪儿听过骑马的事？在储藏室里！伯父箱子里的那封长信里。写信的女人说过她在照顾马匹。这之间会有联系吗？她打了个冷战，但又不敢再多问。某种情绪阻止了她。

“我能告诉你的，只有你的妈妈很美丽，她看上去既温柔又坚强。你有点像她。”

“你又不知道我美不美。”

“我知道，我能看见最真实的美，肉眼看不到的那种美。”

艾丽斯的眼角湿漉漉的，她用袖子抹了抹，从没有人跟她说过这么温柔的话。

“你有过爱人吗？”她问道。

“哎呦，好奇鬼，你今晚知道的已经够多了吧？”

“喔！求你了，告诉我吧。”

瓦迪姆叹了口气。

“有过……但没成。”

“什么时候的事？她漂亮吗？”

“你不会是最差劲的那种人吧？”

“什么是最差劲的人？”

“成天幻想爱情的呆子啊！”

艾丽斯觉得自己正游走在危险的边缘。但骑马的事……瓦迪姆爱过的那个女人会是谁呢？她试着转移话题的方向，以求得知更多的信息：

“那你和她为什么没成呢？”

“她没有等我，她选择了别人。”

"这也太坏了。"

"也不是，她也挺不容易的……我很少在她身边……"

"要是我，我就会等你的。"

瓦迪姆轻抚了一下她的脸。

"你真善良。好了，该睡觉了。"

"我睡不着。"

"看星星吧。我以前一看星星就会平静下来。"

她知道，他今晚什么也不会多说了。她听了伯父的建议，凝视着天空。瓦迪姆开始打起了呼噜。她聆听着这令人安心的、有节奏感的催眠曲，然后便睡着了。破晓时分，伯父翻来覆去，把她给吵醒了。他应该是又做噩梦了。她悄无声息地走到湖边，撩起一点水擦了擦脸。

眼前的景色似乎比昨日更加美丽。晨曦拉长了树影，周围的一切浑然天成。大自然给予了我们那么多，为什么人们还总想着要打仗呢？艾丽斯站在湖边，感觉自己十分坚强。还有自由。她的身体和这一切融为了一体。一阵凉爽的微风让她的鼻孔一颤。她感受到自己的呼吸，空气在她的体内流动，一直流入了脚底，令她的身体迸发出各种各样的色彩。手臂上的绿色，腿上的蓝色，肚子里的黄色。她向蜷成一团的伯父走去。今天一定是个好日子，她十分确定。

瓦迪姆在睡梦中紧握着拳头。他几米之外的箱子好像是个礼物一样。它太有诱惑力了。她悄悄地凑近，把它转向湖边的方向，打开了它。

"1937 年巴塞罗那""1937 年马德里""1937 年安德烈和

格尔达”，里面有几十张西班牙的照片。还有保罗，亨利和一个手搭在瓦迪姆肩上的女人。他们比现在年轻许多。还有一些英国、巴黎的照片，以及……艾丽斯捂住嘴不让自己尖叫出来。里面有一张她妈妈站在马匹旁边的照片。她看到背面写着“迪亚娜，1936”。她那时应该不到二十岁。她美极了！究竟发生了什么事，让她变成了来萨利接艾丽斯时的那个暗淡无光的女人？

如果像瓦迪姆一直说的那样，他跟她妈妈不熟的话，那他怎么会有一张她的照片呢？为什么这张照片会在他不能失去的东西里面？艾丽斯翻了翻箱底。不只这一张，还有很多不同的照片，全是她妈妈。瓦迪姆在说谎。她继续翻着，然后看到了一张记录战争场景的照片，她吃了一惊：她见过这张照片。她盯着它，感觉似乎很久以前在哪里见过它。她思索着。是在巴黎吗？还是在萨利？她在哪里见过这张照片呢？然后她突然想起来了，就像是被雷电击中了一般。这是《目光》杂志里的其中一张照片，是她妈妈留在萨利的箱子里的那本杂志中的照片。折角的第22页。但那个摄影师叫瓦戈啊。瓦迪姆的重要照片里，怎么会有这张照片的原片呢？难道是他拍的吗？

瓦戈。去吧！去吧！戈德曼，去吧！不知道为什么，麦迪逊大道公寓的门卫说过的那句话回荡在她的脑海里。去吧！戈德曼，去吧！瓦迪姆·戈德曼。瓦迪姆·戈德曼。瓦—戈。瓦戈。她浑身发抖。这可能吗？瓦迪姆就是瓦戈？就是她妈妈保存的那些报道中的瓦戈？还有街上的那个男人，她们去电影院的路上遇到的那个人，以为艾丽斯是瓦戈的女儿……这些究竟意味着什么？难道瓦迪姆和她妈妈曾经是爱人关系？可为什么瓦迪姆要抛弃她妈妈？艾丽斯彻底陷入了迷茫，好像她突然不认识他们两个人了一样。可她真的认识过这两个人吗？如果瓦迪姆曾是她妈妈的爱人，为什么他又一直说跟她不熟呢？如果她妈妈选择了保罗，为什么又要在她的箱子里留下那本杂志呢？他们总说，这是大人们的事……确实，这些都是骗子们的事！

瓦迪姆动了一下，艾丽斯急忙把所有东西都放回原位。

“早上好，小姑娘，睡得好吗？”

她不想假装。他骗了她，而且他明明知道她是多么渴望找出真相。她想大喊出来，但又怕吵架会影响他们离开的计划。她只说了句：

“还好，你一直在打呼噜。走吧，咱们要迟到了。”

*

“我准备把拐杖给扔了。”

“为什么？”

“我怕惹人注意。”

“好。”

“你怎么了？”

“没什么，干吗？”

“你生气了。”

“没有。”

“你可别把我当笨蛋啊，小姑娘。”

“我只是在专心看路而已。”

瓦迪姆叹了口气。艾丽斯当然知道他不笨，但她不想现在找他要解释。得找一个他没法逃避的地方，而且要在他们时间充裕的时候。或许等上了船以后吧。在这期间，她必须努力表现得和平时一样。船，巴黎……她突然想到了一个问题：瓦迪姆到了法国以后怎么办？她之前从没想过这一点！他住哪里？谁来照顾他呢？她花言巧语地把他骗来跟她一起冒险，现在却根本不知道他能从中得到些什么。难道他所做的这一切都是为了她吗？毫无疑问。她怪自己竟然还生他的气。好吧，虽然他没有跟她说实话，但他一定有自己的理由。他选择跟她一起长途跋涉，已经是冒了很大的风险了。

不久，他们便抵达了码头。轮渡就停在几米之外，附近并没有罢工的迹象，他们只需买票就好。艾丽斯在船上找到了两个好位子。航行过程中，她有些晕船，但还是撑过去了，她离巴黎越来越近了……接到船员允许上岸的通知后，他们下了船，到了普利茅斯，下一站就是波士顿了……

突然一阵哨声传来，艾丽斯吓了一跳。

“什么声音？”瓦迪姆问道。

艾丽斯瞪大了眼睛。

“是警察。前面有警察。”

“在哪儿？”

“舷梯下面。他们在检查乘客的证件。”

旅客们的身份证件被检查过后就可以通行了，但艾丽斯敢打赌，他们两个的情况一定会比其他人更加复杂。只要看看瓦迪姆蓬乱的头发、脸上的伤疤还有墨镜就知道了，而且没了拐杖让他显得更奇怪了。她自己也是衣冠不整……和其他旅客比起来，他们显得与众不同，其他大部分人都是乘船去工作的。她紧攥着瓦迪姆的手，手心开始冒汗，她感觉到伯父也十分忐忑不安。

他们的担心不无道理。他们的脚刚刚踏到地面上，就被请进了海关办公室旁边的一个小屋里。一位工作人员拿走了他们的护照。瓦迪姆悄悄对艾丽斯说：

“你别说话，我来处理。有人问的话，就说我不是盲人，明白吗？”

“好。”

他们问了一大堆问题：从哪里来，到哪里去，他们是不是一家人，为什么两人不是一个姓？瓦迪姆一一回答，但他的回答听起来总让人觉得哪里不对劲，虽然他说的都是实话。艾丽斯的腿抖个不停。没用的，他们会给警局打电话的，然后真相就浮出水面了。他们会被送回纽约去，所有的努力全白费了。她妈妈该怎么办呢？她希望自己不要表现出焦虑的样子，但她实在难以掩盖。她继续听瓦迪姆说着话，假装自己都听懂了的样子。而她的伯父则假装自己能看见……上帝永远也不会帮助他们这种撒谎大王的……她的呼吸越来越重，越来越急促，她的嘴不停抽搐着，但她没法让自己放松下来，她越是想放松，心里就越觉得害怕。

一位警官拿起了话筒。艾丽斯没有全听懂他说的话，但她从认识的词里听明白了，他正在给电话另一头的人描述眼前两人的模样。她看着瓦迪姆，他艰难地咽了咽口水。他应该和她心里想的一样吧：大事不妙。是因为害怕的缘故吗？她突然觉得膀胱胀得难受，她必须马上去趟卫生间。那人继续讲着电话，并时不时地瞅他们一眼。艾丽斯夹紧双腿想要憋住，但她憋不了太久了，她太想上厕所了。她呼了好几口气，试图让自己平静下来。“忘了吧，忘了吧。”但一点作用也没有。她必须去趟卫生间。立刻马上。

“OK, alright, thank you，chief.”（好的，好的，谢谢您，长官。）警官话音刚落便挂上了电话。

他把话筒放下的瞬间，艾丽斯身体里的某个部位投降了。做什么也没有用了。

黄色的液体顺着她的腿流了下来。艾丽斯羞愧难当，大哭起来。瓦迪姆明白有不好的事发生了，但又不知道怎么回事。他正在假装他不是盲人，所以也没有办法问出口。

地上一片尿渍。震惊的警官断断续续说了几个听不懂的词，然后突然站起来，拍着桌子喊道：

“Out of here!”（赶紧出去!）

艾丽斯和瓦迪姆吃了一惊。艾丽斯知道这是“出去！”的意思。没有等警官重复，他们马上一路小跑着出去了。跑到库房几米外时，他们已经是气喘吁吁了。

“太紧张了！”

“谁说不是呢。”

艾丽斯看着她的裙子。她的脸颊发烫。她的脸一定是通红通红的。

“瓦迪姆，我得换件衣服……”

“现在不行，咱们得离开这里，还不知道究竟是什么情况呢。不知道他们为什么会放了咱们，但咱们不能给他们任何改变主意的机会。”

艾丽斯一直盯着裙子上的污渍，她很清楚警官为什么会发火……实在是太丢脸了。但瓦迪姆说得对，必须离开这里，而且要快。她观察着四周，琢磨着该怎么去火车站。她发现他们面前有辆后面配有行李架的自行车，车前面还有个车篮子，而且它还没有锁！车主人一定是觉得警察在附近，车不会丢的。她尽可能地安慰自己，只是借用一下而已。一位警员正在门口站岗。要等他把脸转向别处，或者等他去巡逻时才能行动。时间一分一秒地过去，但警员却一动也不动。

“在这等我一下，我知道该怎么办了。”艾丽斯说。

她捡了几块石头，绕着大库房走了一圈。走到警员身后时，她朝他的帽子上扔了一块石头，然后立即躲了起来。猝不及防的警员挠了挠头。她又扔了三次。他终于下决心去附近察看到底是怎么回事了。艾丽斯拔腿就跑，并对瓦迪姆喊道：

“好了！走吧！我找到了一辆自行车！”

“你是怎么办到的？”

“等会儿给你解释！上来！我来骑。”

“不行，你太小了。”

“瓦迪姆，没时间了，他马上就回来了！”

“你给我指方向就行！我来骑，你告诉我该在哪里转弯，没事的！”

“我不知道……”

“咱们这是在浪费时间。”

艾丽斯难以抑制自己心中的怒火。他这个人真是不可理喻！但他们确实没时间磨蹭了。她把行李绑在行李架上，然后坐上了后座。她抓着瓦迪姆的腰，他们出发了。一位农民从田里跑出来追赶他们，他应该是自行车的主人。

“快点！再快点！”

他挥舞着拳头威胁他们。艾丽斯羞愧得无地自容。道路时而上坡，时而下坡，农民很快便消失在了她的视线里。艾丽斯尽力不去想他。至少不要现在去想，她必须专心看路。瓦迪姆则蹬着自行车，迎着风，嘴角咧到了后脑勺。“直走”“直走”“前面两米，地上有凸起”“哎哟”。其实如果不去想偷车的事情的话，还是很有趣的。艾丽斯放松了下来，不经意间还闭了一会儿眼睛，于是她没看见前方不远处的路面上有一个坑……结果他们两个在路边的草地上摔了个四脚朝天。

“你没事吧？”

“没事。”

他们愣了一会儿，然后哈哈大笑起来。让一个盲人骑自行车，这到底是谁的主意啊！他们起身时，艾丽斯注意到：泥土和身上擦伤的地方让她看起来更像个流浪汉了。伯父也是一样，他的墨镜框在摔倒的过程中还被折弯了。

“这种瞬间就应该被永恒地记录下来。”瓦迪姆突然说。

“咱们可以拍张照片！”

“但……我没法拍。”

“我可以拍啊。告诉我怎么拍。”

艾丽斯把徕卡相机拿过来。瓦迪姆犹豫了一会儿，同意了，除了他以外，还从没有别人碰过他的相机……他重新站好。艾丽斯开始倒计时。咔嚓。

然后他们便继续上路了。

*

艾丽斯和瓦迪姆饿得前胸贴后背。下船时的焦虑让他们暂时把饥饿感抛在了脑后，但现在它却像洪水般袭来。他们在一家小餐馆前停下了脚步。点餐前，艾丽斯跑去卫生间换了身衣服，她不能再穿那条裙子了。服务员允许她吃饭时把湿裙子挂在他们旁边的椅子上。瓦迪姆点了烤面包，一个煎蛋卷，薯条，还有两杯奶昔，他连菜单都没有看。邻桌的盘子让艾丽斯两眼放光。

“那是cheeseburger（芝士汉堡）。”服务员告诉她。

cheeseburger……这名字真好听……

几分钟后，她手里便拿到了一块厚厚的三明治。她必须使劲张大嘴，才能同时吃到温热柔软的面包、添以佐料的肉排、融化的芝士、爽口的沙拉和甜丝丝的番茄酱。这些味道混合起来用手送进嘴里。美味极了！这么简单的食物为什么竟会如此完美？艾丽斯被瓦迪姆和她的模样逗笑了，他俩就像越狱的逃犯，饿了几天肚子，终于吃上了第一顿饭。这和真实情况其实并没有什么两样……

她好奇地盯着餐馆最里面的一个大型机器。瓦迪姆告诉她那是一台自动唱机。只要往里投一枚硬币，就可以听任何想听的音乐！她想试试。她把箱子打开，看到了那一沓钱。她感到很安心，没有这些钱他们可怎么办呢？她抬头看了看自动唱机，突然发现吧台有个男人正托着腮盯着她看。她马上把箱子合上了。她随机选了一首法兰克·辛纳屈的《再给我五分钟》，整个餐馆的气氛瞬间变得欢快起来。

这一曲结束，刚才和她四目交会的那个男人便过来坐到了他们的身边。他自我介绍说他叫安迪，是一家保险公司的销售代表。艾丽斯和瓦迪姆不想把他们的事告诉他，但他们没有排斥听别人讲自己的故事。他们两个一直都待在一起……安迪问了瓦迪姆几个问题，后者都翻译给了艾丽斯听：

“你们打算留在这边吗？”

“没有，我们要去波士顿，去找家人。”

“太巧了！我也是！我载你们一程吧！我有车。”

“谢谢，您太客气了，但是……”

“只有六十几公里而已！我总是一个人上路，要是有人能陪陪我，我高兴还来不及呢！”

瓦迪姆只能接受了他的好意。他说旅途中可能会遇到意外，还是能省则省的好。

安迪的车其实是一辆小卡车。瓦迪姆坐在前面，艾丽斯坐在了后面。她在座位上既看不见伯父，也看不见司机。她拿出了一本迪娜的书，让自己放松下来。她的小腿上青了一块。应该是从自行车上摔下来的时候……她用手触碰的时候有些疼，不过没关系，那是一段愉快的时光。

小卡车停下的时候，安迪过来给她开了门，并用英语告诉她：

“咱们到了。你伯父睡着了！”

他也不知道她有没有听懂，于是给她指了指副驾的门。瓦迪姆的头歪着，嘴里的口水流到了他身上的马球衫上。艾丽斯叫醒了他。他向安迪道了歉，但后者好像并不生气，反而觉得很有意思。他告诉他们码头就在不远处，走过去最多十几分钟就到了。

“Have a nice trip!”（旅途愉快！）他一边重新发动汽车，

一边说。

他们到窗口要了两张下一班去法国的船票，船几小时后就开了，还剩下一个包间舱位。

“太好了！”瓦迪姆说。

价格是两千美金。瓦迪姆点了点头，把手伸进了箱子的口袋里。

“我没摸到钱，你把它递给我好吗？”他问艾丽斯。

艾丽斯把手伸进口袋摸了摸，什么也没摸到。她又找了一次。售票员开始不耐烦了。艾丽斯急了。她把照片和护照都拿了出来，看到妈妈的照片时，她抿了抿嘴，然后把照片翻过去不去想它。还是没有。她看了看黄麻布袋，装衣服的书包。连钱的影子也没有找到。它们消失了。

“怎么可能呢！”瓦迪姆生气地说。

他们把路上发生的事回顾了一遍，先是骑自行车摔倒，但那时箱子并没有被摔开。而且，他们在餐馆里时，钱还在呢！

“你确定吗？”

“我很确定，所以我才会这么说的啊！”

“那钱到底跑哪儿去了？”

一个念头像晴天霹雳般猛地击中了艾丽斯。安迪。安迪看见了钱，然后他过来坐到了他们的旁边。他记得钱在哪里，然后趁瓦迪姆睡着的时候下手了。

“混蛋！这个大混蛋！”伯父喊道。

售票员气愤地问他们到底还要不要买票。艾丽斯不需要翻译便听懂了。瓦迪姆咒骂个不停，其他旅客都立即离他远远的。艾丽斯一下子瘫软无力。这下他们该怎么办呢？他们身无分文了。

“咱们报警去。”瓦迪姆说。

“不能去！万一警察在找咱们怎么办？”

“必须把安迪给找回来！”

“可咱们连安迪是不是他的真名都不知道啊！”

瓦迪姆愣住了。他也知道，艾丽斯说得对。差不多两千美元全被偷了！太让人心疼了！艾丽斯鼓起勇气问了句：

“现在怎么办呢？”

“我怎么知道该怎么办？”

他们席地而坐。

“离开这儿本来就不是什么好主意。”瓦迪姆脱口而出。

“这是唯一行得通的主意！”

伯父把脸埋在了手心里。艾丽斯不敢看他。他长吁短叹。过了一会儿，他突然跳了起来。

“几点了？”

“下午三点。”

“咱们回售票窗口去。”

“为什么？”

“再过一小时船就开了，咱们总会找到办法的。”

“没办法了！”

“你马上就成孤儿了，我被战争弄瞎了，总有人会可怜咱们的！”

他们把自己打扮成了最凄惨的模样。瓦迪姆把马球衫从裤腰里拽出来，揪掉了上面的两颗扣子。他一边向前走，一边把手臂伸向前方摸索着，好像他刚刚失明，怕不小心撞到一样。艾丽斯脱掉了一只袜子，把头发弄得乱糟糟的。她拉着伯父的袖子，指引他向窗口方向走去。她被背包压弯了腰。排队的人很多，也许有一百多个人正在等候。他们一瘸一拐地走到了他们的前面。大家都盯着他们看，有些人的眼里充满了同情，还有一些开始抱怨起来。有两个人大声地喊他们，让他们像其他人一样到后面排队，但瓦迪姆转身的时候假装自己差点要摔倒。一个男人把他扶了起来，带他去找售票员。

“我们今天必须得回去。这小姑娘的母亲快死了……可我没钱了。我为了来这里，把残疾津贴全花完了。”

艾丽斯没有听懂所有的英语单词，但明白了大概的意思。瓦迪姆的演技真好，她感觉他好像在说另一个人的事，连她听完都想出手相助了。

“对不起，先生，我也无能为力。”

他给艾丽斯翻译完售票员的话后，继续恳求道：

“求求您了，女士。”

“上面有规定的。”

瓦迪姆继续说着，声音里带着哭腔。毫不动摇的售票员解释说：

“您给公司写信吧，我确实没法让您上船……”

等待上船的旅客逐渐聚集在了他们的周围，小声议论着。其中一个人突然走近他们。他搂住瓦迪姆的肩膀，铿锵有力地质问售票员：

“您怎么能这么冷漠无情？”

另一个人添油加醋道：

“他参加过战争！您怎么能这样对待他？”

“丢人！自私的国家！”第三个人跟着说。

计划生效了。各种各样的斥责声朝着这位可怜的售票员袭来，局面失去了控制。遭到四面夹击的售票员，只能打电话请求船长的支援。几分钟后，一位戴着白色帽子、身穿深蓝色外套的男人从舷梯上走了下来。他神态坚定，仿佛站在他的身边便会立刻有一种安全感。他请大家安静下来，跟他详细解释一下情况。艾丽斯立即对他产生了好感。热心的旅客们解释了缘由，船长点了点头，同意为他们做些什么：

“This kid will see her mother before she dies.”（这孩子会见上她母亲最后一面的。）

然后他便回到了船上，旅客们响起了掌声。

“成功了吗？”艾丽斯问。

简直不可思议！她不敢相信。瓦迪姆微笑着。

“我就说要相信我吧！没事的，你等着瞧吧。”

他们跟周围所有人说着“谢谢！”，开心地跟那些伸出手的人握了握手。随后，旅客们都散开来，各自登船去了。艾丽斯看见船长又朝他们走了过来，她提醒了一下瓦迪姆。

“We found a solution.”（我们找到办法了。）

“That’s great. Thank you, Sir.”（太好了，谢谢您，先生。）

艾丽斯看见伯父的脸上透露出喜悦：这是个好消息。她拉了拉他的手，想让他翻译给她听，但船长接着说：

“但是很抱歉，我们只剩一个位子了，我们可以让艾丽斯上船。后面的几趟船都满员了，但我相信这个星期之内，你应该还是可以来法国的。”

艾丽斯什么也没听懂，她只看到瓦迪姆的表情有些失望。

“什么意思？他说什么了？”

瓦迪姆示意她耐心等待。他再次谢过了船长，后者离开了。瓦迪姆蹲下身子，让自己和艾丽斯差不多一样高。

“他们没有那么多位子了，不过这还是一个好消息。你可以去见你妈妈了，小姑娘。”

艾丽斯的呼吸仿佛停止了。她突然觉得这艘船庞大无比，所有的这些人都面目狰狞。她不能一个人走，她甚至跟他们都无法交流！她要睡哪里呢？接下来她要怎么去巴黎呢？她没法思考下去，泪水已经从她的脸颊上流了下来。

“我不想一个人走。”

瓦迪姆小声说：

“没有事能完全按照咱们的想法进行，小姑娘。这是这个世界的秘密，必须不停地让自己去适应才行。”

“瓦迪姆，我想和你待在一起。咱们一定还会有别的办法的。”

“你知道是没有的。不管怎样，也不可能这么快就有的。”

“可你身上一分钱没有！你怎么办呢？”

“我什么大风大浪没见过！没事的，去吧！”

“有事的。”

“唉，大人的事怎么能让小孩子操心！去吧，我会去找你的。”

艾丽斯泪如雨下，嘴里低声说着“不”。

“艾丽斯，你得把握住这个机会。”

瓦迪姆摸了摸她的脸。

“自己照顾好自己。答应我要睡觉，好好吃饭，别像我一样，笑一个！一个漂亮的微笑，多好，它能帮你打开很多大门。”

他没有给她留出选择的余地。她真的没有想到事情会发展到如此地步。这太不公平了！为什么会这样？她紧紧地拥抱着伯父。她发现自己真的很在意他。如果她现在走了，以后就再也见不到他了，她心里明白。船长打断了他们。该出发了，大家都在等着呢。瓦迪姆拍了拍艾丽斯的肩膀，轻轻地把她推出了怀里。她拿起了背包，把箱子递给瓦迪姆。

“你拿着吧，小姑娘。送给你了。”

她感觉自己的心要爆炸了，但她又能怎么办呢？她别无选择。她像木头人一样跟在船长的身后，爬上台阶到了甲板上。刚才支持过她的旅客们鼓起了掌。她把箱子紧紧抱在肚子前面。汽笛声响起来了，船要出发了。她看见站在码头的瓦迪姆，他有些不知所措。他向前走一步，又向后退了两步。他该怎么办呢？不行，她不能就这样把他抛下。她跑了起来。

“Catch her! Catch the little girl!”（拦住她！拦住那个小女孩！）船上的人喊着。

一些手伸出来想拦住她，但她的动作比他们更迅速。她抓住还没有完全升起来的舷梯，舷梯距离地面大概有一米半的距离。

艾丽斯深吸一口气，闭上了眼睛。她松开栏杆，跳到了码头上，瓦迪姆就在几米之外。她冲过去，抱住了他的腰。

“我不要抛下你一个人走。”

他把她搂在了怀里。他们就这样待了很久很久，其他的事都变得不再重要了。瓦迪姆摸着她的头发，告诉她，她是一个可爱的人，以后一定能成为一个卓越的女人，她是唯一一个明白，他不只是个盲人的人。

“他们不知道其实他们都是弱者。太矮，太丑，太穷，太孤独。如果找不到办法解决咱们眼前的问题，那生命还有什么意义？艾丽斯，你是个小姑娘，对很多人来说，让你在一边待着就行了。你很弱小，虽然你的心智已经很成熟了。咱们这样的人，大部分人根本都不在乎。但从现在起，咱们两个将一起面对。”

他的声音有些沙哑，呼吸声断断续续的，似乎这些话已经在他的心里藏了很久了，好不容易才说出来一样。

“你和我，咱们有点像一家人一样，不是吗？”

艾丽斯反过来抱紧他表示同意。远处，去往法国的船在大海上渐行渐远。

14

波士顿，1947年5月底

艾丽斯和瓦迪姆走在码头上。他们得找个一起去巴黎的办法。时间越来越紧张，他们身无分文，没有食物，也没有睡觉的地方，露宿码头实在太危险了。

他们的身边，有人正从佛罗里达来的货轮上卸橙子，还有人正在往另一艘货轮上搬轮胎。艾丽斯还看到港口远处，有几个男人正在激动地争论不休。大家都想加快节奏。

“咱们得想办法跟其中一艘船走。”

“什么？”艾丽斯问。

“用劳动来换船票！”

“什么样的劳动？”

瓦迪姆示意她跟上。他们朝着一艘名叫“精神”的货轮走去，它大概有三十五米长。瓦迪姆辨认出了搬运工工头的声音。他说，喊声最响亮的那个就是。艾丽斯基本听懂了他们的对话。

“你们去欧洲吗？”

“不去，我们去太平洋海角。前面右手边的“丹佛机器”去法国。”

“丹佛机器”。这名字真有魄力。

他手指的那个方向，有十几艘货轮停靠在岸边，想找到其中某一艘可不是件容易的事。

“你在这里等我一下吧，我去找，一找到我就回来告诉你。”

“不行，咱们一起去。”瓦迪姆说。

“我马上就回来……”

“不行就是不行！”

艾丽斯确信如果她跑步过去的话，一定能很快就找到。拉着瓦迪姆在这些码头搬运工中间穿行简直是不可能的。他有的时候怎么就那么固执呢！他们路过了“美国梦”号和“爱琴海”号，然后停在了一艘黑色的船前，它比其他的船要矮一些，但也更长一些，十分老旧，船体上一部分已经生锈了，看上去好像有一层橘黄色的液体漂浮在水面上一样。船身上写着几个红色的大字，艾丽斯读道：“丹佛机器。”

瓦迪姆再一次试图找出那个发号施令的人。这里的工头很容易找。艾丽斯从没听过如此洪亮的声音，他根本无需大喊大叫。瓦迪姆介绍了自己，然后问他们的目的地是哪儿。工头皱着眉头打量了他一眼，慢悠悠地点燃了一支烟，然后用英语回答他：

“法国。有一部分货到了后走铁路去巴黎。干吗？”

这艘货轮显然是他们的契机：一切顺利的话，再过差不多一个星期多一点，他们就能回到迪亚娜的身边了。他们提出想用劳动来换取两张船票。

“你们俩？别开玩笑了！”工头放声大笑。

这个男人胖胖的，浓密的棕色胡须让他看起来一副凶神恶煞的样子。

艾丽斯没有告诉瓦迪姆，船员看他们的眼神是多么鄙夷。他们显然知道他们想干吗，并觉得很好笑。这又怎么能怪他们呢？他们两个眼下这个样子：一个盲人和一个小姑娘……他们怎么可能给这些显然不需要他俩的人提供帮助呢？她觉得自己很没用，甚至一无是处。

瓦迪姆没有气馁。他把他们的经历娓娓道来，包括逃离曼哈顿，还有之后他们遭遇的那些倒霉事儿。

“我们只是想回巴黎而已。”

工头不自然地噘了噘嘴。过了几分钟，他指了指要搬上船的一堆汽水货箱。

“你俩搬四十箱，我就带你们走。火车另算。得付钱。”

瓦迪姆翻译给艾丽斯听，但她其实已经听懂了。她攥紧拳头压抑着心中的愤怒，她用蹩脚的英语对主管说：

“We... No money, no time! To Paris!”（我们……没钱，没时间！去巴黎！）

“坐火车要收钱的，小姑娘。”男人用英语回答她说。

他似乎觉得她很可笑。

“No money, no time! To Paris! Man took money us!”（没钱，没时间！去巴黎！有人偷钱，我们！）

她不知道该怎么组织语言，便把学过的词都拼在了一起。工头考虑了一会儿，突然坏笑着指着瓦迪姆脖子上的相机说：

“这是什么东西？”

“什么？他说什么？”瓦迪姆问。

“你的相机。”

瓦迪姆向后退了一步，似乎刚刚有人判了他死刑一样。

“三十箱汽水，加你的相机，把你们带到巴黎。”

“他说什么？”艾丽斯问。

她想确定自己没听错。

“他说把相机给他就行。”

她不知道该说些什么好，瓦迪姆的脸色变得像粉笔一样苍白。

“我可没那么多的时间等啊。”工头催促着。

艾丽斯又想起了储藏室里的那些箱子。所有那些照片、报道、士兵，那些被蹂躏的景色，那些怀着对一个更美好的世界的期许的战争……这台徕卡相机，是伯父生命中不可或缺的一部分，同时也象征着他再也回不到的过去。他再也不是那个伟大的记者了。和它分别，会对瓦迪姆的生命造成什么影响吗？或许并不会。这台徕卡是个虚假的承诺。但他能意识到这一点吗？

“对不起，不行。它是我的。咱们走吧。”他说。

瓦迪姆走开了。他弓着腰，像是在自言自语一样。然后他突然停了下来，低下了头。艾丽斯追上了他，试图去拉他的手。他拒绝了。他紧皱着眉头。

“我……”

但他话音未落就又陷入了沉默。他们就这样一动不动地站了一会儿。起风了。湿润的海风拂过艾丽斯的脸颊。她真想让时间在这一刻静止。为什么无时无刻都必须做出选择呢？瓦迪姆的呼吸声越来越重。看得出他很难受。他把手贴在额头上，几次抓紧他的徕卡相机，然后又松开了。

他突然冲向货轮，喊着那位工头，他咬牙切齿，似乎每一个字都难以启齿：

“行，它归您了。”

他把相机递给了他，男人心满意足地把它挂在了脖子上。艾丽斯觉得难以置信。他真的这么做了。他把他的相机、他的过去，都抛弃了。她抓住了伯父的手。他没有说话，只是把她的手攥在手心里。工头说他们时间紧迫，船必须在一小时之内装载完毕。艾丽斯领着瓦迪姆朝那些货箱拖板走去。

*

这些箱子重极了，每一箱都装有一百瓶五百毫升的饮料。这些货物必须被搬进船的底舱。他们只许成功不许失败。

通往底舱必须经过一个老旧的舷梯。一踩上去，舷梯就开始晃动个不停。木梯发出吱啦的响声，像是快要断裂了一样。艾丽斯浑身颤抖，不敢向下看。她试着让自己冷静下来，但时间越来越紧张了。这座饮料堆成的小山那么高……他们永远也搬不完！最后他们只能去找警察让他们把他们俩送回曼哈顿了。然后呢？他们会怎么样呢？还有她妈妈呢？不行，她必须集中精力。加油，加把劲。

起初，瓦迪姆坚持要走在前面，就像骑自行车的时候一样，他想让艾丽斯在他的身后给他指路。但他绊了一跤，差点砸烂了手里的货物。工头生气地威胁他们不要继续了。艾丽斯倾尽全力说服了他。就算瓦迪姆生气，也只能随她去了，她必须得走在前面才行。瓦迪姆抱着箱子的一头，艾丽斯抱着另一头。她必须向后倒着走。每走一步，她都要回头看看自己是不是走在舷梯的正中间，并提醒着瓦迪姆，“直走”“小心，往左一点”“还有两米”“该下楼梯了”。每搬一个箱子都要花很长时间，比其他船员所用的时间要长得多得多，但艾丽斯决定不去想这么多。他们只能尽力而为，剩下的也由不得他们去掌控。

渐渐地，这项劳动变得越来越难了。艾丽斯觉得货箱变得越来越重。她的胳膊和肩膀都绷得挺直，手里还被扎进了刺，感觉手指上像是不停地有小针在往里扎一样。她饿得两腿颤抖，每走一步都是煎熬。搬完第十箱后，她不得不坐下来休息一下。她不行了，可他们才搬了三分之一。

“对不起。”瓦迪姆对她说。

“什么？”

“让你受这些苦……”

“又不是你的错。反正怪谁也没有用。”

她不想找替罪羊，也不想再回顾事情的来龙去脉了。她必须振作起来。“加油！站起来！”她站起身来，结果起身速度太快，导致自己头晕眼花。她立刻向后退了一步，重新找到了平衡。他们默默地又开始继续干活。

十二箱。十三箱。十四。再加把劲儿。

十五箱了，他们搬完一半了。艾丽斯累得上气不接下气。

“抓紧时间！”工头大喊道。

瓦迪姆把手放在艾丽斯的肩上说：

“加油。”

艾丽斯叹了口气，他们弯下腰去搬另一箱汽水。但艾丽斯浑身绷得太疼了，她大叫了一声。但她想到了妈妈。于是她一边继续干活，一边想着那些她白白浪费、没有提问的时光，还有那些她蜷成一团等待迪亚娜停止喊叫的夜晚。她什么都没有说，任由时间一点点地流逝。她任凭巴容女士把她带到了美洲大陆。她任凭所有这些人替她做了决定。她是那么愤懑不平！现在，终于唯有她自己可以做出选择了。她化愤怒为力量，抬起了一个又一个箱子。

十。九。八。七。

太艰难了。她做不到。筋疲力竭的艾丽斯坐在岸边大哭了起来，她知道自己再也搬不动了。她的胳膊已经不听她的使唤了，这两条沉重的累赘耷拉在她身前。“对不起，妈妈。原谅我，上帝。”她累得再也动弹不得了。给自己打气也没有用，做什么都没用了。她不是缺乏动力，而是身体已经不听使唤了。她恨自己如此羸弱。目标近在咫尺！瓦迪姆试着独自抬起一个箱子，但他心有余而力不足。最后他冲着墙踢了一脚。

“起来，姑娘！加油！只剩几箱了。”

“我不行了……”

“可！这也太可惜了！”

艾丽斯试图站起来，但她还没起身，身子便又沉了下去。她泣不成声。瓦迪姆叹着气。他坐到她身边，搂住了她。她已经说不出话来了。她看着面前的大海。他们几乎就要成功了，结果是她令他们前功尽弃。再也不会有其他的机会了。妈妈一定会死去而……她没法再继续想下去了，这实在是令人悲不自胜。

两个船员一边抽着烟，一边观察着他们。艾丽斯无意间和他们四目相视，然后她立刻低下了头。这是刚才嘲笑她的那两个人。他们嘲笑得没错。他们走过来，搬起剩下的其中一个箱子。现在他们居然来抢他们的活干了？艾丽斯惊恐地想要阻拦他们：

“We do... we...”（我们，做……我们……）

但她心里知道，瓦迪姆和自己已经毫无办法了……抢就抢吧，无所谓了。

“Let us help you.”（我们来帮你们。）其中一个男人回答她。

什么？她不确定自己听懂了他们说的话。

“他们想帮咱们一把。”瓦迪姆给她翻译道。

她不敢相信。他们拿起了货箱。

手里的货箱就好像如羽毛一样轻盈似的，他们像猫咪一般轻松走在舷梯上，不到几秒钟就面带微笑地回到了他们的面前。简直就像天使一样。

只剩两箱了。

一分钟后，两个男人朝着最后一箱走去。

结束了。

他们可以出发了。他们上了船，到了底舱和其他船员会合，大家欢迎了他们。艾丽斯还是不敢相信，他们竟然成功了。

*

船上的日子似乎长长的，没有尽头，也许是因为艾丽斯急切地想回到巴黎。他们能赶上火车吗？妈妈还在那家医院里吗？而且，妈妈会对她说些什么呢？艾丽斯能把她心中藏了这么多年的问题全问出口吗？之前她没有做到……这一次呢？还有瓦迪姆呢？他该怎么办？马塞尔先生会让他住进公寓里吗？这些问题越是具体化，她就越是没有信心能解决它们。

船员们都十分热情友好。艾丽斯原以为瓦迪姆和她会被孤立，但事实却截然相反。他们的旅伴对他们的故事很感兴趣。晚上吃饭的时候，每个人都在讲自己的故事。其中有逃离苏联的伊万。还有来自西班牙的卡洛斯，他的妻子还留在马德里，他得想办法回去找到她。美国人迈克的兄弟们在战争中牺牲了，他厌倦了阿肯色州的生活。西塔是印度人，他的妻子和孩子都去世了。还有工头查克，不爱说话的格雷厄姆和史密斯，但他们很认真地听着其他人的故事。

所有这些悲伤的故事……令人觉得不可思议。生活为何会如此艰难？其实，和他们比起来，她并没有经历过太多的大风大浪……不过，船员们似乎对他们出逃的故事非常着迷。艾丽斯骄傲地把伯父的记者生涯告诉了他们。在诺曼底登陆过程中发生意外之前，他曾拍下过惊动全世界的照片。她的脑子里有一个声音喊着“瓦戈，瓦戈”，这让她十分恼火。但她没有在别人面前表现出来，她想让这一段旅程能够愉快地度过。

拿到了徕卡相机的工头，像看宝贝似的观察着这台相机。其他水手们则对瓦迪姆相当照顾。他们和他分享珍藏的美酒，请他和他们一起唱歌，迈克用吉他给他们伴奏。他弹的是布鲁斯。这音乐声，伴着这些不幸的人的歌声，是那么和谐悦耳……接连几个小时里，艾丽斯都沉浸在这音乐声带给她的感动当中。

不过，前两个晚上，当太阳落山，船员各自去休息了以后，艾丽斯都倍感孤独。瓦迪姆到甲板上来找她，他们一起听着黑色的海浪打在船壳上的声音。这声音听着真令人安心，它不停地重复着，像支摇篮曲，让他们放松了身心。然后那个声音又出现了。“瓦戈，瓦戈……”艾丽斯终于问道：

“你都给哪些报刊工作过？”

“很多……有《视线》《目光》，谁需要报道我就给谁工作。”

“那……你署名的时候，写的是瓦迪姆吗？”

“怎么这么问？”他问，似乎惊讶不已。

要么现在说，要么就再也没有机会了。

“因为我妈妈经常读一个叫瓦戈的记者写的报道，他拍的那些照片都不错，和你拍的那些一样。”

“是吗？”

瓦迪姆的脸色变了，她得到了她的答案。

“什么意思，她读过那些报道？”

艾丽斯跟伯父讲了萨利的那本杂志，里面被折了角的第22页，还有藏在巴黎的衣橱里的那些报刊。惊愕的瓦迪姆陷入了痛苦之中。他的脸拉了下来，好像五官突然变得过于沉重似的。艾丽斯本想开口问她的妈妈和他是否……但她打住了。她也不知道为什么，但她觉得她似乎是在折磨他。或许以后他会告诉她的？

瓦迪姆吸了吸鼻子，想换个话题。艾丽斯假装没有注意。他问了她一些关于她小时候在巴黎的事。

“可我不是在巴黎长大的！”

她给他讲了让娜的事，萨利-德贝阿恩，还有她在农场的生活……一直讲到妈妈来接她的那一天。艾丽斯感觉体内像被掏空了一样。她还讲了她们和巴容女士三个人一起踏上的火车之旅，她离开让娜时悲伤的心情，她不知道该对那个从今以后她应该叫妈妈的人说些什么好的恐慌。她不知道自己是否可以继续思念她的养母，还是应该忘记她。她决定在心底思念让娜，但在妈妈面前不再提及。还有到了巴黎，在里昂车站的那些喧嚣……习惯了寂静乡村的她，觉得自己好像耳聋了一样。

“然后我们就到了帕维路上的公寓里，马塞尔先生当时在那里等我们。他刚对完名单回来。”

“马塞尔先生？”

瓦迪姆一脸惊讶。

“他是我妈妈的朋友。他们在波兰认识的。我只知道这些。”

她对瓦迪姆说，她妈妈不喜欢说那个时期的事，马塞尔先生也是。那应该是个艰难的时期，因为每天夜里，她都能听见他们的尖叫声，而白天，他们总是沉默不语。

“他们谁也不想见。也不让别人来家里。”

“我能理解他们。”

“不过他们对你的态度应该会不一样。马塞尔先生一直在找他的妻子和女儿们，所以不能提关于家庭的事，其他就没什么了……”

瓦迪姆似乎有些惊讶，他好像从没想过自己会见到马塞尔先生。

艾丽斯跟他讲述了她陪马塞尔先生去卢滕西亚酒店时发生的事：他们一起坐地铁，那栋华丽的酒店，还有聚在大厅里的那些瘦骨嶙峋的人，吃东西不停嘴的老妇人，还有马塞尔先生错认的芮薇卡……她没有讲他想卧轨自杀的那一段，那件事沉重得令人难以启齿。

艾丽斯告诉他，巴黎人很奇怪，他们总是很着急，似乎地球上除了他们以外其他人都不存在一样。只有一个人对她来说很重要，当然，除了妈妈以外。这个人就是让-约瑟夫。她跟他说了那些以物换物还有干零活的事。还有他的妈妈，她真的非常怪异，大部分时间还禁止他出门。他妈妈教他说德语，好让他能听得懂命令，以及“万一”，这样他就能够借此脱身。万一什么呢？她从没有解释过。

“我真想把他们快点一一介绍给你，希望让-约瑟夫还没走。”

瓦迪姆将信将疑地笑了笑，他的思绪似乎已经飘到了远方。她说了很多，或许他需要时间来消化一下？不管怎样，艾丽斯讲完这些事后，觉得舒服多了，就像她刚刚卸下了一个沉重的包袱似的。

不过第三天晚上，她却怎么也冷静不下来。或许是他们距离法国越来越近的缘故？艾丽斯感到呼吸困难。瓦迪姆很担心她。她虽然感到反胃恶心，但她还是尽量集中精神盯着那些黑色的浪花。突然，她觉得像触电了一般，打了个冷战。

“你怎么了？”

“没事。”

她不敢把刚刚想起的那段回忆告诉瓦迪姆。她在前臂上写数字的那一次……她需要靠近甲板，闻一闻大海的味道。不知道羞愧的感觉会在某一天消失淡去吗？

“你想什么呢？”瓦迪姆走近她问。

“你知道前臂上有数字意味着什么吗？”

“你问这个干什么？”

几秒钟之内，瓦迪姆突然变得十分严肃。

“我妈妈的前臂上就有。马塞尔先生也是。”

“噢……”

他们沉默了一会儿。

“你说我的妈妈，她爱我吗？”

瓦迪姆重新振作起精神，面向大海说：

“她一定是尽其所能地在爱着你……人都是倾其所能去爱的。”

艾丽斯又打了个冷战，就像有一股冰水从脚底一直蹿到了头顶一样。她又看见了在去美国的船上梦到的那个可怕的骷髅，她一下子喘不上气来。瓦迪姆把手放在了她的肩膀上。

“你不舒服吗？”

艾丽斯没有立即回答他，她难过极了。

“小姑娘，告诉我怎么了。”

“万一……万一我妈妈死了怎么办？”

瓦迪姆愣住了。他思考了一下，然后严肃地对她说：

“如果你妈妈死了，或者她快要去世了，你心里一定会感受颇多。你会觉得有很多事情你没有做到，但这都不是真的。你已经做了所有你力所能及的事。这一点你一定要记住。每次想到她，你必定会心里难过。但这种难过会逐渐减轻的。有一天，你会想起她，但一切依然云淡风轻。”

艾丽斯叹着气。

“如果爱的人消失了，一个人该怎么继续生活下去呢？我做不到。”

“你做得到的，就像所有人一样。只要音乐还在，就得继续跳舞。”

“我最想做的事，就是和我妈妈、你，还有马塞尔先生一起过生日。”

“你的生日是什么时候？”

“6月14日。”

瓦迪姆一脸震惊。

“你确定吗？”

“当然了！”

他的镜片蒙上了一层雾气，艾丽斯不明白为什么她的出生日期会让他感到伤心。

“你哭了？”

他轻轻地抹了抹眼泪。

“没有，风吹的。”

*

他们朝床铺走去……好像有点不太对劲，艾丽斯觉得虚弱极了，似乎马上要倒下了一样。她感到四肢软弱无力，而且头晕目眩。她猛地呕吐起来。瓦迪姆搂住了她，往她的脸上扑了一点水。

“你怎么滚烫滚烫的！”

他突然大喊：

“快来帮忙啊！快来帮忙！”

艾丽斯感觉瓦迪姆似乎在奔跑，但她什么也看不见、什么也听不见了。她浑身发热，汗流个不停。迈克、西塔和格雷厄姆都围在她的身边。她跟他们打招呼，但他们却不回应。所有的一切都显得有失真实，好像她正飘浮在空气中一样。她睁开眼睛，发现自己正躺在床上。很长时间过去了。她不知道是几个小时，还是几天过去了。他们已经到巴黎了吗？她时而毫无缘由地感到开心，不停地咯咯笑着，时而又觉得危机四伏，四周的一切充满了威胁：船员也好，床铺也好，就连台灯也是。瓦迪姆在她旁边一直不停地说：

“艾丽斯，你发高烧了。但一切都会好起来的。”

这是什么意思呢？他说话时嘴唇扭成了一团，而她则变成了一只庞然大物，像条鲸鱼一样。他递给她一杯水，这个杯子似乎硕大无比，几乎和瓦迪姆一样高。他是怎么把它端起来的？她觉得自己好像被海水包围着，她能够听到海浪的声音。几米外，一个漩涡正在形成，它要把她吸进去，带她沉到海底，让她消失。死亡。漩涡底下是死亡。她大叫起来。

“艾丽斯。艾丽斯。有我在呢。”伯父捏着她的手说。

她睡着了。

她醒来时，一切都十分平静。她知道自己已经痊愈了。瓦迪姆在她旁边的床铺上沉睡着。现在是早晨五点。她看了一眼船员挂在墙上的日历。她已经睡了两天了。两天了！如果她没算错的话，再过几小时，他们就能抵达法国了。

*

艾丽斯和瓦迪姆靠在舷墙上，望着渐渐显现的陆地。法国在一片浓雾中一点一点地露出了它的面孔。船开始减速了，船员抛下了锚。他们到了。他们走下舷梯，上了码头。他们和船员们一一拥抱告别。卡洛斯抱着艾丽斯亲了一口，西塔行了个告别礼。

“再见，去开始新生活吧！”他说。

工头查克似乎有些难为情。他每次撞上瓦迪姆的眼神，就立即把头低了下去。他抓着脖子上的徕卡相机，咬了咬嘴唇，然后把它递给了瓦迪姆：

“还给您吧，这东西我不能要。”

当瓦迪姆意识到查克手里拿的是什么时，一下愣在了原地。他既惊讶，又欢喜。他握了握这位工头的手。查克有些尴尬。艾丽斯每次自豪地谈论起她伯父的记者生涯时，他似乎都是这个表情。他受不了这种沉默的气氛了，于是说：

“我就不陪你们去火车站了，下面的事由格雷厄姆接手。”

现在，艾丽斯已经不需要别人把英语翻译给她听了。

查克走远了，但艾丽斯追上了他。她想拍一张照片。她让瓦迪姆站好。伯父给她提了几条建议，让她根据光线调整好位置。所有人都就位了以后，艾丽斯看着取景框，按下了快门键。她喜欢听按快门的声音。

“你被我传染了。”瓦迪姆开玩笑地说。

然后格雷厄姆走了过来，他显得十分激动。他抓着瓦迪姆的手，塞给他一个信封：

“这是我们大家的一点心意。”

“这是什么？”

“应付一两天的开销。”

瓦迪姆的嘴唇颤抖着。

“谢谢你们……可我……我们不能要啊。”

“拿着吧。这样你们就不会忘记我们了，而且到处都需要用钱……”

艾丽斯想告诉船员们，他们就算不收下这个礼物也会记得他们的，但她却激动得说不出话来。

船员们把一部分货物卸下来，装到了一辆开往火车站的卡车上。到了火车站，有人又把东西搬到了去巴黎的火车上。艾丽斯和瓦迪姆上了一节货车车厢。查克已经叮嘱过，让人给他们腾出了坐的地方。大概有两小时左右的路程。车厢里没有窗户，艾丽斯看不到外面的风景。光线很暗，她也没办法看书，不过她也没有心情。火车摇晃个不停。她突然感到疲惫不堪，接着便昏昏欲睡。

瓦迪姆叫醒了她，火车进站了，几个男人正在卸货。艾丽斯觉得体内空空如也，她晃晃悠悠地站起来。真相大白的时刻到了，这让她有些难以承受。现在，她再也不只是想想而已了，她必须鼓起勇气直面心中的恐惧，勇往直前。

她不想再在巴黎停留了，但她也不想回到纽约或者萨利去。她能去哪儿呢？她想要消失，想让时间停止。她又想起了妈妈原本的样子：严厉、冷漠、沉默寡言，和她身在远方时记忆中的完全不一样……妈妈会说些什么呢？万一迪亚娜对她的出逃很生气怎么办？万一巴容女士在她见到妈妈之前，又把她再送回美国去怎么办？她之前怎么没有想到这些呢？她突然无力去面对医院里那些病人和药物的气息了，还有等待室里的灯光，以及医生们遗憾的表情。

“我说，你总不能一直站在这不动吧！”

“我不想再往前走了。”

“别闹了，小姑娘，你这样很可笑。”

瓦迪姆受不了她懦弱的样子，但艾丽斯就是不愿意行动。

“好了！你又不是一个人！我跟你一起。咱俩一起去。”

虽然艾丽斯还是不情愿，但她勉强点了点头。他们走进了一家咖啡馆。

“请问可以借用一下电话吗？”瓦迪姆问。

服务员指了指卫生间旁边的电话亭。他们打给了帕维路的杂货店老板。往常都是这么做的。杂货店的老板说，迪亚娜应该还在德农医院。

只剩下去医院的路要走了。只剩下……

他们踏进了巴黎城。艾丽斯背着背包，一只手提着箱子，另一只手拉着伯父的袖子。他们走得如此缓慢，看上去像是在原地踏步一样。再过几分钟，他们就能见到迪亚娜了，从今往后，一切都会变得和以前不一样了。

*

他们走进了医院宽敞的大厅，然后爬楼梯到了二楼，询问着普拉勒医生的办公室在哪里。

“我找我妈妈，迪亚娜·阿玛利耶。”

咨询台的护士瞪大了眼睛。

“我去找医生，你们请坐。”

一个穿着白色上衣的瘦弱男人走了过来，他手里拿着一些档案，一直低头看着脚。他把他们带到一个小办公室里，请他们坐下，然后才开始说话。

两天前。两天前，迪亚娜去世了。那正是艾丽斯在“丹佛机器”号上病倒的那一天。

妈妈死了。这不可能，她不相信。

“那现在你们准备怎么办？”

医生眨了眨眼，然后问道：

“什么意思？”

“这种情况，你们打算怎么处理呢？”

瓦迪姆插嘴说：

“小姑娘，做什么也没有用了，已经结束了。”

“不可能。”

“艾丽斯……”

“我要见她。”

医生清了清嗓子。

“我很抱歉，小姑娘。”

瓦迪姆朝椅子扶手的方向伸过手去，他想去抓艾丽斯的手，但她把手抽开了。她不想别人碰她，也不想跟任何人说话。她不愿相信她妈妈死了，她们还没有互相熟悉过。她感觉自己被一层浓雾包裹了起来，她听到有人在跟她说话，但她什么也看不见了。她为什么没有早点行动呢？为什么这么晚才逃出来？她为什么没有早点去翻埃伦的衣柜？为什么没有早点给杂货铺的老板打电话请他给捎个口信？他们为什么不坐飞机回来？她妈妈死了。这不可能。结局不可能是这样的。她永远也不会知道妈妈经历过什么了。她永远也没有机会把心里的感受告诉妈妈了。她这一生，都要背负着这个遗憾度过了。

“她孤独地死去了。”过了一会儿，她小声说。

“所有人都是孤独地死去的……”瓦迪姆回答道，“孤独地出生，孤独地经历苦难。一直如此。”

艾丽斯咳嗽了起来，瓦迪姆拍了拍她的背。

“你愿意的话，咱们可以一起为她祷告。”他提议。

“不。我以后应该再也不会祷告了。”

艾丽斯又开始咳嗽起来，她也不知道为什么。她咳嗽得很剧烈，剧烈到喘不上气来。她想说话，但她的嗓子好像被蒙上了一层纱。医生担忧地看着她。

“让她躺下吧。”他对瓦迪姆说。

普拉勒医生给她做了个检查。情况不严重。他提议给她开点有助睡眠的药物。虽然他没有直接对艾丽斯说，但她直言拒绝了。她想回家。医生坚持要开药，护士伸过手来，喂她喝了一口糖浆。

15

巴黎，1947年6月

艾丽斯醒来的时候，已经不记得自己在哪里了。她身边的护士去叫普拉勒医生时，她才想起一切，感觉就像她妈妈又去世了一次一样。难道每次她睡醒，都会有这种感觉吗？医生问她感觉如何，是否可以走路。

“可以。我想见我妈妈。”

医生向后退了一下，吞吞吐吐地说：

“可是……咱们已经谈过了……你妈妈她……”

“我知道她死了，我只是想看看她。”

“我觉得今天你已经超负荷了。明天吧，我带你去她葬礼前休息的地方。”

葬礼！她完全忘记这件事了……葬礼什么时候举办？在哪里？有谁参加？许多细节需要理清楚。他们会把她的妈妈装在一个盒子里。一个小盒子里，埋在地下，永远地封存起来。永远……她觉得脚下的地面突然裂开了一道缝隙。医生说得对，她今天已经精疲力尽了。她明天再来。现在，她要回家了。

外面下着倾盆大雨，不过艾丽斯和瓦迪姆还是决定步行回去。艾丽斯不想被关在地铁里。一想到要下到地面以下，她就毫无缘由地觉得焦虑不安。一小时后，他们抵达了帕维路。他们经过那个面包店门口时，羊角面包的香味直让她恶心。打开公寓大门时，瓦迪姆向后退了一步。自从上了船，他就有些异样，好像变得对一切都很在意。艾丽斯觉得他是在为她担惊受怕。不管她是悲伤还是焦虑，他都会被她的情绪所感染。而现在，他似乎被什么给羁绊住了，这股力量令他无力反抗。艾丽斯不敢问他是什么。或许她搞错了？一切都变得模糊起来。她的脑袋一片空白，做什么事都不去细想，似乎所有动作都只是为了让她的心不痛似的。她对他说：

"我觉得你还是在这里等我比较好。"

"你确定吗？"

"嗯。我很快就下来了。"

不论如何，她还是倾向于独自上楼。重新回到公寓里一定很痛苦。她需要冷静下来才能集中精神，现在不是泄气的时候。

"好。你把东西给我吧，我去给你买些点心，等你回来。你得吃点东西才行。"

"好。"

"万一出了什么状况，有我在。"

艾丽斯把背包递给了他，把外套脱了下来。虽然淋了雨，但她还是觉得身体燥热。她感到悲伤正像暴风雨一样，伴着密布的乌云和昏暗的天色，从远处向自己的方向袭来……她早晚都会被它摧垮的，但现在，她必须上楼去。一个声音让她坚持下去。

楼道里的味道还是和从前一样。她上了几级台阶，然后停下了脚步。墙上的裂缝还在那里，什么都没有变……难以置信，这周围的世界似乎对她毫不在意。她扶着栏杆往上走去，走到她和莱亚女士谈话的地方时，她心头一紧。“继续上，继续上。”让-约瑟夫住的公寓里悄无声息。他已经走了吗？她缓缓地爬着台阶，急促地喘着气。还有一层。她觉得自己像在攀爬一座高山。每次一想到她走进房门，妈妈已经不在了时，她的胃里就有一种翻江倒海的感觉。

她爬到了四楼，门没有锁，她进去了。

“有人吗？”

没人回答。

她走进客厅，看到只穿了条内裤的马塞尔先生坐在地上。

“是我。”她小声说。

马塞尔先生打了个冷战。

“你在这做什么？”

他吓呆了，就像看到了鬼一样。

“不做什么，我回来了。”

艾丽斯坐到他的身旁，拉起他的手。他身上有股难闻的味道，他的头发、指甲已经很久没有剪过了。她没说话。她看着眼前到处乱堆的衣服，还有十几根针散落在地上，衬衣领、纽扣也遍地都是。马塞尔先生突然把手抽了回去。

“她给你留了点东西。”

艾丽斯的心怦怦乱跳。

“给我？”

“对她很重要的东西。”

他沉默了一会儿，这些话似乎难以启齿。然后他小声说：

“她知道你会回来的。”

他用手指了指壁炉。艾丽斯起身走近。她的腿不停颤抖。万一这东西令她失望怎么办？如果只是些小玩意儿或者旧物件呢？但这是妈妈最后的遗物。不管怎样，这些都将是她仅剩的回忆了。

“去吧，在架子上面。”

是一个信封。这个信封很厚、很沉。艾丽斯长舒了一口气。她把它拿在手里翻来覆去看了很久。她想把它打开，但又觉得自己还没有做好准备。她环顾着客厅的墙，把信封在手里翻过来又翻过去。信封背面写着“致艾丽斯”。她用指尖轻轻抚摸着妈妈写的这几个字。这是她第一次收到信。致艾丽斯。似乎这几个字便已足矣。这是给她一个人的。艾丽斯是存在的，她是重要的。这封信，就是她有意义的证明。她下定决心，一下子撕开了信封，就像为了减轻疼痛，把创可贴一下子撕开那样。

信封里面，有一封妈妈写的信，还有一个笔记本。

“可……这是她什么时候写的？”

“她想让你知道。”

艾丽斯愣住了，可她真的想知道吗？

她决定把信大声读出来，和马塞尔先生分享这一刻，这会让她觉得不那么孤单。可她的嘴巴黏在了一起，舌头也麻木得很。

信上的字迹有些潦草。迪亚娜应该是费了很大劲才写下这些话的。艾丽斯抬头看了一眼天空，然后开始读起来。

艾丽斯，

感性，从不是我的强项，但你是我生命中最美好的礼物。

此生，我不能陪在你身边了。自始至终，我从未做过一个称职的母亲，对此，我很抱歉。

我唯一能为你做的事，就是把真相告诉你。毕竟，除此以外，我们还拥有什么值得为之痛苦的东西呢？当你看到这封信时，或许已经是个大姑娘了。抑或你永远也不会看到它。那样再好不过了，这说明你过得很幸福，没有再回来的必要了。

后面的这些话，我之所以写下它们，并不是想让你难过，我只是相信，人的一生，想要知道接下来往哪里去，就得先知道他从哪里来。信封里有一个本子，我在去萨利接你之前就开始写了。我需要让思绪清晰一些。写字，比诉说容易。我一直想把它给你，但我一直没有做到。我知道你有疑问。我怕你不相信我，或者恨我。现在我明白了，你只有我一位母亲，而你有权知道我是谁。

千万不要悲伤。努力让自己不要悲伤。

迪亚娜

艾丽斯感到不可思议。妈妈从未这样跟她说过话。而且，妈妈生前有跟她真正地说过一次话吗？这个蓝色的本子只比她的手掌大一点，里面的字迹比信上的更有力、圆润。那时迪亚娜还没有生病。

1946年7月，尼翁

艾丽斯，你在哪儿？我又在哪儿？我也不知道自己现在身在何处了。我想，写给你的这些话，也是对我自己说的吧。

愿我们能把失去的时光弥补回来。

我一五一十地全写在这里，今后就不再提过去的事了。艾丽斯……我迫不及待地想要再见到你。

从哪里开始说起呢？

我是在诺曼底多维尔市附近的布隆维尔市长大的。那是个滨海城市。我没有兄弟姐妹，也没有见过我的母亲。她因难产而去世了。

我父亲一辈子都在种马场里工作，很长一段时间里，我从没想过，以后除了帮他料理马场以外会去做其他的事。我们俩每天都要工作十六个小时，但我很喜欢这份工作。我不像其他女孩子那样。我整天和马匹待在一起，脑子里也只有它们。

只要一有机会，我就会骑着“箭头”去散步，这匹母马是我看着出生的，我父亲把她送给了我。她有一种罕见的优雅气质，她有白色的毛发，脸上有一些细小的灰色斑点，她跑得快极了。她给予了我自由，我骑在她背上的时候是最幸福的。

十四岁的时候，我父亲允许我负责一些在沙滩上带马儿散步的活动，这样既可以带那些被主人抛在一边的牲畜出去转转，也可以让我们的马匹得到锻炼，还能赚一些钱。我每个星期两次沿着海边，从伯内尔维尔市走到特鲁维尔市。

我就是这样认识保罗·达尔尼的。那是1935年，那时我十七岁。他的家人在滨海维莱有一栋度假别墅。保罗很喜欢马，他把他的马交给了我照顾，然后我们就成了朋友。我感觉到他想要接近我。我很喜欢他，但除此以外并没有别的想法。那个时期，他似乎很脆弱，总是有些紧张兮兮的。虽然他很有魅力，但他并没有像我想象中那样以一个男性的身份吸引着我。但为了不失去他，我只能假装什么都不知道，继续这种暧昧的关系。那时对我而言，没有什么比我们的友谊更重要的了。

后来，我发现，不论如何，我的身份地位和他的志向都不相符，而且因为我的缘故，他一直在欲望和对未来的梦想之间徘徊不定。保罗是个有兄父情结、志向远大的人。和一个农村女孩牵扯在一起，会让他无法达成他对自我的期待——或者说是亨利·达尔尼对他的期待。但那时，我完全不知道以后会怎样。我既不认识他的家人，也不清楚他的宏图大志。

夏天我们一起下海游泳，一起上山采树莓。有时我们还一起去电影院。保罗是我的密友，是我最好的朋友。这样的日子让我感到很幸福。但是，1936年1月，我的生活彻底被颠覆了。

我认识了一个男人。

以后你就会知道，生命中的大起大落总和此类事情有关，即便是我这样的女人也免不了俗……我当时正在集市里买东西，他出现在了我的面前。那是一个高个子的年轻人，他有一头深棕色的头发，浓密的眉毛和厚厚的嘴唇。他散发出的那股惊人的力量，和他温柔的眼神形成了鲜明的对比。那一刻，标志着我以往生活的终结。

他手里拿着一个相机。他一直微笑着，这显然不太正常，他问我是否可以给我拍一张照片：“我这几年见过的太多，后面还有很多在等着我，我需要一张能够鼓舞我、陪伴我的影像。世界不会变得更美好，可这位女士，您美极了。”我很难为情，也不知道旁边的人会怎么想。然而根本没有人注意到我们两个。我告诉他，我的工作是饲养马匹，如果他愿意，可以给我和马匹一起拍一张照。他只是对我笑了笑，然后走过来向我伸出了手，好像我是个男生一样：“我叫瓦迪姆。”

艾丽斯愣住了。“瓦戈，瓦戈……”所以妈妈和他真的相爱过，她没有猜错。她的脑海里产生了一大堆疑问。但她知道，这些问题的钥匙就在下面几页里。她得继续往下读，读完以后再思考。

他有力、温热的手掌令我感到震惊，也让我觉得十分舒适。我和他握了很长时间的手，比一般握手的时间都要长。

我们相视一笑。未来的日子好像突然变得绚丽起来了。如果我知道……生活并非令人失望，只是我们的期许和现实之间的差距有着不可逾越的鸿沟。

很快，我便只想和瓦迪姆在一起。我希望让你知道他是谁，知道为什么认识他以后，我的心里再也容不下其他男人。瓦迪姆与众不同。他是与我截然相反的一面，是我寻觅的旅程和所有斗争的开始。他是位摄影记者，他想成为一名伟大的战地记者。他还不满二十岁，就已经报道过了这个疯狂的时代里发生过的很多著名事件。1933 年，他刚满十七岁，就化名瓦戈只身去了德国，这个名字后来一直被他沿用。那时我们听说有个叫希特勒的人在德国的呼声越来越高，他给很多德国人带去了希望。我们知道希特勒得到了某些精英阶层的支持，知道他滥用武力与恐吓夺权。我们知道，我们以为自己知道，瓦迪姆则想去亲眼见证。他带着他的相机只身前去，他目睹了国会纵火案，并拍下了那个历史悲剧的瞬间。

他拍下了那些殴打路人、推搡老妇人的黑衫军。其中一个黑衫军士兵抓住了他，没收了他的相机，还把他和其他那些“不宜交往的人”关进了同一辆小货车里，那些人中有同性恋、犹太人，还有共产党人。他们一起被关押在一个库房里。其中一些受尽了折磨，还有两个人被狗活活生吞，在惨无人道的痛苦中死去。瓦迪姆成功脱身回到法国后，便发誓要尽所有努力与法西斯主义抗争到底。对他而言，摄影是唯一有效的、也是他触手可得的武器。他觉得人们只要知道了真相，就一定会行动起来。他想要警醒所有的人。他对我说："所有那些令人脊背发寒的恐怖景象，我竟连一张照片都没能带回来！"这件事让他最为苦恼，而不是被殴打，也不是目睹那些残忍的谋杀。我知道没有人能让他放弃对这项事业的执念，但我不在乎。

1934年，是他的事业真正起步的时候，那时我还不认识他，并不知道他每天都经历着什么。我或许也关注时事，但我又能有什么办法？和许多人一样，那时我的眼里只有我自己罢了。他把自己拍摄的照片卖给了《视线》杂志，这是当时评价很高的一份刊物，杂志的主编吕西安·沃热尔称赞了他的工作能力，以及他人性化和讽刺性的视角。这些照片是他在2月6日巴黎暴乱时拍摄的。法西斯主义者宣称要在波旁宫前举办一场空前的大游行。"法兰西运动"和"爱国青年团"等组织想要抗议左派，尤其是达拉第政府的提名。协和广场上聚集了三万人！史上第一次，可惜，这群人的目标却是要占领众议院。

事实上，当时有数场游行同时进行。他们没能达成目标，游行示威者分散开来，直到冲撞演变成了索尔费里诺桥头的街头垒战。瓦迪姆当时就在那里。他在后面跟着这些法国法西斯主义势力抬头的代表，追随他们的青年以及他们忠实的信徒，他们突然间摆脱了一切束缚。沃热尔选中的他的第一张照片，上面有一位额头被石块砸中的年轻女人，那天很多人受了重伤，有些人伤势甚至危及生命，她便是其中之一。她的表情惊愕不已，而她身边的人却还在继续行动，仿

佛她根本不存在一样。另一张照片是在塞纳河左岸一家被用作医务室的咖啡馆里拍摄的。柜台和啤酒瓶之间一片混乱，让人觉得既悲伤又可笑。

瓦迪姆是躲开了金属棍的袭击才拍下这些照片的。他每次跟我讲述那个场面时，我都听得入神。他跟我描述现场紧张的行动节奏，他必须竭尽全力聚精会神：他一边要观察整体局面了解总体情况，一边还要聚焦细节，晚上他的手腕一直抽筋，下巴则因为咬牙过紧而酸痛不已。

这则报道让他在全世界出了名。《目光》《欧洲》两本刊物向他约稿。他还被当时颇有盛名的摄影联盟所雇用。他觉得不可思议，虽然他从未怀疑过自己，但却不敢相信自己成功了。他总算得到了业界的认可。

艾丽斯停了一下。她又想起了在妈妈的衣橱里发现的那本杂志。迪亚娜一直在搜集瓦迪姆的报道，这就是她的秘密。那就是说她还爱着他。艾丽斯叹了口气，继续埋头翻着手里的蓝色笔记本。

我爱上了他。我知道从今往后，自己将永远和他息息相关。他的那些话令我产生了共鸣，外面的世界第一次在我的生活中占据了一席之地，我再也不仅仅满足于照看马匹了。我也必须要行动起来，我想让他教我该如何去做，我也想要加入到反法西斯的斗争当中。这个藐视民主与平等的世界绝不能赢得胜利。

瓦迪姆不常现身，但每次他只要回到布隆维尔，我就知

道他是为了我而回来的。我们一起准备野餐篮，然后跑到海边的沙丘上坐着。我们聊历史，他也跟我聊政治，尤其是他的政治观点。

我陪他去过巴黎几次。人民阵线赢得选举的时候，我们正在巴黎。我开始明白了这其中的重要性，并且心里充满了希冀。我们紧紧拥抱着对方，和与我们同样喜悦的那成千上万人一样，高喊着："面包，和平，自由。"但他的话浇灭了我的激情。他说，不要把争取权力和执行权力混淆在一起，为了不让法国沉沦下去，我们要做的才刚刚开始。我觉得这种悲观的理念似乎不合时宜，我想沉浸在赢得选举的喜悦之中。"我是个现实主义者，现实主义，就是要充当扫兴的角色。"他松开我，如是总结。如果亲眼见证这几个月以来政治理想一步步的具体实现，竟会让他产生如此消极的反应，那么我该如何对我们的未来抱有期待呢？但他一对我笑，我就把这些全抛到九霄云外去了。不过，他没有说错：一个月后，法国各地展开了大规模的罢工，工人阶级凭借着令整个国家陷入瘫痪的如火如荼、持续多日的斗争，才最终赢来了尊重和认可。

他的日常令我惊叹不已。他向我介绍了他的朋友们。在圣米歇尔大道的咖啡馆里，我们见到了其他摄影师，其中有安德烈·弗里德曼和他的伴侣格尔达，这两位波兰人看似无所畏惧。后来前者以罗伯特·卡帕的名字在业界名声大噪，格尔达则牺牲了。我想，行动与自我实现或许和爱情是无法两全的吧。

艾丽斯想起了那张在西班牙拍摄的有安德烈和格尔达的照片。原来如此。

那些老旧的小咖啡馆变成了论坛，画家、作家、政治难民和摄影师们聚在这里，激烈地展开着辩论，有时场面十分震撼。毕加索、曼·雷、魅力无限的美国女人李·米勒、马蒂斯和他的妻子、布努埃尔、海明威……都是因为瓦迪姆，我才能遇到这么多的人。那时我和他们在同一个地方活动，我们怀着同样的希望。我，一个默默无闻的诺曼底女孩，竟能接触到这些伟大的名人！我才疏学浅，无法插话或反驳，但我侧耳倾听，汲取着他们的思想观念。他们都在筹备新的报道评论，一边剖析时事，一边畅饮畅谈。那是一段紧锣密鼓、群情激昂的时期。瓦迪姆让我感受到了生活的脉搏。他开拓了我的视野，同时也令我刮目相看。

他从不谈及他的家人，只提到过他的母亲是一位记者，这在当时是十分罕见的，是她让他从小树立了现在的世界观。他说她活得毫无牵挂，甚至连他也不放在心上。而我则渐渐地和我父亲疏远起来，他觉得所有的政治时事全都一文不值。在他眼里，只有老一辈战士值得信赖，即便他们支持的都是些令人无法接受的思想。

10月，瓦迪姆前往伦敦报道一场被称作“凯布尔街抗争”的法西斯主义游行。这场游行很快便失去了控制。“可

敬的希特勒”在德国的人气越来越高，数以千计支持其政策的英国激进分子决定在犹太人聚居的伦敦东区举办一场游行示威活动。反法西斯主义者、共产主义者、无政府主义者、左派爱尔兰民族主义者以及犹太人当然不能错过这场集会。数以千计的武装黑衫军与数以万计的游行示威者发生了冲突。那是一场真正的内战。法西斯主义又一次被击退了。瓦迪姆也是，他撞到了街垒，不得不在医院里静养三个星期，等待脱臼的肩膀痊愈。他因为没有拍到值得出售的照片而心神不宁。

这对我们来说当然不是什么好消息，因为这正是他向我宣布我们第一次因政治原因而分离的时候，我也是这样称呼它的。他决定去西班牙和安德烈、格尔达等人会合，并加入国际纵队。当他知晓他们是台尔曼营中的成员后，便决定加入他们，该营由犹太人、共产党人、波兰人和德国人构成。他拒绝我陪他一同前往。他说，我的信件足以带给他留在那里的勇气，鼓励他拍下他梦想中的精彩相片……我们根本没有料到后面几年里会发生的那些灾难。

他走了整整六个月，这期间我读了很多东西，深入地了解了近年和当下的政治环境。我加入了一些左翼协会，每个星期都去参加集会。有一次，我临时救急代替我们小组的领导人阿兰发言，我一直觉得他很欣赏我。我不知道该说些什么，就率直地谈了谈女性扮演的角色，谈到了不该忽视她们的能力。我说我们女性的地位至关重要，不论是在支持阵营还是在行动阵营中。我并没有意识到这是一场我无法独自完成的斗争。一些人表达了对我观点的支持，另一些，尤其是男人们，他们听了我的话微微一笑，急等着——我听到他们说——我激情洋溢的花瓶演说结束……

这期间，我一直和我的朋友保罗保持着来往。我从没想过瓦迪姆会是他的哥哥。其实是半个哥哥。瓦迪姆的母亲嫁给了亨利·达尔尼，几年后又和他离了婚，去了太平洋。瓦迪姆天资聪颖、机敏，保罗则稀里糊涂地挥霍着亨利的财富。这个完美哥哥的存在，令保罗和他们的父亲并不亲近。但当时，我完全不知道这些事。我从未跟保罗提及过瓦迪姆，因为我想把这份热烈的爱保留在我一个人的心底，我不愿冒险走漏任何风声从而导致它的毁灭。

我和瓦迪姆每天都会给对方写信。距离让我们的感情变得更深了。他在信里跟我讲述那边的生活。被革命席卷的巴塞罗那失去了它壮丽的一面。无政府主义工会把临时总部安在了莱埃塔那大街上。教堂被改造成了车库和战争物资的储藏室，神甫住宅被改成了工会办公室，大银行和酒店则全被工人占领了。马统工党甚至把基地安在了加泰罗尼亚广场旁边的猎鹰酒店里，丽兹酒店则成了民众食堂！在马德里，街头巷尾的生活十分艰辛，西班牙人为了交火时不被子弹击中，都睡在公交车里。写着‘禁止通行！’字样的床单被悬挂在窗户上。瓦迪姆寄给我的照片中，那些眼神深邃的人已经做好了斗争到底的准备。披着深棕色头发、倜傥不羁的西班牙女人们，一手拿着报纸，一手拿着毛瑟枪的样子，给他留下了极其深刻的印象。

然后他明白了一点，行动是不会在大城市里开始的，于是他便前往外省加入了共和党。他在信中写道：“你能想象吗，马德里人依旧排着几小时的长队，只为了到电影院里去看弗雷德·阿斯泰尔和金杰·罗杰斯跳舞。”而我却想：“我也会这么做的，我宁愿死去时，脑海中想的是美好的画面。”

前线上，武器装备刚刚被送达，它们大多是由苏联人提供的。战士们来自四面八方：英国、苏联、意大利和法国。这些惧怕法西斯主义的阴影笼罩到他们国家的人，把西班牙视作象征。但人类毕竟是人类，共和党内的冲突开始令军队的斗志消磨殆尽。苏联的长官们无法接受不辞艰辛来到这里，竟要接受英国理想主义者调遣的事实。打击报复、斗争、精疲力尽……那个炎热的伊比利亚半岛的夏天，败仗摧垮了这些志愿军，他们变得狂躁愤怒，忘记了自己存在的理由。

瓦迪姆身在某场战斗的最前线。他融入其中，去拍摄被他视作亲人们的那些人的照片，直到他意识到，他们被当作了诱饵。他们被当成侦察兵派遣到那里，如此一来，他们身后的警卫队便能够在冲突地区建立起包围圈，并对敌人实施突袭。

瓦迪姆在数小时内见证了几十人的死亡。他捡起了一位倒下的老战友紧抱在胸前的冲锋枪。他找到了一个藏身之处，眼看着敌军从他面前经过，他们没有注意到他。他在那里躲了两天，心中充满了恐惧和对遭到背叛的震惊。他将这场失败视作人性的幻灭。即使在好人群体里，也会有叛徒，和为了个人荣誉而采用卑劣手段的人。

这之后，他回来待了几天。他变了，整个人像鬼魂似的。他陪我去参加了一场集会，聆听了组织者对于法国新极右组织的担忧。整场集会中，他的眼睛就没有离开过脚上的鞋。结束后，他只对我说了一句："这个世界没有出路了。我们没有出路了。"

那时我的心中还充满了希望，我坚信还有行动的余地，为时还不晚，一场新的战争仍可被避免。我表达了我社会党人的立场，且在我的家乡地区已经开始遭到了一些抵抗，我父亲首当其冲。瓦迪姆支持我的立场，但在他眼里，我孑然一身，因此不堪一击。他不能每时每刻都在我的身边，所以他希望我不要公开发表观点。"人们都是很暴力的，迪亚娜，我不想在你的墓碑上看见'她是对的'这种话。"我觉得这太不公平了，他能去前线，而我，因为我女人的身份，却连心中的想法都不能表达。

他回西班牙后，我心烦意乱，于是决定要更深入地投身到政治运动当中。我去巴黎的次数越来越多，我再次见到了瓦迪姆介绍给我的那些朋友，参加的政治集会数目也是之前的两倍。

我们掌握了很多证明极右势力已形成规模的证据。他们的活动十分危险，我们必须采取行动，这其中有我力所能及的部分。第一个任务，也是后来众多任务中的一个。我需要潜入"火十字团"，接近其中一位活跃成员——让-米歇尔·克兰。他在该组织中扮演一个小角色。他无关轻重，因此不会存有戒心，但他的地位又让他能够掌握一些有用的信息。虽然我总忍不住想要倾诉心扉，但我什么也没有告诉瓦迪姆。我们依旧频繁地通信，继续梦想着我们的未来，梦想着终有一天，我们可以生活在和平的世界。但在此之前，他去了阿拉贡前线，几个星期后，贝尔奇特战役在那附近激烈地打响了。他很害怕，但又暗暗觉得，命运之轮会转向他们那一边，他们一定会赢得这场战斗的胜利。

我则在一家酒吧里和让-米歇尔搭上了讪，可我一直等到和他的第六次会面，才听到他谈及他参加的那些“特别”集会的细节。我忍受着他那些关于憎恨犹太人、共产党人的极端言论，他说自从法国变成了共产党人的天下，他就恨透了这个陈词滥调、甚至是悲悲切切的法国，但我的忍耐总算得到了回报。我定时把他透露给我的消息报告给我的上级。我不知道这些消息会去往哪里，也不知道此人后来的下场如何，他实在愚蠢，根本不知道自己思想的危险性。我遵从指示和命令，完成了任务后，我便回去照看马匹。保罗发现我变得疏远了，我觉得或许是这一点激起了他想要征服我的欲望。

他邀请我晚上去做客，或者就在我家待得越来越晚，他试图刺探他所谓的我的谜团。我只是笑笑，尽可能地转移话题。我很喜欢他，有他在身边，我觉得很舒服，但我从没有给过他任何有关我们两个的未来的希望。虽然几乎两年的时间里，我和瓦迪姆只在一起待了最多连续几个星期，但我爱着他。没有什么能阻挡我们。我对此坚信不疑。我们将永远相爱下去，直到世界的尽头。

在西班牙，共和党于1937年9月初在贝尔奇特全军覆灭。在法国，同月11日，“斗篷党”炸毁了法国雇主总联合会。我们中仅有两人牺牲，但这场袭击却是他们组织能耐了得的有力证明。我和所有那些跟我并肩作战的人一样，失败了。我伤心至极，义愤填膺，我对一切产生了怀疑。

瓦迪姆正是在那时出现在了我的门前。他又脏又瘦，脸上满是黑色的污垢，而且胡子拉碴。他在农民的帮助下步行穿过了边境线，因为身无分文而躲藏在火车车厢里。这场疯狂旅程的目的地只有一个，那就是我。我感到幸福极了。我们整整两天都黏在一起。他在这里，他还活着，他和我在一起，没有什么比这更重要了。

但后来我们出门的那天，一切都天翻地覆了。

保罗看到了我们，他大发雷霆。我以为他是因为看到我和一个男人在一起而感到震惊。那时我根本一无所知。谩骂声和吼叫声四起。难道这两个人互相认识？我完全糊涂了。保罗扇了瓦迪姆一巴掌，后者则回踢了他一脚。路人把他们拉开来，瓦迪姆和我退到了一边，保罗则消失在了人群中。回到家里，瓦迪姆告诉我保罗是他的弟弟，还跟我讲了他们的冲突与矛盾。他明白保罗为什么生气，不过并不打算因此而原谅他。我是个不合时宜的战利品。

后来，我去看望保罗，心里希望能够起到调解的作用。他说了些没头没脑的话，话里掺杂着爱与厌恶。他命令我离开，但我坚持要继续和他谈话，他推了我一把，我摔倒在地。我失去了我的好朋友，而瓦迪姆则因对我的爱而感到内疚。

这件事发生后，我们两个星期没有见面。可以说是几乎两个星期没有见面。然后他接到了摄影联盟打来的电话。7月初，日本帝国主义军队在中国北方制造了一场外交事件，继武装冲突后，日本人于8月初占领了当时的北平。战斗波及到上海，第二场中日战争即将爆发。瓦迪姆又一次有了脱身的机会。他又要长时间地出远门了，而我什么话也不能说。摄影依然是他心中首要的事，虽然我对他也很重要，但我既不是某则独家报道，也不是需要拯救的对象，而且尤其是，我可以等他回来。

他离开后不久，我便意识到自己怀孕了。我既欣喜又担忧。我不知道他什么时候会回来，也不知道该不该把这件事告诉他。我的日常生活并没有什么变化。未来似乎难以预料，于是我把注意力都集中在了当下。我投入到政治集会当中，不去在意某些邻居的目光和那些在我家附近徘徊的陌生人，我的注意力根本不在他们身上。我的女儿，最可怕的敌人，通常是你想象不到的人。一天，我父亲身体不适，我必须立即带他去医院，但我却背不动他。我心急如焚，只好去找我唯一能够信任的人：保罗。他帮助了我。我父亲的心脏越来越脆弱了。医生建议他卧床休息。他的病发作了一次，还没等到好转，又再次发作，这次则更严重了。我不可能在那个时候告诉他，他的独生女即将独自抚养一个孩子。

这些突如其来的事和我的身体状况令我疲惫不堪。晚上，在我照顾父亲睡下后，是保罗给了我慰藉。他每天都来询问情况，我们两个便在一起谈心。我成天泣不成声，他只是抚摸着我的头发，从不发问。我的好朋友失而复得了，我也真心感激他对我的支持和照顾。

我以为一切都会好起来的，但就在那时，我收到了瓦迪姆从中国寄来的最后一封信。他在信里语无伦次。他在那里的所见，他说，是人类的分裂。他失去了存在的理由。他告诉我他不会再回来了，让我独自继续生活下去。他爱过我，可我并不能令他满足。

我怀了一个不会回来的男人的孩子。

我不能令他满足。

我彻底崩溃了，那也是最后一次。从那以后，再也没有人能伤到我了。可那一天，我受到的打击是致命的，我需要一根救命的稻草。命运的捉弄令我悲痛欲绝，一无所有令我在你的面前无地自容。你值得拥有一位父亲。

我的眼前有一条路。保罗可以把他的爱给予我。我终于接受了他的殷勤。那是唯一的一次，我当时立即意识到，我们之间注定是不会有结果的。那一夜过后，我便躲着不愿见他。这又是一步错棋。一个月后，他再三坚持要见我，我不得不把我有身孕的事告诉了他。我话还没有说完，保罗便以为是他的孩子，他抱着我让我不要担心，说我们两人将共同组建一个家庭。我不知所措。我多么想信以为真啊。我没有勇气告诉他真相，而懦弱终归是要付出它的代价的。

几天后，亨利·达尔尼来到了养马场。他告诉我他们要搬到美国，到那里发财去了。我的情况，他说，让他们很难办。他不停地说：“别人会怎么看呢？”我不太明白他到底想说什么，于是便请他有话直说。他照做了。他不想让我留下这个孩子，我和保罗的事绝不能让别人知道。他想用一大笔钱来换取我的沉默。我必须做出选择：要么拿着这笔能够抚养你数年的钱，同时落个坏名声，要么和达尔尼一家作对……我接受了他的提议。不管怎样，我厌恶自己对保罗说谎的样子。既然没有人要我们两个，我便下决心要给你双份的爱。

我以为我永远都不会用到这笔钱的。我心里希望瓦迪姆会改变主意，一切都会好起来，因为事情不可能变得比这更糟了。但我错了。

是天意吗？“箭头”也怀上了小马驹。我想我们两个作为准妈妈，可以互相扶持和照顾。我每天骑上它时，都能够感觉到她的关切。她给予了我勇气，让我在孕肚开始显现之前，跟我父亲宣布了我有身孕的消息。他什么也没有说，只是和我疏远起来。

我怀孕六个月时，我父亲的病情突然加重了，这一次，谁也无能为力了。1938年3月23日，他去世了。我没能在他去世前跟他和好如初，这令我悲痛至极。与此同时，我成了被攻击的目标。我从没找到过证据，但我一直觉得这事一定和让-米歇尔·克兰脱不了干系。我收到了一些匿名信，而且定期有人往我家的门上扔东西。

集会上，同僚们都建议我要提高警惕。阿兰提议让我住到他家里去。我拒绝了，我想等瓦迪姆回来。怀孕八个月时，我就不再骑到“箭头”的身上了，但每天我都会牵着它去散步。定是有人看见了我们……我永远忘不了当我打开马厩门时，整个人彻底瓦解的那一天。有人割掉了它的头，用它的血在墙上写下了辱骂的言语。那个场景血腥至极。我吐了，跑去躲到了阿兰家里。我明白，一场战争在所难免了。我们的国家、整个欧洲、整个世界，已经分崩离析。我发了一场高烧。我一定要保护你，因此便去巴黎待了一段时间。

你是1938年6月14日出生的。那天天气晴朗炎热，你是个漂亮可爱的宝宝。我虽然欣喜若狂，但又为你担惊受怕。我不知道该去哪里。我回到了养马场，但那些威胁卷土重来。唯一可行的方法便是把你寄养在让娜家，别人向我举荐了她，亨利的那笔钱也在那时派上了用场。

起初，我定期去看你。后来战争爆发后，我逐渐投身到抵抗运动当中。我很早便感受了危险，当时其他人还对冲突表面的平静不以为然，他们甚至说这是场好玩的战争，我一点也没有看出哪里好玩。

反犹主义的宣传力度越来越强。除了瓦迪姆以外，我并不认识其他犹太人，我对法国人积极模仿德国人无情与狭隘的做法感到震惊。瓦迪姆曾告诉过我，这些人十年前就已经是毫无人性了。没过几个月，贝当组建起维希政府，法国民主蒙受的奇耻大辱由此开始了。即便是很晚才开始关注政治的我，也觉得政府的这种转变令人无法接受。这个弱肉强食、残酷无情的世界不应该存在。我绝不能让你在这颓废的世界里成长，也不能让自己平白无故失去一切。幸亏我不是唯一这样想的人。虽然付诸行动的人不多，但我们都尽力而为。

我们那些关于意识形态的讨论转变成了战略会议，阿兰成为我们组织的领导者。很快，我们集会的次数愈加频繁。我们和其他更庞大的团体合并组建了叙尔库夫联络网，成了诺曼底最活跃的组织。

去探望你变成了一件危险的事。我不想让你冒险，也不想让别人对我产生疑问，所以我不再去看你了。让娜偶尔会写信到我给她指定的一个联络人那里。我知道你过得很好，这是最重要的。

我们的第一批破坏行动于1942年开始。起初，我的任务只是传递信息。我负责报告消息，接收主要来自英国的援助物资。

我永远忘不了那些在丛林里躲藏的夜晚，我们负责看护一个谷仓，里面装满了英国特别行动处刚刚空投下来的最新物资，这个英国秘密组织一直在帮助我们。我们一听到远处有汽车的声音就心惊胆战，每次经过身份检查站时都提心吊胆。我每每听到楼道里的脚步声，总觉得是来逮捕我的人。直到今天，我依然觉得自己就像是狩猎场上一只惊慌失措的兔子。但人总能适应一切，战争也不例外……我很快便习惯了这样的生活。

1944年1月的一天早上，瓦迪姆重又出现在了我的面前。他刮了胡子，十分英俊潇洒。他似乎强壮了一些，身材甚至比过去还要健硕。他在一个朋友的帮助下找到了我。他在中国待了两年后回来了，珍珠港事件发生后，他又前往美国报道了太平洋一带的争端。不过，某一天，不知为何，他失声了。医生将此称作一种应激反应。经历了六个月的失声和三个月的疗养后，他才重又恢复正常。在中国，一位受伤的士兵让一支医疗队伍忙得不可开交。他们接上了他残缺的一只胳膊和腿，止住了肋骨附近的内腔出血。瓦迪姆目睹了手术全程。他想给这个小伙子拍一张肖像照。十天后，年轻人奇迹般地站了起来，整个医疗队为他鼓起了掌。几小时后，瓦迪姆发现，他被人用他冲锋枪背带吊死了。瓦迪姆彻底混乱了，他对生命产生了质疑。当一个人不够强大时，其他人有时可以对我们产生举足轻重的影响。

这段漫长和痛苦的怀疑时期过后，瓦迪姆决定还要继续做些什么，不久后他便来到了英国贝克街——特别行动处的总部。他和我们的一员——儒勒熟识起来，儒勒是我们派到英国负责通报物资需求的同伴。他看到了瓦迪姆手上与我初见时拍下的那张照片，认出了我，并在确定了瓦迪姆的可信度和身份后，把我的行踪和住址告诉了他。

瓦迪姆请求我的原谅。他向我解释，他给我写下那最后一封信时，他对一切都失去了兴趣，所有的一切在他的眼里都变得不再重要了。那时他对未来不再抱有任何期待。后来随着时间的流逝，他的脑中只有一个想法，便是找到我。

“我真的很怕再也见不到你。”他不停地说。然后我便糊涂地度过了三个星期，心里也不知道该如何抉择。这些年发生的事疏远了我们，我总觉得他已经认不出我来了。若他知道了真相，还会继续爱我吗？他不了解我的日常，更不知道我们两个有孩子的事。他知道保罗和我的事吗？如果他知道的话，我想等他先开口，我只想专注于当时的美好时光。

可惜那个时期，风平浪静的日子总是极其短暂。我们知道登陆迫在眉睫，分离在所难免，但我们以为这分离会是短暂的。我们当时确信几天以后便可以重逢，然后一切将重新开始。我们必须为终结这场战争尽自己的一份力量。瓦迪姆回到了英国，我和我的组织总部重新取得了联系。

我们之间很少通信，信中用的都是我俩一起创造的密语。他不冒任何风险，但我不一样，没有人可以知道我和海外有联络。所以我都是言简意赅，只让他知道我还活着、我爱他就够了。他在回信中说他每晚都会梦到一栋大房子，我们两个人和未来的小孩们住在一起。

我没有把你的事告诉他。不知道为什么，但我就是说不出口。也许是因为我没有把你留在身边所以感到惭愧？还是因为我用了亨利的钱？或是怕他知道了以后再次潜逃？我不想给他再次消失的借口。能够再见到他已经是个奇迹了，我想：该来的总会来的，如果我们能活下来，就可以一起去找艾丽斯，一切都会好起来的。

各种任务接踵而至，时间十分紧迫。我们小组的大部分成员都被杀害或囚禁了，女人肩上的责任更重了。我成功完成了几项任务，然后接到了一项最终行动指令：炸毁一座电话站，从而切断登陆行动时，驻扎在诺曼底的德国人和其援军的联系。行动的目标是为我军的前进争取到关键性的两天。与此同时，瓦迪姆以摄影师的身份加入了一支小分队，他将和士兵们一同登陆。登陆的摄影师只有他和安德烈两人。我们的重逢在即。万一出了什么差错，我们就约定战争结束后，于日落时分，在埃菲尔铁塔下相会。

我们当中有三个女孩子牺牲了，但我的行动最终达成了目标：电话站着火了。德国人花了几天的时间才把电线修好。据我所知，盟军应该做好了充足的进攻准备。至少这是我自己得出的结论，因为我从未亲眼见证登陆。我被人告发了，德国人把我抓了起来。

他们想让我开口。他们想要名字、地点，但最终一无所获。他们把我和其他几十人一起关进木头车厢里时，我的腿已经站不直了。没人知道我们会被带到哪里去。我以为这世界的战火终于进入尾声了，却不知道我的战争才刚刚开始。

三天后，我们到了世界的尽头。我被关在一个叫奥斯维辛的地方。大约一年后，集中营被解放时，美国军队用卡车把我们送到了卢滕西亚酒店。我们身上散发着恶臭，肮脏邋遢，饥寒交迫。我们不得不重新学习吃饭，治疗伤寒，清理体内的寄生虫。好不容易恢复了一些体力后，又要接受精神治疗。这场斗争，我至今仍然在继续着。从那里出来后，我已经不知道该如何去生活了……一切都显得如此荒诞。我想我这一辈子都会生活在集中营的记忆中了。不论是想到它，谈及它，或者不去想它、谈它，所有的一切都和它脱不开干系了。

然后，几个星期前，在我们组织的人的帮助下，我和热纳维耶芙·戴高乐[1]取得了联系，她邀请我和其他几个和我情况一样的女孩来到了瑞士的一家疗养所里参加康复疗程。所以我现在身在尼翁。

来到这里的本意是无可厚非的，但结果却不尽如人意。疗养所由新教徒管理，她们不停地告诉我们，自由是理所应当的，我们应该尽快找到工作，学习打字，或者英语……

我比刚来到这里时还要沮丧，尽管我也不知道究竟发生了什么，三天前，我得知我能活命了。所有的一切都从一个最简单的愿望开始，我已经很久没有过这种感觉了：我想吃一块巧克力面包。不久后，我又想要一块手表，以便知晓确切的时间。当我回到房间里时，我有了想去找你的冲动。

你要明白，直到现在所发生的一切，都超出了我所能控制的范围。我可以告诉你，不论发生过什么，我依然爱着你，但事实是，我已经什么都感觉不到了。我不知道过去的生活在我的身体里还剩下些什么。我怕一切都已经消失殆尽了。为了能够让一切清楚些，我决定把这些话写下来给你。我问他们要了纸，他们给了我这个笔记本。这个笔记本以后就是你的了。

艾丽斯翻过了几页白纸，然后又看到了字迹，这一次是用蓝色墨水写的。

---

① 热纳维芙·戴高乐（1920—1998），法国前总统戴高乐的侄女，积极投身二战抵抗运动和慈善事业。

巴黎，1946年9月

艾丽斯，从尼翁回来后发生了太多事，我没来得及给你写信。

我一直在找瓦迪姆。这三个月以来，每天日落时分，我都会去埃菲尔铁塔脚下。我一等就是几个小时，但他从没有出现过。我采取了一些行动，我联系了特别行动处里所有我们两个共同认识的人。但没人知道他的消息，直到上个星期……

他掉进了海里。

吉姆·斯迈思，他随行的那支小队里的人，看见他在登陆那天沉没在了拉芒什海峡[1]里。“在诺曼底地区激战的那一百天里，死了十四万人，消失的人不计其数。”他对我这样说。他建议我像他一样，放眼未来。

瓦迪姆死了。这怎么可能？

我们不在一起的日子比在一起的日子还要多，但我一直觉得那只是一时的委屈而已。这太不公平了！

我们是一群头上牵着线的可怜的木偶，而这些线却被攥在那些残忍、冒失的孩子手里。

我成天以泪洗面。这个硝烟四起的世界让我们变成了它的棋子，却从没有把它偷走的东西还给过我们。你的父亲是个与众不同的人，可平凡往往容不下特例。

---

① 即英吉利海峡。

愿他死去时无怨无悔。我试着安慰自己说他牺牲时正在为他所热爱的事业而奋斗，为了能和我重聚而奋斗。

不过我还有你。

帮助马塞尔和我落脚的协会，让我和一位社工——巴容女士，取得了联系，她会和我一同去接你。

信到此为止了。艾丽斯泪如雨下。“求你了，妈妈，再多写一点吧。”她疯狂地向后翻着本子。最后还有一些话，这些字是她妈妈生病时写下的。

后来的事，你都知道了。我到萨利见到你时……你已经长这么大了。你看上去无所畏惧，谁也不需要了。我沉浸在震惊之中。我知道我永远也抹不去我因抛下你而和你产生的距离了。我要对你的将来负责，但我心里明白，我在你成长最重要的过程中没有起到任何作用。我决心要尽我所能照顾好你和马塞尔。你们就是我的一切。

对不起，我让你这样离开，尤其是对你说的那些谎。我觉得你和保罗在一起会更好。他可以给你提供一个舒适的生活环境，在我离世后陪伴在你的身边。

我真的很抱歉，事情竟演变到这个地步。

我早该选择另一条路，早该放弃一些斗争去照顾你。我没能够这样做。生存所迫。

艾丽斯，我只能告诉你，我做过的一切，最终都只是将我送到了你面前。上帝创造的每一天里——正如我父亲常说

的那样——你对我而言都举足轻重。

迪亚娜

艾丽斯把本子放在地上，一动不动地盯着它。马塞尔先生拍了拍她的腿，好像在说："没事的。"她看着他，不知道该说些什么好。

她要去找瓦迪姆才行。

瓦迪姆……她的……那个词，她说不出口。她告别了马塞尔先生，承诺她很快还会再回来的。他已经听不见她说的话了。她悄悄地关上了公寓的门。楼道似乎变得和刚才不一样了。它似乎变得更宽敞了。她下了几级台阶，然后不得不停下脚步。她的爸爸不是保罗。她的爸爸不是保罗。她觉得头晕目眩。无意之中，她在脑海里已经和他建立起了联系。一切都天翻地覆，炸裂开来。妈妈以为瓦迪姆死了。她该是多么难过啊……这一切都是为了什么？为了谎言……她一直被教育，说谎是坏事。可为什么她的亲人却总是把谎话说个不停？

在纽约时，保罗和瓦迪姆互相厌恶，她终于明白了其中的缘由：他们爱过同一个女人——她的妈妈。迪亚娜曾是瓦迪姆的心中挚爱。可一直以来，他都以为他无足轻重，以为他们的爱情只不过是个谎言，他宁愿消失。艾丽斯又想起她刚到曼哈顿时，瓦迪姆不知从何而来的那种粗鲁的态度。其实原因很简单，她是背叛的铁证。这都是什么事啊。她突然喘不上气来。她坐在台阶上，盯着墙，就这样一直呆呆地看着。

她不愿再去想了。她只想待在这里。她对过去感到悲伤，对明天，甚至是下一刻，感到恐惧。她以为了解过去的事会让她如释重负……恰恰相反。现在，她彻底不知所措了。

她突然觉得有件事迫在眉睫：瓦迪姆必须知道真相，他必须知道他一直是被爱着的，知道她是他的女……那个词，她还是说不出口。她猛地站起来，一口气下到了一楼，然后又停下了脚步。她的四肢开始抽搐。她的身体需要暂时的休息。这一下子需要承受的太多太多。她又想到了埃伦，想到她和保罗在公寓里的那场争论。“我一切正常。”她这样说道。她一定是知道了，是保罗的身体“有问题”。她一定恨极了迪亚娜撒的谎，所以她才没有把那些信寄出去吗？还有亨利……他骂艾丽斯第二次破坏了他们的生活。这些人，他们的事，他们的仇恨和报复心，让她觉得精疲力尽。真是浪费时间。

她听到楼上关门的声音。她谁也不想见，于是逃到了院子里。让-约瑟夫的地下室空空如也。他一定是去德国投靠美国人去了。她会给他写信的。

雨点紧凑地砸在通风口的玻璃上，让-约瑟夫为了避寒用一块玻璃挡住了通风口。硕大的雨点滴滴答答地落下。她觉得自己待在这里很可笑，但她又无法起身。她又看见了自己之前在萨利等待妈妈归来的样子。那几个月里，她拖着她的婴儿包衣，担忧着自己会是战后最后一个被接走的孩子。迪亚娜没能早点来，并不是因为她不愿意……

各种各样的情绪全部掺杂在一起。这种感觉十分奇怪。她觉得既悲伤，又喜悦。这些她刚刚得知的事情虽然沉重不已，却又让她如释重负。她想来想去，总觉得这不合逻辑。她突然头晕眼花，于是在地上平躺了下来。她控制不了自己，她需要静一静再走。在音乐里，这叫作休止符，她在一本曲谱上看到过。一个休止符……她觉得这个词十分恰当。明天，她就要告别她的妈妈了。她要感谢妈妈给她留下的蓝色笔记本。艾丽斯确信，不论妈妈身在何处，一定能听到她的话。所有的这些事都有失公允，但这就是自然，是命，瓦迪姆说得对。

过了一会儿，雨停了。多长时间过去了？她经历了太多的苦痛，已经变得有些不正常了。所有为了寻找生命的意义而走过的那些路、坐过的船和火车，所有那些苦苦寻找着答案、不知自己身在何处的夜晚，那些没有答案的问题，那些为了变得和其他人一样所付出的努力……这些全都已经过去了吗？现在，她不再是孤身一人了。她有一位父亲，他手里正拿着点心，在街角等她过去。

致谢

我曾在某处读到过，与他人分享的幸福最为甜蜜……对此我十分赞同。许许多多的人，或近或远地，为本书的撰写贡献了他们的力量。这些人我都记得。请原谅我不能长话短说，因为对我而言，接下来的这些文字十分关键。

首先我要感谢你，亲爱的读者，你一直读到了这里！希望我写的这个故事令你有所触动。书籍在我的生命中一直承担着救星、寄托和益友的角色。愿艾丽斯凭借她的一己之力，带你走进了她的世界。

我要感谢阿蒂尔，那些疑虑和欢笑，他都陪我一起面对，他一直陪在我的身旁，帮助我找到做自己的力量和对真实的信心。我丝毫都没有忘记。你交给我的那些钥匙，我会一直带在身上。你与我同行，我们两人的团队是最为重要的。

感谢我的父母，他们对我想要讲的故事总是兴趣盎然。“写吧。哪天你不再抱有期待的时候，故事就有了。”他们脸上常常挂着自信的笑容，如是对我说。你们没有说错，能把这部作品与你们分享，是我极大的幸福。

感谢我的哥哥和妹妹，在我对自己失去信心时，你们依然信任我。哥哥，你知道，我们之间的那些谈话对我来说弥足珍贵。那些咱们走在街上重塑世界、试图在其中找到一席之地的时光……漫漫长路伊始，而每一个阶段都至关重要。妹妹，能成为你这样一个勇敢坚毅、争强好胜和积极参与时政的人的姐姐，我感到由衷的幸运。记住，有我在你的身边。

我想特别提及一个人——令我从小爱上阅读的我的祖父雷昂。我还珍藏着你的古线装书《人间喜剧》。我常常想象着，这个或那个故事还可以这样讲述……我多么希望能和你分享这本小说问世的喜悦啊。阿兰，我也思念着你。不论你在哪里，我相信，你也一直在关照着我。

感谢我的祖母，感谢她的热忱和她对我的鼓励。马塞乐、德妮丝和米歇尔，谢谢你们的讲述。致你们所有人，但愿我转达出了你们对战争及战后时期的感受。我不会忘记那次萨利之行……

昂热，玛格丽特，你们虽然不在我身边，却刺激着我写作和展开想象的欲望。你们一直在我心中。

让-艾提安·科恩-塞阿，我不知该如何感谢你才好。让-艾提安，您明晰的建议和犀利的目光令我受益匪浅……您说的对，我的悲观主义（其实我觉得是现实主义）确有瑕疵……不过后面咱们还有不少活儿要干呢！

茱莉，我的朋友，你要知道，你在我的生命中独占一席之地。谢谢你从最初的那几年、那几页开始读，还有你对我的鼓励。

维洛妮可·G，的确，没有人不可或缺，可我以为，总有例外……

感谢奥德莉·S，妮考乐·Cz和德博拉·K.–S，你们在这条漫长艰辛的文学之路的入口处，适时找到了恰当的字眼。

感谢我的表亲娜塔丽，感谢克里斯提娜，感谢我身边这个优秀的团队令人动容的热忱。

感谢阿勒贝尔之艺服饰的暖心支持。

感谢雅克·G，你的直觉相当灵敏！

感谢罗伯特·卡帕、查利·帕克、阿特·塔图姆、弗兰克·康罗伊这些才子给予我的灵感，还有罗曼·加里，是他教会了我“没有非黑即白的事，白的后面往往藏着黑，而黑，则偶尔掩盖了白。”

最后我要尤其衷心、喜悦、激动地（此处可以省略数行类似词语），按以下顺序感谢：阿尔班·米歇尔出版集团的杰拉尔·德·科尔坦森、马埃勒·吉约以及弗朗西斯·艾斯梅纳尔，感谢你们一直以来的关照，并让我的梦想成真。能够被人理解实属不易。马埃勒，让我们继续合作下去，你的热情是我的动力。

感谢你们所有人，谢谢。